古典詩歌研究彙刊

第十輯

龔鵬程 主編

第 **6** 冊

蘇軾詞的接受與影響
——從期待視野的角度觀之

邱 全 成 著

國家圖書館出版品預行編目資料

蘇軾詞的接受與影響——從期待視野的角度觀之／邱全成　著

-- 初版 -- 新北市：花木蘭文化出版社，2011〔民 100〕

目 2+186 面；17×24 公分

（古典詩歌研究彙刊 第十輯；第 6 冊）

ISBN 978-986-254-579-9（精裝）

1.（宋）蘇軾　2. 學術思想　3. 詞論

820.91　　　　　　　　　　　　　　　　100015349

ISBN-978-986-254-579-9

9 789862 545799

古典詩歌研究彙刊

第十輯　第六冊　　　　　　　　ISBN：978-986-254-579-9

蘇軾詞的接受與影響——從期待視野的角度觀之

作　　者　邱全成

主　　編　龔鵬程

總 編 輯　杜潔祥

出　　版　花木蘭文化出版社

發 行 所　花木蘭文化出版社

發 行 人　高小娟

聯絡地址　新北市永和區中正路五九五號七樓

　　　　　電話：02-2923-1455／傳真：02-2923-1452

網　　址　http://www.huamulan.tw 信箱 sut81518@gmail.com

印　　刷　普羅文化出版廣告事業

初　　版　2011 年 9 月

定　　價　第十輯 20 冊（精裝）新台幣 28,000 元

蘇軾詞的接受與影響
——從期待視野的角度觀之

邱全成　著

作者簡介

邱全成，民國七十年七月十號出生於台中縣大里市，在純樸農村與新興都市的相互碰撞中，孕育出衝突卻多元的思考，於是在他的作品裡，原本枯燥的文學作品有了新的解讀與生命，以期待視野的角度，賦予後人對於蘇軾詞新的了解。九六年畢業於國立彰化師範大學國文研究所，並於畢業前考上教職，現任新北市立明志國民中學國文科教師。曾參與台中市飲食文化地圖的調查工作，與夥伴完成《台中市飲食地圖》一書，也曾發表論文《詩作與詩論的完美統一 論沈德潛詩學理論與詩作的美善精神》，目前則致力於班級閱讀活動的推動，曾參加台北縣滿天星閱讀教師比賽，以《航海王閱讀活動》獲選為台北縣衛星教師。

提　　要

　　文學作品唯有通過讀者的閱讀、傳遞過程，作品才進入一種連續性變化的經驗視野之中，而閱讀的過程將造成「接受」與「影響」兩種現象，其實，讀者「接受」的同時，也正在體驗作品所帶來的「影響」。

　　在接受層面上，共分為三章。文化傳統部分，由生活環境、哲學思考、文化傳遞所形成的，圍繞著廣大中國人的實用與感驗期待視野。時代氛圍部份，以傳統的時代為斷限，加上世變的關係，分為婉約當道的北宋時期，曇花一現的南宋前期，綺麗再現的南宋後期，光耀北地的金元時期，正變衝突的朱明時期，統合思維的滿清時期。個人經驗部份，針對專評蘇軾或對蘇軾針對性較強的評論，亦針對個別、獨特性較大、成一家之言的評論作探討。在影響層面上，筆者擬從兩個方面探討，從超然的審美感受與實用的精神治療著手。審美感受的部分是採取狹義性的說法，因此針對外在性事物的美，而將心靈之美屏除在外；至於精神治療則以心靈層面的感受、感動為主。

　　綜觀研究目的：一、藉由讀者的角度，歸納分析出蘇軾詞之所以受到重視與忽視的原因與情況，並且歸納出蘇軾詞對於後人的影響。二、建立完整的蘇軾詞接受史系統。三、從眾多評論的正反面評價中，凸顯蘇軾詞的價值所在。四、發掘完整的詞學評論系統。

致 謝 辭

　　民國九十二年，我帶著忐忑不安的心情踏進了彰化師範大學的國文研究所，第一天來到校園裡，走過橫跨白沙湖的椰林大道，校園的美麗景致深深烙印在腦海裡。時間匆匆，碩士班的生活已經過了六年，期間經歷了許多的磨難與考驗，悲喜交加，終於也來到了道別的時刻了。

　　回憶起國文系的師長們給予我們的諄諄教誨，沉浸在師長的如沐春風中，使我們更加的成長茁壯；想起與同窗間的相互扶持，第一次舉辦中區論文發表會，與師長、同窗們努力規劃詩學會議，並且披荊斬棘，共同創立了第一屆的國文研究所所學會，第一次舉辦了彰師大國文研究所全國性的研究生論文發表會；與三五好友，跑遍了台灣南北，積極的參與各所大學所舉辦的論文發表會，眼界大開；在研究室裡，我們為了夢想，共同努力，秉燭夜談，熬夜渡過許多個夜晚，甚至連跨年也是攜手在研究室裡渡過；騎著機車到處訪查研究，搭著客運來往於台北、台中、彰化等地，只為了讓自己更加茁壯；共同面對寫作論文的辛苦，互相扶持、互相鼓勵，也互相安慰；碩三之後，大家各自回到家鄉，埋首寫作論文，而我則來往於淡水、政治大學、東吳大學、彰化師範大學四地，只為了旁聽課程，充實自身的不足。這一切回想起來，歷歷在目。

「回首向來蕭瑟處，也無風雨也無晴」，在經歷了重重的難關之後，終於，順利地畢業了，回想過去的風風雨雨，心中突然異常的平靜……

想要感謝的人真的太多了，首先要感謝三位論文口考老師，黃文吉老師、林逢源老師、陶子珍老師，費心地閱讀全成的論文，總是以正面的肯定給予全成許多的信心，也指出全成論文裡的缺失，以及可以加強的部份，使全成獲益良多。尤其是指導老師黃文吉老師，對我的關心與包容，讓我備感慚愧與窩心，這份恩情全成絕對會永遠銘記在心。另外也要感謝副校長林明德老師、所長周益忠老師、系上教授，顏天佑老師、林素珍老師，政治大學張雙英老師、東吳大學蘇淑芬老師，以及所有在學術路上，給予我許多鼓勵與指導的老師，因為老師們的指導，讓全成能夠成長茁壯。

感謝父母、姐姐、姐夫、兩位弟弟給我的支持，讓我無後顧之憂，得以專心地完成論文；感謝同窗好友的相互扶持，嘉惠、淑雯、怡慈、秀琦、靜怡、慧君、華纖、雪如、翠萍、明群、繼瑩、志峰等，謝謝你們的鼓勵與陪伴；感謝過程中給予我幫助的貴人，乾媽張秋蓮、明修、台大的建男學長、政大的文炬、嘉瑋學弟、以及明志國中的長官素滿校長、宇仁主任、祺宜主任，同事維民、品君等，謝謝你們在我最需要關心與支持時，不離不棄地給我信心。

另外得由衷地感謝這六年來給了我沉重壓力，卻也是無限希望的蘇軾，在閱讀與寫作過程中，不僅僅是知識的獲得，生命的廣度與深度也加深了；最後，再次感謝在辛苦的碩士研究路途中，給了我力量與支持的貴人們，我會帶著你們的祝福與鼓勵，繼續向未來的道路邁進。

目

次

第一章　緒　論

　　「一部文學作品的歷史生命如果沒有接受者的積極參與是不可思議的。因為只有通過讀者的傳遞過程，作品才進入一種連續性變化的經驗視野之中。」[註1] 這是西方接受美學理論中非常重要的概念，文學作品本身雖具有其獨立性，但沒有經過讀者的閱讀、欣賞，它的意義便無從展示，而只是一部靜靜躺在某個歷史角落裡的作品，最後甚至遭到遺忘、丟棄。謝章鋌《賭棋山莊詞話・續編一》針對鮦陽居士對蘇軾〈卜算子〉的解釋提出看法，其云：「雖作者未必無此意，而作者亦未必定有此意，可神會而不可言傳」，[註2] 雖然謝章鋌的用意是為了否定鮦陽居士的「斷章取義」，然而這也凸顯了讀者詮釋的歧義性，讀者的詮釋可能與作者原意相符，也可能是天差地別，可見

〔註1〕〔德〕漢斯・羅伯特・姚斯：《走向接受美學》，見周寧、金元浦譯：《接受美學與接受理論》（瀋陽：遼寧人民出版社，1987年），頁24。

〔註2〕〔清〕謝章鋌《賭棋山莊詞話・續編一》云：「東坡〈卜算子〉云：『缺月挂疏桐，漏斷人初定。時有幽人獨往來，縹緲孤鴻影。　驚起卻回頭，有恨無人省。揀盡寒枝不肯棲，寂寞沙洲冷。』時東坡在黃州，故不無淪落天涯之感。而鮦陽居士釋之云：『缺月，刺明微也。漏斷，暗時也。幽人，不得志也。獨往來，無助也。驚鴻，賢人不安也。回頭，愛君不忘也。無人省，君不察也。揀盡寒枝不肯棲，不偷安於高位也。寂寞沙洲冷，非所安也。』，字箋句解，果誰語而誰知之。雖作者未必無此意，而作者亦未必定有此意。可神會而不可言傳，斷章取義，則是刻舟求劍，則大非矣。」見唐圭璋編：《詞話叢編》（台北：新文豐出版公司，1988年），冊四，頁3486。

讀者在文本解讀上的重要地位。過去的文學史寫作視文學爲客觀的事實，將其定位在文學史的某個位置，但在二十世紀西方理論大量傳入台灣之際，我們必須有新的認識：唯有讓作品在讀者的閱讀中展現其生命，文學作品才眞正的活了過來。

當一部文學作品落到讀者的手上，其所造成的現象包括：「接受」與「影響」。兩者基本上是緊密相關的，無法單純地將它一分爲二的，因爲在「接受」的同時，讀者也正在體驗作品所帶來的「影響」。「接受」所代表的是讀者閱讀的過程，其中牽涉到讀者閱讀、詮釋的背景因素，諸如性格、思想、生活等；「影響」則產生於接受以後，是讀者在閱讀、詮釋作品之後所產生的效果，具有效驗的特性。藉由西方接受美學的核心概念與讀者的「接受」與「影響」觀念的釐清談起，以下順勢針對研究動機與目的、研究範圍與文獻探討、研究方法與架構等三個部份來說明本論文的基本構思。

第一節　研究動機與目的

提及北宋的重要作家，蘇軾絕對是首屈一指。在詩、詞、書、畫、文等方面，蘇軾都佔有一席之地，尤其是文學方面，不管是古文或詩詞的創作，在歷史上都有極高的評價。其中，詩文的地位自然不用多言，但詞學的地位則引起較大的爭議，這種爭議乃因蘇軾改變了花間、晚唐以來的詞學傳統：「能於翦紅刻翠之外，屹然別立一宗」，〔註 3〕將詩作的創作方法，帶進了詞體當中，擴大了內容與題材：「雖嬉笑怒罵之辭，皆可書而誦之」〔註 4〕、「於物無所不收，於法無所不有，於情無所不暢，於境無所不取」〔註 5〕、「無意不可入，無事不可言也」，

〔註 3〕〔清〕永瑢等撰〈稼軒詞四卷提要〉：《合印四庫全書總目提要及四庫未收書目禁燬書目》（台北：台灣商務印書館，1971 年 7 月），冊五，頁 4442。

〔註 4〕〔明〕柯維騏：《宋史新編・蘇軾傳》（台北：新文豐出版公司，1974年）列傳第五十五、卷一百十三，頁 0472。

〔註 5〕〔明〕袁宏道：〈雪濤閣集序〉，見〔明〕江盈科著、黃仁生輯校：《江盈科集》（長沙：岳麓書社，1997），上冊，頁 2。

〔註6〕舉凡詠物、詠史、傷時、感懷身世、悼亡、送別等各式各樣的內容與題材皆可入詞，使風格更多樣化了，因此陳匪石《聲執》卷下便提到馮煦敍《東坡樂府》時所指陳的四端：「一曰獨往獨來，一空羈勒，如列子御風，如藐姑仙人，吸風飲露。二曰剛亦不茹，柔亦不吐，纏綿俳惻，空靈動盪。三曰忠愛幽憂，時一流露，若有意若無意，若可知若不可知。四曰涉樂必笑，言哀已歎，雖屬寓言，無嫚大雅。蓋空靈變幻，不可捉摸，以東坡爲至極。」〔註7〕從這個角度來看蘇軾詞，正如清代陳廷焯所言：

> 人知東坡古詩古文，卓絕百代。不知東坡之詞，尤出詩文之右。蓋仿九品論字之例，東坡詩文縱列上品，亦不過爲上之中下。（原注：七言古爲東坡擅長，然於清絕之中雜以淺俗語，沉鬱處亦未能盡致。古文才氣縱橫而不免霸氣，總不及詞之超逸而忠厚也。）若詞則幾爲上之上矣。此老平生第一絕詣，惜所傳不多也。〔註8〕

蘇軾的詩與文寫得再好，也不過是「上之中下」等級，反觀蘇軾所寫的詞不僅寫得好，且衡量其所造成的影響之大又哪是詩文所能比得上的呢？從這個角度看起來，蘇軾詞確實比詩文更有價值了。

　　從創新與突破的角度看來，蘇軾詞確實使人感到新穎、有趣，猶如注入一股新的氣息，然而這種創新帶給時人頗大的震撼，引起很大的爭議。詞體承襲著花間、晚唐以來的傳統，以「清切婉麗」的婉約風格爲主，蘇軾不管流俗的作法，將詩體作法帶入詞中，開創了豪放一派，〔註9〕這種創新的作法，是一種「陌生化」〔註10〕的展現，結

〔註6〕〔清〕劉熙載：《藝概》（台北：廣文書局，1969），卷四，頁2。

〔註7〕〔清〕陳匪石：《聲執》卷下，見唐圭璋編：《詞話叢編》，冊五，頁4967。

〔註8〕〔清〕陳廷焯：《白雨齋詞話》，卷七，見唐圭璋編：《詞話叢編》，冊四，頁3937。

〔註9〕《四庫全書・東坡詞提要》：「詞自晚唐五代以來，以清切婉麗爲宗，至柳永而一變，如詩家之有白居易；至蘇軾而又一變，如詩家之有韓愈，遂開南宋辛棄疾等一派。」見〔清〕永瑢等撰：《合印四庫全書總目提要及四庫未收書目禁燬書目》，冊五，頁4422。

〔註10〕「文學作品即以經過精巧設計（device），而能打斷人們慣性的思考

果造成正反兩面的聲浪。持正面肯定態度的人如宋人胡寅所云:「一洗綺羅香澤之態,擺脫綢繆宛轉之度」、使「花間爲皂隸,而柳氏爲輿台矣」,〔註11〕大力地肯定了蘇軾詞對於詞體的「矯正」、「開創」之功,而王灼的《碧雞漫志》也云:「東坡先生非心醉於音律者,偶爾作歌,指出向上一路,新天下耳目」,於是「弄筆者始知自振」,〔註12〕由此可見蘇軾詞對於當時風氣的影響,袁行霈〈詞風的轉變與蘇詞的風格〉提到:「詞到了蘇軾的手裡不再是佐歡侑酒的工具,而成爲詞人自己言志抒情的工具,於是可以像寫詩那樣讓自己的性情自然流露於詞中,達到自然天成的地步……既是詞體的改革者,又是新詞風的創立者,蘇詞在中國詞史上的地位是無人可與倫比的。」〔註13〕類似這類的說法,皆肯定蘇軾詞對詞體的貢獻及肯定其在詞壇的地位。相對地,反對、批評的聲浪也不少,「爭議性」非常之大,當時北宋維護詞體地位的詞家便提出負面的批評,如李清照從音律的角度批評蘇軾詞爲「句讀不葺之詩爾」〔註14〕,陳師道則認爲其「以詩爲詞,如教坊雷大使之舞,雖極天下之工,要非本色。」〔註15〕而後世批評的聲音亦此起彼落,如清代潘德輿《養一齋詩話》卷二認爲趙閑閑、王從之稱蘇軾詞「起衰振靡,當爲古今第一」推舉太過,蘇軾詞「終非本色」,「所失究在於不如其分」,〔註16〕由此可見蘇軾詞對於

模式,讓他們覺得對『作品』並不熟悉(defamiliarization),即產生所謂的『陌生化』感覺。」見張雙英:《文學概論》(台北:文史哲出版社,2004 年),頁 401。

〔註11〕〔宋〕胡寅:〈酒邊集序〉,見張惠民編:《宋代詞學資料匯編》(廣東:汕頭大學出版社,1993 年 11 月),頁 212。

〔註12〕〔宋〕王灼:《碧雞漫志》,見唐圭璋編:《詞話叢編》,冊一,頁 85。

〔註13〕袁行霈:〈詞風的轉變與蘇詞的風格〉,見《社會科學戰線》(1986 年)第 3 期,頁 309。

〔註14〕〔宋〕魏慶之:《魏慶之詞話》,見唐圭璋編:《詞話叢編》,冊一,頁 202。

〔註15〕〔宋〕陳師道:《後山詩話》,見鄒同慶、王宗堂:《蘇軾詞編年校注》(北京:中華書局,2002 年),下冊,頁 1016。

〔註16〕〔清〕潘德輿:《養一齋詩話》,見鄒同慶、王宗堂:《蘇軾詞編年校注》,下冊,頁 1031。

後世的「影響」、「震撼」與「衝擊」是多麼大的。千百年來，東坡詞既受世人賞愛，卻一直存在著不同的評價，並引發諸多詞史上爭議性的話題。似乎，一部東坡詞在文學史上的震撼，並不亞於作品本身的價值。於是這股強烈的震撼除引發了正反面評價的效應，也使得蘇軾詞的地位與流傳跟著載浮載沉。

這種強烈的「爭議性」，讓蘇軾詞在歷史上獲得廣大的討論，翻開唐圭璋所編《詞話叢編》可以發現，評論蘇軾詞的言論相當多，多達八百六十六次，居歷代詞家之冠。〔註17〕由這些評論裡可以得到兩個結論：一、從評論的數量看，多達八百多次，居歷代詞家之冠，可知蘇軾詞確實在歷史上引起了廣泛的注意，這種關注與爭議性值得我們深入探討；二、從評論的內容看，討論蘇軾詞的重心頗有向某些焦點集中的情形，例如蘇軾詞的地位、貢獻，「豪放」詞風的創立，「以詩為詞」的創作手法，以及個別詞作的評論等等，這些焦點性的議題正是蘇軾詞引起軒然大波的原因，其評價相當兩極化，這種現象值得後人注意。

就歷史上的熱烈討論與現今喜好蘇軾詞、探討蘇軾詞的情形來看，蘇軾詞的「爭議性」與「影響」絕對不在話下，正如本章一開始引用西方接受美學理論的說法，文學作品必然有待讀者的詮釋、閱讀才有其意義，這也正是蘇軾詞之所以不朽與偉大的原因，無疑地，「讀者」的「接受」是非常重要的因素。只是，我們必須進一步討論的是：為何生長在同一塊土地上的人們，對蘇軾詞會有如此相同或相異的看法與詮釋？又為何總是集中在某些層面、作品與焦點，而忽略了其它的層面、作品與焦點呢？而從這些接受的觀點看來，蘇軾詞究竟對讀者造成了什麼樣的影響？以上所述與疑問的提出正是筆者所欲討論「蘇軾詞的『接受』與『影響』」的原因與動機。

〔註17〕根據朱崇才：《詞話學》（台北：文津出版社，1995年），頁513～546所述，統計唐圭璋《詞話叢編》中的資料，蘇軾被提及的次數八百六十六次最高，其次為朱彝尊的二百七十次。

　　綜合以上的說明，筆者歸納出本文所要討論的重點，其最終目的
可包含以下幾點：一、藉由讀者的角度，即各個時代的詞學評論來看，
我們能夠歸納分析出蘇軾詞之所以受到重視與忽視的原因與情況，並且
歸納出蘇軾詞對於後人的影響。二、從各個時代對於蘇軾詞的評論，建
立完整的蘇軾詞接受史系統。三、從眾多評論的正反面評價中，可以更
加凸顯蘇軾詞的價值所在。四、長期以來，詞學評論總無獨立系統，甚
至有時與詩學評論相提並論、合而觀之，甚至常常將詩論拿來論斷詞作
的優劣，針對這種現象，筆者認為或許藉由本文整理、分析各方對於蘇
軾詞評論的角度、觀點，可以發掘出較為完整的詞學評論系統。從整個
歷史中對蘇軾詞接受的評論來看，我們可以建立出一套完整的接受史，
亦可以發現後人形成對蘇軾詞某些觀點的原因與情形，更可以凸顯蘇軾
詞的價值，無疑地，這種現象的分析探討，對於蘇軾這位「衝擊」、「震
撼」與「影響」後人如此深遠的作家是有其必要性的。

第二節　研究範圍與文獻探討

一、研究範圍

　　本文的研究題目為《蘇軾詞的接受與影響──從期待視野的角度
觀之》，研究的材料鎖定在能夠展現「讀者接受」與「影響讀者」的
資料為主，包括針對蘇軾詞所提出的各種評論、詞選與刊刻詞集的狀
況等資料，整理、分析出時人與後人對蘇軾詞接受的情形與受到的影
響，其中，對蘇軾詞的評論是最為重要的，其次則為歷代的選集與詞
集刊刻現象等材料，而詞作的詮釋則供為佐證之用。

　　蘇軾的評論可以從各種詞話、紀錄、軼事等資料蒐集而來，不過，
近幾年來台灣、大陸學者紛紛將各種與蘇軾相關的資料加以整理分
類，以利研究者的檢索研究，例如唐玲玲與石淮聲箋注《東坡樂府編
年箋注》〔註18〕、鄒同慶與王宗堂著《蘇軾詞編年校註》〔註19〕、孔

〔註18〕唐玲玲、石淮聲箋注：《東坡樂府編年箋注》（台北：華正書局，1993
　　　年8月）。

凡禮撰《蘇軾年譜》〔註20〕、唐圭璋先生所編的《詞話叢編》〔註21〕、四川大學中文系唐宋文學研究室也編輯了《蘇軾資料彙編》，〔註22〕其中唐圭璋先生所編的《詞話叢編》整理了從南宋至清末的評論至為詳盡，而鄒同慶與王宗堂著《蘇軾詞編年校註》也收集了相關評論與題跋等資料，另外，四川大學中文系唐宋文學研究室所整理出的《蘇軾資料彙編》也搜羅了與蘇軾相關的各種評論，本文評論部分以這三種著作為主，旁及其他的詞論著作，而現今學者的批評則列入補充、說明之用，而不納入主要討論範圍。蘇軾詞選本與刊刻部份，目前尚未有專書的整理，因此仍然須靠單行本的搜索與整理，另外坊間已經研究整理出來的碩博士論文，筆者亦斟酌參用之。

二、文獻探討

蘇軾的輝煌成就使後人推崇備至，正如其所預言的「異時對，黃樓夜景，為余浩歎」，〔註23〕後人果然對其作品有著相當大的肯定，包括詩、詞、文、書、畫等方面的造詣與貢獻都使人激賞，因而造成了後人爭相研究的盛況。研究範圍從蘇軾個人到與其相關的人，以至於各項豐碩的創作，都有研究者加以抽絲剝繭，以期從中獲得啟發與收穫。我們可以從謝佩芬所整理的資料：〈三蘇研究目錄（上、下）（1913～2003）〉〔註24〕看出蘇軾研究的熱潮。不僅是個人研究的成

〔註19〕 鄒同慶、王宗堂：《蘇軾詞編年校注》（北京：中華書局，2002 年）
〔註20〕 孔凡禮：《蘇軾年譜》（北京：中華書局，2005 年）
〔註21〕 唐圭璋：《詞話叢編》（台北：新文豐出版公司，1988 年）
〔註22〕 四川大學中文系唐宋文學研究室：《蘇軾資料彙編》（北京：中華書局，1994 年 4 月）
〔註23〕 〔宋〕蘇軾〈永遇樂〉（彭城夜宿燕子樓，夢盼盼，因作此詞）：「明月如霜，好風如水，清景無限。曲港跳魚，統如三鼓，鏗然一葉，黯黯夢雲驚斷。夜茫茫，重尋無處，覺來小園行遍。　天涯倦客，山中歸路，望斷故園心眼。燕子樓空，佳人何在，空鎖樓中燕。古今如夢，何曾夢覺，但有舊歡新怨。異時對，黃樓夜景，為余浩嘆。」見鄒同慶、王宗堂：《蘇軾詞編年校注》，上冊，頁 247。
〔註24〕 〈三蘇研究目錄（上、下）（1913～2003）〉，見《書目季刊》，三十八卷四期（2005 年 3 月），頁 51～93。

果豐碩，在大陸地區更有定期舉辦的研討會，以蘇軾相關論文為主題來互相交流，可以說研究蘇軾這位北宋天才作家的熱潮始終不減，這也讓學界對於蘇軾的掌握相當深入，而這些資料也將提供後進充足的參考訊息。

綜觀蘇軾研究，生平已有《蘇軾年譜》的出現，詩、文、詞等作品的整理、考證也都集結成書，包括石淮聲與唐玲玲著《東坡樂府編年箋注》〔註25〕、薛瑞生著《東坡詞編年箋證》〔註26〕、鄒同慶與王宗堂著《蘇軾詞編年校註》〔註27〕等等，各式各樣的研究不勝枚舉，查詢與蘇軾相關的碩博士論文共有一百二十筆，而詞學方面則有二十四筆，查詢期刊網更有二百五十二筆資料。從蘇軾詞的研究主題來看，有針對詞作整體的介紹討論，如王保珍《東坡詞研究》〔註28〕、劉石《蘇軾詞研究》；〔註29〕有將蘇軾詞與其他詞家並列討論，如陳滿銘《蘇辛詞研究》；〔註30〕有蘇軾作品的主題式探討，如史國興《蘇軾詩詞夢的研析》；〔註31〕有從詞彙、修辭、風格技巧來看，如劉曼麗《東坡詞的風格與技巧研究》。〔註32〕然而，正如筆者前面所言，歷來對蘇軾詞進行研究者甚多，這些討論固然有其價值，然而研究的重點大都著重於蘇軾詞的內容、風格、技巧、內涵、特色為主，主要是以詞作本體來看，是站在讀者的角度對作品進行主觀的整理與詮釋，而非從歷史上的讀者角度來理解，筆者便是針

〔註25〕唐玲玲、石淮聲箋注：《東坡樂府編年箋注》（台北：華正書局，1993年8月）。

〔註26〕薛瑞生：《東坡詞編年箋證》（西安：三秦出版社，1998年）。

〔註27〕鄒同慶、王宗堂：《蘇軾詞編年校注》（北京：中華書局，2002年）

〔註28〕王保珍：《東坡詞研究》，（台北：長安出版社，1992年9月）。

〔註29〕劉石：《蘇軾詞研究》，（台北：文津出版社，1992年7月）。除劉石的著作外，另有何世權：《蘇軾詞研究》（香港：能仁書院中國文學研究所碩士論文，1985年6月）。

〔註30〕陳滿銘：《蘇辛詞研究》，（台北：文津出版社，2003年）。

〔註31〕史國興：《蘇軾詩詞夢的研析》，（台北：台灣師範大學國文研究所博士論文，1995年）。

〔註32〕劉曼麗：《東坡詞的風格與技巧研究》（台中：東海大學中國文學研究所碩士論文，1989年）。

對這一點，擬從歷史上「讀者」的閱讀來歸納整理以進行研究分析。縮小範圍至與本文相關的蘇軾詞詞論的研究，即使其他論者有心針對歷代評論來研究分析，但最後依然陷入了自己主觀解讀的迷失當中，因此筆者擬跳脫此種框架，從「期待視野」的角度，讓歷史上的讀者自己現身說法，以下便針對幾本與蘇軾詞的接受與影響相關論文作文獻的分析討論。

（一）台灣地區的相關論文

1.《蘇詞評論研究——以宋至清代為主》

劉燕惠：《蘇詞評論研究——以宋至清代為主》（私立輔仁大學中國文學研究所碩士論文，1995 年）。此論文以宋至清代的蘇軾詞評論作為討論的主要材料，以蘇軾詞作品本身列為印證的工具，檢視詞話家評論蘇軾詞的功過得失，並藉此更深刻地認識蘇軾詞的特色及了解蘇軾詞研究的發展狀況。

2.《蘇軾詞之傳播及各家對蘇詞之論述研究——以文獻流傳為主要觀點》

張芸慧：《蘇軾詞之傳播及各家對蘇詞之論述研究——以文獻流傳為主要觀點》（台北：私立淡江大學中國文學研究所碩士論文，2001年）。此論文由歷代蘇軾著述刊刻和傳播情況、蘇軾詞集版本之流傳及其時代意義、歷代詞選收錄蘇軾詞的情況，及歷代各家對蘇軾詞之論述等方面加以探討，藉以釐出蘇軾詞在某一時代單冊刊刻、詞選選錄情況的盛衰和當時各家對東坡詞評價高低的關係，由此了解東坡詞在每個時代的傳播狀況、接受程度、當時代之人對詞所秉持的觀點為何？

（二）大陸地區的相關論文

1.《蘇軾詞接受史研究——北宋中葉至清代》

張殿方：《蘇軾詞接受史研究——北宋中葉至清代》（山東：山東師範大學中國文學研究所碩士論文，2003 年）。此論文初步梳理蘇軾

詞接受中的重要環節，並針對接受歷程作現代理論闡釋，在客觀敘述、評價蘇軾詞及蘇軾詞現象的基礎上，勾勒出同時代和後代人對蘇軾詞接納、解讀和傳播的過程。

2.《蘇詞接受史研究》

仲冬梅：《蘇詞接受史研究》（華東師範大學博士論文，2003年）。此論文將蘇軾詞的接受史分為宏觀、微觀與經典闡釋三大部分論述，分別回顧了歷史上蘇軾詞在各個時期被接受的狀況，抓住蘇軾詞接受史上幾個主要問題，力圖描繪蘇軾詞接受史幾個縱切面，蘇軾詞經典作品之闡釋，揭示美學方面之問題。

筆者研究的主題與這幾本學位論文不同的地方主要有兩個：一、筆者擬從讀者的「期待視野」做分類的依據；二、筆者欲從歷史上的「讀者」角度作分析，而非以筆者本身的主觀詮釋為主。藉由讀者產生「接受」的因素來加以分門別類，並檢視作者、文本所呈現出來的意義，互為印証，另外，藉由讀者的接受樣貌亦可歸結出蘇軾詞對於讀者影響的重大意義。

另外需要補充說明的一點：大陸的兩本碩博士論文所討論的「接受史」觀點，與筆者「時代氛圍中的蘇軾詞接受」似乎完全的重疊，但仔細觀察，大陸兩本論文所採取的方式，仍然是傳統的文獻整理，並未深入現象背後的本質，將每個時代的評論集結而成的接受史，不過是表面意義的呈現，無法解釋在時代背景之外的特別現象，本文所欲借鑑接受美學派學者的論點，除了與此兩本論文重疊的接受史外，更重要的是由「期待視野」來了解其他「接受」現象的產生，另外加以延伸以後，藉由接受與影響的緊密關聯，來分析這種接受情形所造成的人心理方面的「影響」狀況，「接受」的論述有了「影響」層面的補足將更形完整。

第三節　研究方法與架構

一、研究方法

　　本文所欲研究的方法除了傳統歸納、分析的方式外，最主要的是借鑑西方「接受美學」的觀點，不過，這並非完全的套用，而是藉由一些系統化的概念，來分析、了解蘇軾詞，使焦點更爲突出，進而獲得新的啓發。以下針對「接受美學」的相關概念做個簡單說明。

　　二十世紀被稱爲批評的世紀，西方的批評理論在這百年中，不斷地產生，也爲台灣帶來了不同的視野。許多人開始翻譯西方理論的相關文本，亦有一批人針對西方理論作了全面而精闢的研究，近來，更結合了中國文學作理論與應用方面的研究，於是，許多的著作紛紛出籠，讓人眼界大開。但是西方理論的引進也產生了許多新的問題，諸如中西文化的差異，造成了翻譯、理解上的困難與差距，又如西方理論運用在中國文學的適當與否？會不會有硬套之嫌？這些問題引起許多的討論與論戰。筆者有鑒於西方理論在應用上的爭議性，因此在此預先作個聲明：「研究文藝理論和批評方法，其目的並非盲目套用西方話語模式或將其『移植』到中國文學研究中，而是力求拓展傳統的思維格局，給當代文學以新的啓示。」〔註33〕由於筆者才力未逮，且無法一窺西方理論的原始面貌，因此只能盡量的閱讀相關翻譯文本與著作，藉由這些不同切入角度的啓示，盡力地展現蘇軾詞在讀者接受觀點中的面貌與影響。

　　二十世紀是個批評的世紀，經歷了三次重大的理論轉折：

　　　在 19 世紀風行的社會歷史批評之後，它經歷了以作者的創作爲理解作品的根本依據的作者中心論範式時期，以本文自身的語言結構等爲理解文學意義的根本依據的本文中心論範式時期，和以讀者閱讀、反應、創造性理解爲文學異

〔註33〕金元浦：《接受反應文論》（濟南：山東教育出版社，2002 年 10 月第3 次印刷），總序，頁 5。

議聲成的主要根源的讀者中心論範式時期這樣三個前後相
繼、在相互否定的轉換中交叉運作的歷史階段。〔註34〕
從西方文藝理論的轉變，我們可以得到幾個啓示：首先，一個理論之所
以被取而代之，往往因爲後來的理論發現前者不足之處，於是思考改進
與補足的方式，進而取而代之。但是事實上，沒有任何一個理論是能夠
完全取代任何一個理論的，因爲每一個理論皆僅是一個角度，絕對有其
不足之處，必須靠其他理論來補足；其次，理論的變化並非是直線式的
變化，必定是錯綜複雜的，後起的理論必定受到前者的影響，吸收前輩
學者中，自己認同的部份，甚至受到同時期的學者影響，進而補足、建
構自己的理論體系；其次，同屬一個學派理論的觀點，也往往會有差距，
一方面可能是矛盾衝突的，但一方面卻也可能是互相補足的。在眾多西
方理論學派中，筆者獨鍾「接受反應理論」，此乃因筆者認同「一部文
學作品的歷史生命如果沒有接受者的積極參與是不可思議的。因爲只有
通過讀者的傳遞過程，作品才進入一種連續性變化的經驗視野之中。」
〔註35〕一部作品產生以後，必須靠讀者的詮釋與解讀才能產生意義，也
須靠讀者的閱讀、傳播才能不斷地流傳下去。

西方接受美學的研究有兩大方向，包括姚斯的「接受研究」與伊
瑟爾的「效應研究」兩者，〔註36〕互爲補充形成一套完整的「接受美
學」理論。

〔註34〕金元浦：《接受反應文論》，頁2。
〔註35〕〔德〕漢斯・羅伯特・姚斯：《走向接受美學》，見周寧、金元浦譯
〈接受美學與接受理論〉（瀋陽：遼寧人民出版社，1987），頁24。
〔註36〕〔德〕沃爾夫岡・伊瑟爾：《閱讀活動》辨明接受美學一詞的涵義：
「這一總體概念下，包含了兩種不同的研究方向。儘管二者之間有
著密切的聯繫，但區別也是顯而易見的。就嚴格的字面意義來看，
接受美學中的接受研究這一方向，主要關注載於文學史的讀者閱讀
現象……另一方向，接受美學中的效應研究則注重本文自身作爲一
種『接受前提』，具有發揮效應的潛能。……具體地說，接受研究強
調歷史——社會學的方法，而效應研究則突出了本文分析的方法，
只有把兩種研究結合起來，接受美學才能成爲一門完整的學科。」
見周寧、金元浦譯：《閱讀活動——審美反應理論》（北京：社會科
學出版社，1991年），序言。

姚斯爲了解決文學史的問題，進而發掘了讀者的重要性，1967年他發表的〈文學史作爲向文學理論的挑戰〉一文中提到：

> 在馬克思主義方法和形式主義方法的論爭中，文學史問題仍然沒有得到解決。我嘗試著溝通文學和歷史之間、歷史方法與美學方法之間的裂隙，從兩個學派停止的地方起步。他們的方法，是把文學事實侷限在生產美學和再現美學的封閉圈子內，這樣做便使文學喪失了一個維面，這個維面同它的美學特徵與社會功能同樣不可分割，這就是文學的接受與影響之維。〔註37〕

姚斯努力的從馬克思主義方法與形式主義方法中，找到兩者得以互相融合、補充的調和結果，即如何運用生產美學與再現美學各自的優勢補足對方的盲點，然而不論是馬克思主義或形式主義，都「使文學喪失了一個維面」，「正統馬克思主義美學對待讀者與對待作者毫無區別：它追究讀者的社會地位，或力圖在一個再現的社會結構中認識它，形式主義學派需要的讀者不過是將其作爲一個在本文指導下的感覺主體，以區別（文學）形式或發現（文學）過程……兩者方法中都缺少眞正意義上的讀者。」因此唯有凸顯讀者的意義，「作品才進入一種連續性變化的經驗視野。」〔註38〕讀者在文學史的建構、發展過程中，具有舉足輕重的地位。

姚斯凸顯了讀者的重要性，那麼，讀者究竟如何對文本進行認識、理解？姚斯提出了「期待視野」的看法，「任何一個讀者，在其閱讀任何一部具體的文學作品之前，都已處在一種先在理解或先在知識的狀態。……讀者帶著這種期待進入閱讀過程，以在閱讀中改變、修正或實現這些期待。」〔註39〕其構成的因素包括了傳統文化背景、時代因素、個人的生活經驗、閱讀經驗等等，不同時代的讀者由於所

〔註37〕〔德〕漢斯・羅伯特・姚斯：《文學史作爲向文學理論的挑戰》，見周寧、金元浦譯：〈接受美學與接受理論〉，頁23。

〔註38〕〔德〕漢斯・羅伯特・姚斯：《文學史作爲向文學理論的挑戰》，見周寧、金元浦譯：〈接受美學與接受理論〉，頁23。

〔註39〕金元浦：《接受反應文論》，頁11。

處時代、環境的不同，也就產生了不同的期待視野，「對於歷史上同一作家、同一作品的理解、判斷、評價，不同時代的讀者往往不盡相同，甚至存在較大的差異。造成這種差異的原因，一方面是讀者期待視野的變化，另一方面是由於作品本身在效果史的背景上會呈現豐富的『語義潛能』。」〔註40〕必須注意的是，若藉由「期待視野」的作用，而使個別讀者無限制的理解文本，如此一來，文本的意義是否能夠真實的反應出來呢？對此，姚斯提出了這樣的看法：

> 一部文學作品，即便它以嶄新面目出現，也不可能在信息真空中以絕對新的姿態展示自身。但它卻可以通過預告、公開的或隱蔽的信號、熟悉的特點、或隱蔽的暗示，預先為讀者提示一種特殊的感受。它喚醒以往閱讀的記憶，將讀者帶入一種特定的情感態度中，隨之開始喚起「中間與終結」的期待，於是這種期待便在閱讀過程中根據這類文本的流派和風格的特殊規則被完整地保持下去，或被改變、重新定向，或諷刺性地獲得實現。〔註41〕

姚斯在此說明了兩個重點，一、文本本身會經由某些「預告、公開的或隱蔽的信號、熟悉的特點、或隱蔽的暗示」，為讀者提示，為讀者提供一個較為正確的理解。二、期待視野會隨著新作品而產生變化，此即是「視野的變化」，「一部作品在其出現的歷史時刻，對它的第一讀者的期待視野是滿足、超越、失望或反駁，這種方法明顯地提供了一個決定其審美價值的尺度。」〔註42〕

　　與姚斯同為接受美學的重要學者伊瑟爾，則將關注的重點放在文本上，補足了姚斯在文本效應研究方面的不足。當讀者對文本進行理解時，如何達到一個較為合適、合理的理解與詮釋，伊瑟爾提出了「本文的召喚結構」與「隱在的讀者」等論點：

〔註40〕金元浦：《接受反應文論》，頁12。
〔註41〕〔德〕漢斯‧羅伯特‧姚斯：《文學史作為向文學理論的挑戰》，見周寧、金元浦譯：〈接受美學與接受理論〉，頁29。
〔註42〕〔德〕漢斯‧羅伯特‧姚斯：《文學史作為向文學理論的挑戰》，見周寧、金元浦譯：〈接受美學與接受理論〉，頁31。

> 讀者必須靠自己去發現本文潛在的密碼，這也就是發現意
> 義。發現過程本身就是一種語言活動，它構成意義，使讀
> 者得以與本文交流。〔註43〕

伊瑟爾重視文學文本與讀者的交流結構，讀者欲了解本文的意義，就
必須了解潛在的密碼。而作爲前提的是「本文就只能通過未定性或構
成性空白等各種不同形式來作爲與讀者交流的前提，來呼喚讀者的合
作。」〔註44〕空白與否定皆是本文未定性的基本結構，讀者必須藉由
填補文本結構的空白、連接文本結構的空缺、更新既有的視域來理解
文本。而「本文的召喚結構」與「隱在的讀者」其實只是角度不同的
兩個對等概念，後者重在實踐，讀者必須通過完全符合本文結構中的
期待來理解本文，由此可知，讀者無法放任無度，任由自己喜好來詮
釋文本。組合成「作品」的主要元素，譬如：選擇題目、選擇材料、
決定形式、設計結構、甚至於鍛鍊修辭和整個作品風格的形成等等，
都是「作者」依自己的主觀意識來決定的；因此，「它」當然無法避
免「作者」的影響，而這包括了「作者」有意的或者是雖然無意，但
卻已經在自然而然之中滲透到「作品」裡了，〔註45〕於是讀者藉由文
本中的未定性、空白與自己本身期待視野的結合，形成各種不同的理
解與詮釋。

　　姚斯的接受美學除了關注歷史，還注意到文學的社會功能。讀者
對文本的理解與詮釋，若沒有與社會相關聯，就會失去意義，因此姚
斯十分注重文學對於社會的作用：

> 文學的功能是建築在作品的社會效果之上的。所有時代的
> 文學都不可能斬斷文學與社會的聯繫，只有在讀者進入他
> 的生活實踐和期待視野，形成他對世界的理解，並因而對
> 其社會行爲有所影響之時，文學才眞正有可能實現自身的

〔註43〕〔德〕沃爾夫岡・伊瑟爾：《閱讀活動──審美反應理論》，見周寧、
　　　　金元浦譯：《閱讀活動──審美反應理論》，序言。
〔註44〕金元浦：《接受反應文論》，頁163。
〔註45〕張雙英：《文學概論》（台北：文史哲出版社，2004），頁63。

功能。〔註46〕

文學與社會的交流是相互作用的，社會的風氣與觀念會影響到文學的風格，而「只有當文學接受轉化成一種社會實踐而影響社會構成時，文學的存在才最終實現。」〔註47〕可以說，文學的功能性必須建立在對於社會的改造影響之上。

姚斯提供了思考、理解文學史的新方法，即文學史的形成不可能是「作家的創作史和作品的羅列史」，〔註48〕必須考量讀者所發揮的作用，而讀者針對作品的理解與闡釋的依據為何？即是「期待視野」，「期待視野」不能無限制的進行文本的理解與闡釋，有賴文本傳遞出來的密碼，在此，伊瑟爾則為我們提供了空白、未定性等完整、精細的理論。姚斯將期待視野分成了共同期待視域與個人期待視域，而筆者則在此基礎上，從文化傳統、時代氛圍、個人經驗等三方面做為期待視域的構成條件展開論述。仔細一看，三種期待視野，其實並非是對等的，而是傳統文化影響時代風氣，時代風氣影響個人思維，因此彼此是有交疊重複的部份，甚至應該說是前者含攝後者，那麼，筆者為何要以此分類呢？我們可以從普遍原則發掘特殊原則來理解，正如雙胞胎的兄弟，儘管外表再怎麼相似，必然有得以區辨的細微特徵，筆者正是以此概念，在大傳統文化之下的各個朝代必然有其獨特的風氣，而儘管受時代風氣影響的個人會有些既定社會價值、觀念，但時代風氣之外，家庭生活、經歷、性格等，必然會造就出形形色色、不同思想的個人，這便是本文之所以以此三個層面來論述的原因與界定。

二、研究架構

本文共分為六章，扣除前言與結論的中間四章為論文的主體部

〔註46〕金元浦：《接受反應文論》，頁14。
〔註47〕朱立元主編：《當代西方文藝理論》（上海：華東師範大學出版社，1997.6），頁291。
〔註48〕朱立元主編：《當代西方文藝理論》，頁288。

分，二至四章依序探討「接受」觀點的因素，第五章則為蘇軾詞的「影
響」。

接受與影響為一體之兩面，因此在討論接受的同時，勢必碰觸到
影響層面，如此一來，才能夠真正呈現此論文的完整性，本論文便以
此兩大主軸來建立整個論文的架構。

在接受的方面，共分為三章，分別從文化傳統、時代氛圍、個人
經驗等三層面來統攝各個時代到今日所形成的蘇軾詞接受的因素與
現象。傳統文化部分，分為實用期待視野、感驗期待視野兩部分，實
用期待視野由傳統詩學觀念所造成，分為詩詞同源的期待、詩教精神
的期待、詩言抱負的期待與詩表情感的期待四部份，感驗期待視野依
照直覺體驗的差異，分為縱橫豪情之期待、寄託高遠之期待、曠達超
越之期待、高超境界之期待、開拓貢獻之期待，以及特殊用語之期待；
時代氛圍則以傳統的時代為斷限，不過此處必須強調的是：時代風氣
的變化並非突變，而是漸變的，只是為了方便研究分析，必須將其作
點的劃分，再者，由於世變的關係，也往往造成時代風氣的突然轉變，
〔註49〕此時筆者會將時代界定作部分的修正，按此分為北宋時期、南
宋前期、南宋後期、金元時期、朱明時期、滿清時期六個時代斷限；
個人經驗必然受到文化傳統與時代氛圍的影響，這是屬於普遍性的部
份，但個人性格亦有其獨特性，這也是個人經驗章所要討論的部分，
另外，筆者亦考量評論家觀點的整體性，當詞論家對蘇軾詞有較強的
針對性，或較為整體、一貫的論述時，筆者亦將其獨立出來，成為個
人經驗影響的一部分。

而在影響層面，筆者擬從兩個方面探討，分別為超然的審美感受
與實用的精神治療兩個層面。審美感受的部分是採取狹義性的說法，
因此針對外在性事物的美，而將心靈之美屏除在外；至於治療層面則

〔註49〕葉嘉瑩：〈論詞之美感特質之形成及詞學家對此種特質之反思與世變
之關係〉，見《中央研究院第三屆國際漢學會議論文集》（2000 年 6
月），頁 15。

以心靈層面的感受、感動為主。

　　縱觀整個研究的架構，筆者擬從詞論、詞選、詞集刊刻狀況等資料進行「接受」與「影響」兩個層面的研究，兩者乃是一體兩面，互為影響，而兩個層面之下又有細部的差異：「接受」層面中，文化傳統含攝時代風氣，時代風氣又含攝個人經驗；「影響」層面中，精神治療則含攝了審美感受。（見附圖一）

　　附圖一

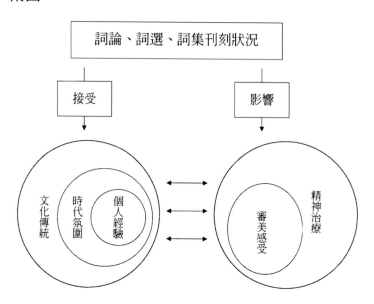

第二章　文化傳統中的蘇軾詞接受

　　當人降生到這個世間的那一刻起，他的生命便時時刻刻受到周圍「文化」的影響，承載了文化的「包袱」，這種包袱也可以稱之為一種賦予生命意義的禮讚。生長過程中，不論是言行舉止、思想觀念，都會漸漸形成屬於某一文化族群的特定表現，這就是所謂「文化」的影響，也正是本文所要討論的：「文化」所形成的傳統賦予某一群人的普遍性接受觀點。

　　「文化」一詞的定義，因不同的角度形成了各種不同的詮釋說法，眾說紛紜，莫衷一是，一般而言，可以歸納為廣義與狹義兩種概略式的說法，廣義的說法如梁漱溟先生在《中國文化要義》裡說的：

> 文化，就是吾人生活所依靠之一切。如吾人生活，必依靠
> 於農工生產……又如吾人生活，必依靠於社會之治安，必
> 依靠於社會之有條理有秩序而後可……又如吾人生來一無
> 所能，一切都靠後天學習而後能之……若文字圖書，學術
> 學校，及其相類相關之事，更是文化了。〔註1〕

梁先生在此對於「文化」所下的定義即「文化之本義，應在經濟、政治，乃至一切無所不包」，〔註2〕範圍可說是含攝一切，凡是與人生活相關的一切事件，都納入了文化的定義中，涵蓋了精神生活、社會生

〔註1〕　梁漱溟：《中國文化要義》（台北：里仁書局，1982年9月），頁1。
〔註2〕　梁漱溟：《中國文化要義》，頁1。

活與物質生活層面。〔註3〕至於狹義的文化定義則專指人類「精神文化創造」的部份，這便是本文所要討論的範圍。

人是文化性的動物，也是歷史性的動物，經由歷史的演變，累積了許多的能量，形成、造就了某些特定國別、地域的人群精神、生活方式、特定價值觀、態度、信念、取向，沒有人能夠擺脫歷史、文化而存在，因此評論者的「接受」觀點也擺脫不了「文化」的影響。

從接受美學的觀點來看，這種形成個人面對作品時的文化傳統背景，正是西方接受美學家姚斯所提出的其中一種「期待視野」，「它不僅記錄了中華民族和中國文化發生、演化的歷史，而且作為世代相傳的思維方式、價值觀念、行為準則、風俗習慣，具有強大的遺傳性，滲透在每一個黑頭髮、黃皮膚的中國人的血脈中，制約著今日中國人的行為方式和思想方式」。〔註4〕以此種文化傳統所形成的期待視野，筆者經由分析歸納，認為可以分為以下兩個層面：分別為「實用性」與「感受性」的期待視野，乍看之下，兩者似乎互相矛盾、衝突，然實則彼此互相關聯，共同形成中國傳統特有的期待視野，缺一不可。

第一節　實用期待視野

一、形成原因

探討此種實用性期待視野的形成，可以從三個層面來說：一為生活因素所造成的個性差異，二為傳統哲學的影響，三為文學傳統的認知。以下分別簡述之：

〔註3〕 「（一）精神生活方面，如宗教、哲學、科學、藝術等是，宗教、藝術是偏於情感的；哲學、科學是偏於理智的。（二）社會生活方面，我們對周圍的人——家族、朋友、社會、國家、世界——之間的生活方法都屬於社會生活一方面，如社會組織倫理習慣政治制度及經濟關係是。（三）物質生活方面，如飲食、起居種種享用，人類對於自然界求生存的各種。」見梁漱溟：《東西文化及其哲學》（台北：問學出版社，1977年11月），頁11。

〔註4〕 馬敏主編：《中國文化入門》（台北：洪葉文化事業公司，2005年4月），頁8。

（一）生活因素所造成的個性差異

中國文化的起源地是黃河流域，主要是漢族爲主，又稱華夏族，經由與周邊少數民族的來往，漸漸地形成華夏文化。由於生存環境的關係，中國人主要以農業生活爲主，對土地形成一種信任感、親切感，造就了中國人務實的個性。再者，從西周形成的宗法奴隸制，也讓統治階層需要文學來鞏固權力，於是文學帶有濃厚的實用特性。

（二）傳統哲學的影響

家邦制度，家族的倫理關係，拓展出去，便形成了規範社會關係的原則，使中國古人重視對事物整體及其規律的領悟，可以說中國人的哲學問題都圍繞在解決「人」的問題上。首先，從西周開始，宗法奴隸制一直有著天命神學的理論基礎爲依靠，中國哲學便由此開始發展，對於宗法奴隸制的不同態度成了討論的核心，這也就造成了中國哲學以政治道德問題爲主要內容，哲學也成了階級鬥爭的工具。再者，由於自然血緣關係的根深柢固，使各家把精力投向人與人關係的探討，才形成了頑固的倫理道德觀念，形成了古代重人事輕自然的傾向。即使是中國哲學長期以來的天人關係亦是如此，目的仍然在使人類世界達到應有的常軌與秩序。

（三）文學傳統的認知

哲學觀念影響到文學上，文學成了成就德行化人格的實現與表達思想情感的「工具」。表現在文學評論上，可以說中國文學理論的主色調是以穩定社會秩序爲目的，重在自上而下地規範和協調人與人之間的關係，帶有崇尚實用化、功利化、政教化的特點。〔註5〕再者，探討詞學，尤其是蘇軾的詞，必須要注意傳統詩學的觀點，此乃因蘇軾本身對於詞的思考角度乃本於詩的思考角度，如其〈與蔡景繁書〉云：「頒示新詞，此古人長短句詩也，得之驚喜。」〔註6〕這種對詞的

〔註5〕黃霖等：《原人論》（上海：復旦大學出版社，2000 年 5 月），頁 320。
〔註6〕〔宋〕蘇軾：《蘇東坡全集·續集》（台北：河洛圖書出版社，1975 年 9 月），卷 5。

態度，存在於各種書信與後人的紀錄中，〔註7〕因此蘇軾在詞的創作中往往有意地運用作詩的方法，例如詩的創作中有許多檃括詩、回文詩，蘇軾便將此作法引入詞中，袁行霈〈詞風的轉變與蘇詞的風格〉中提到：

> 詞到了蘇軾的手裡不再是佐歡侑酒的工具，而成爲詞人自己言志抒情的工具，於是可以像寫詩那樣讓自己的性情自然流露於詞中，達到自然天成的地步……既是詞體的改革者，又是新詞風的創立者，蘇詞在中國詞史上的地位是無人可與倫比的。〔註8〕

蘇軾創作詞，所秉持的心與一般人不同，故能爲詞開闢另一新路，也讓詞這種文體得以獲得新的滋養，而繼續盛行。這種「以詩爲詞」的創作方式讓許多評論者從詩學角度來重新認識詞學的發展，因此對於長久以來的詩學傳統是不容忽視的。

《尚書·堯典》記載：「詩言志，歌永言」，〔註9〕按聞一多、朱自清的說法，「志」可解爲「懷抱」和「意向」，包括思想、情感、態度、觀點在內的人的心理世界，但先秦所謂的志，普遍的意義是侷限在思想觀念與功利價值上，針對的是政治抱負；〈毛詩序〉「詩者志之

〔註7〕 如〈寄張子野文〉：「清詩絕俗，甚典而麗，搜研物情，刮發幽翳。微詞婉轉，蓋詩之裔。」（《蘇東坡全集·前集》卷 35）〈答陳季常書〉：「又惠新詞，句句警拔，詩人之雄，非小詞也。」（《蘇東坡全集·續集》卷 5）〈與鮮于子駿書〉：「近卻頗作小詞，雖無柳七郎風味，亦自成一家，呵呵。數日前，獵於郊外，所獲頗多，作得一闋。東州壯士抵掌頓足而歌之，吹笛擊鼓以爲節，頗壯觀也。」（《蘇東坡全集·續集》卷 5）評論如宋胡仔《苕溪漁隱叢話》卷四十二引王直方《詩話》：「東坡嘗以所作小詞示無咎、文潛曰：『何如少游？』二人皆對曰：『少游詩似小詞，先生小詞似詩。』東坡聞之欣然泰然。」（見鄒同慶、王宗堂：《蘇軾詞編年校注》，下冊，頁 1016～1017。）以上皆可見蘇軾對詞的創作態度是以詩學角度來看的。

〔註8〕 袁行霈〈詞風的轉變與蘇詞的風格〉，見《社會科學戰線》（1986 年），第 3 期，頁 309。

〔註9〕 〔唐〕孔穎達等疏：《尚書》（北京：中華書局，1998 年 8 月），卷三，頁 167。

所之也。在心爲志，發言爲詩。情動於中而形於言，言之不足，故嗟嘆之；嗟嘆之不足，故詠歌之，詠歌之不足，不知手之舞之，足之蹈之也。情發於聲；聲成文，謂之音。」〔註10〕情志並舉；魏晉陸機〈文賦〉「詩緣情而綺靡」，〔註11〕情爲詩之本才完全成立。發展至今所代表的意義便可包括了詩人內在情志的抒發、符合政治道德標準的內容、具有政教意義的功用等，也就是主張抒情的同時，也要求儒學理性的規範。可見這種實用性理論的展現，其內化成爲期待視野展現在蘇軾詞評論上主要在三個方面：詩教精神的期待、詩言抱負的期待、詩表情感的期待。當然，將詞的創作以詩的創作角度來理解，自然不能忽略掉前提，即將詞與詩視爲同源的期待。

二、內　涵

（一）詩詞同源的期待

　　詞別名爲「詩餘」，又稱作樂府，許多人以爲詩與詞是源自於同一個始祖，既然詩詞同源，詞爲何不能表達詩所表達的情感呢？因此當維護傳統詩學的人，將詞視爲小道，認爲詞不應該，也不適合表現某種題材時，觀念較爲創新的人，即贊成蘇軾詞創作方式的人，則認爲「詩詞同源」，詞絕對可以像詩一樣，表達同樣的內容與情感，如王灼《碧雞漫志》卷二云：

> 東坡先生以餘事作詩，溢而作詞曲，高處出神入天，平處尚臨鏡笑春，不顧儕輩。或曰，長短句中詩也。爲此論者，乃是遭柳永野狐涎之毒。詩與樂府同出，豈當分異。〔註12〕

王灼以爲蘇軾詞表現突出，那些將其認定是「長短句中詩」的人，乃是受到柳永詞作的影響，並以「詩與樂府同出」來駁斥他人對蘇軾詞

〔註10〕陳奐：《詩毛氏傳疏》（台北：廣文書局，1967 年 11 月），序言。

〔註11〕〔梁〕昭明太子撰、〔唐〕李善注：《昭明文選》（台北：藝文印書館，1967 年 10 月），第十七卷，頁 246。

〔註12〕見唐圭璋：《詞話叢編》（台北：新文豐出版公司，1988 年），冊一，頁 83。

的批評。「詩與樂府同出」正說明詩與詞同出一源，既然如此，又何須「分異」？所以詩所表現的內容、情感，同樣可以展現在詞作當中。又金人王若虛《滹南遺老集》卷三十九《詩話》中云：

> 陳後山謂「子瞻以詩爲詞」，大是妄論，而世皆信之，獨茆荊產辨其不然，謂公詞爲古今第一。今翰林趙公亦云：「此與人意暗同。」蓋詩詞只是一理，不容異觀。自世之末作，習爲纖艷柔脆，以投流俗之好，高人勝士亦或以是相勝，而日趨於委靡，遂謂其體當然，而不知流弊之至此也。文伯起曰：「先生慮其不幸而溺於彼，故援而止之，特立新意，寓以詩人句法。」是亦不然。公雄文大手，樂府乃其游戲，顧豈與流俗爭勝哉！蓋其天資不凡，辭氣邁往，故落筆皆絕塵耳。〔註13〕

王若虛所言「蓋詩詞只是一理，不容異觀」乃其認爲詩與詞應當使用同樣的角度觀之，即創作上可以表達相同的思想與情感。王若虛又從「振衰起弊」的角度來看，世人作詞日趨纖艷、萎靡，蘇軾乃「援而止之，特立新意，寓以詩人句法」，這種看法與湯衡的「東坡慮其不幸而溺乎彼，故援而止之，惟恐不及」〔註14〕及劉熙載「至東坡始能復古」〔註15〕是相同的。

　　在後人的眼裡，尤其是爲了維護詞體地位的詞論家，認爲詩與詞乃是兩種完全迥異的文學體裁，但亦有許多評論者從歷史的脈絡

〔註13〕見唐圭璋編：《詞話叢編》，冊三，頁2193。

〔註14〕湯衡〈張紫微雅詞序〉：「昔東坡見少遊《上巳遊金明池詩》有「簾幕千家錦繡垂」之句，曰：『學士又入小石調矣。』世人不察，便謂其詩似詞，不知坡之此言，蓋有深意，夫鏤玉雕瓊，裁花剪葉，唐末詞人，非不美也，然粉澤之工，反累正氣。東坡慮其不幸而溺乎彼，故援而止之，惟恐不及。其後元祐諸公，嬉弄樂府，寓以詩人句法，無一毫浮靡之氣，實自東坡發之也。」見張惠民編：《宋代詞學資料匯編》（廣東：汕頭大學出版社，1993年11月），頁223。

〔註15〕劉熙載《藝概·詞概》：「太白憶秦娥聲情悲壯，晚唐、五代惟趨婉麗，至東坡始能復古。後世論詞者，或轉以東坡爲變調，不知晚唐、五代乃變調也。」見唐圭璋編：《詞話叢編》，冊四，頁3690。

中，從蘇軾的觀點、作品中，找到了期待視野的立足點，於是「詩詞同源」成了一項有力的依據，使蘇軾詞得以光明正大地發光與發熱。

（二）詩教精神的期待

儒家的思想在漢武帝「獨尊儒術」以後成爲了中國思想的主流，儒家重視五經傳統，尤其是詩教精神，《詩經》是孔子認爲具有教化意義的經典，其云：「詩無邪」所代表的意義是「思想純正」，這些歌謠不論是揭露社會的黑暗、政治的腐敗，對統治者的驕奢淫逸、剝削壓迫人民的醜行的憤恨，情眞意切的婚戀詩，抒發愛情的幸福或描寫婚戀的悲劇，都是孔子認爲可以成爲人們倫理道德修養的範本，所謂「興於詩，立於禮，成於樂。」〔註16〕除此之外，《論語·陽貨》亦云：「詩可以興，可以觀、可以群、可以怨；邇之事父，遠之事君；多識於鳥獸草木之名。」〔註17〕可見《詩經》的作用頗爲廣泛，尤其是《詩經》的風雅，或怨或頌，或刺或美，積極干預生活，道出了紛亂時局裡人民百姓的心聲，正所謂「傷人倫之廢，哀刑政之苛，吟詠情性，以風其上」，〔註18〕於是「風雅」二字成了《詩經》的代表精神，也是詩教的標準。這種「風雅」精神表現在對蘇軾詞的期待上，如清代況周頤《蕙風詞話》卷二所云：

> 有宋熙豐間，詞學稱極盛。蘇長公提倡風雅，爲一代山斗。
> 〔註19〕

提及蘇軾必然論及其「古文八大家」的地位，蘇軾與歐陽修是北宋先後的文壇盟主，他們都致力於文學的濟世作用，即文以載道。然而「詞」體興起於民間，其風格綺麗，向來只適合於娛賓遣興，與經世致用絕對畫不上等號，但此種觀念到了蘇軾徹底的轉變，蘇軾詞裡包括了詠

〔註16〕朱熹：《四書集注·論語四》（台北：藝文印書館，1956 年 9 月），頁13～14。
〔註17〕朱熹：《四書集注·論語四》，頁 4。
〔註18〕朱熹：《詩集傳·序言》（台北：藝文印書館，1967 年 12 月）。
〔註19〕見唐圭璋編：《詞話叢編》，冊五，頁 4426。

物、詠史、傷時、感懷身世、悼亡、送別等各式各樣的內容，詩與詞在題材上的選擇幾乎沒了界線，無怪乎況周頤稱許他提倡了詩教的風雅精神，將之運用在向來以綺艷風格爲主的詞體中，真不愧是「一代山斗」。

　　元代蘇軾詞甚爲流行，延祐刊本《東坡樂府》葉曾原序曾云：

> 公之長短句，古三百篇之遺旨也。自風雅隳散，流爲鄭樂佟靡之音，不能復古之淳厚久矣。東坡先生以文名於世，唱詠之餘，樂章數百篇，樂而不淫，哀而不傷，真得六義之體。觀其命意吐詞，非淺學窺測。好事者或爲之注釋，中間穿鑿甚多，爲識者所誚。舊板湮沒已久，深有家藏善本，再三校正，一利刻梓，以永布史。先生文章之光焰復盛於明時，不亦幸乎！延祐庚申正月望日，括蒼雲深葉曾刻於雲間南阜書堂。〔註20〕

葉曾以爲古代風雅的淳厚風氣失去已久，後世盡是「鄭樂佟靡之音」，但其直指蘇軾之長短句具有「古三百篇之遺旨」，可見其認爲蘇軾詞是接續自《詩經》以來的正統，將蘇軾之詞視如詩可以言志般，提升了詞體的地位。另外葉曾認爲蘇軾詞作內容，並非如柳永等人之作通俗淺顯易懂，也就是並非如同原先流行於民間的娛樂性音樂文學，而是轉變爲以文字內容爲欣賞對象的文學類型了，故非淺學者可以窺測。

　　《詩經》的詩教精神重視諷刺、勸諭傳統，合於道德倫理的思想情感，對社會有積極貢獻，但情感上必須符合溫柔敦厚、中庸之道，這些觀念共同體現在不同評論者的期待視野中。《詩經》裡包含了三種寫作手法「賦、比、興」，〔註21〕其中的比興傳統正是寄託、諷諭

〔註20〕〔宋〕蘇軾：《東坡樂府》（台北：世界書局，1970 年 5 月景元延祐本）。

〔註21〕關於比興的說法，《周禮・大師》（台北：台灣商務印書館，1937 年 3 月）：「教六詩，曰風，曰賦，曰比，曰興，曰雅，曰頌。」（卷六，頁152）《毛詩序》說：「故詩有六義焉，一曰風，二曰賦，三曰比，四曰興，五曰雅，六曰頌。」風、雅、頌爲《詩經》的文體分類，賦、比、

的主要方法，清代陳廷焯《白雨齋詞話》卷六不但對比興的定義加以細緻的區別，更深入的探討其內涵，其云：

> 或問「比」與「興」之別。余曰……若興則難言之矣。託喻不深，樹義不厚，不足以言興。深矣厚矣，而喻可專指，義可強附，亦不足以言興。所謂興者，意在筆先，神餘言外，極虛極活，極沈極鬱，若遠若近，可喻不可喻，反覆纏綿，都歸忠厚。求之兩宋，如東坡〈水調歌頭〉、〈卜算子〉〈雁〉……等篇，亦庶幾近之矣。〔註22〕

「意在筆先，神餘言外」這種寄託之法是符合「忠厚」之旨的，此種期待視野是陳廷焯常用以評論蘇軾詞的用語，〔註23〕所謂「忠厚」不僅道出了蘇軾寫作的重要內涵，還說明了其具備了《詩經》比興傳統的特點，一為忠實，即符合仁義道德的社會作用，二為寬厚，即中庸之道。

　　蘇軾的詞作中往往留下了空白，等著讀者去發掘這隱在的讀者，

興則是詩的做法，是詩歌情感的表現方式。而其意義宋代朱熹：《詩集傳》解釋：「興者，先言他物以引起所詠之詞；賦者，敷陳其事而直言之也；比者，以彼物比此物也。」很明顯的，「賦」是情感最直接形象的表現，相對於比興而言，比興手法便是間接形象的表現，兩種手法皆具有「譬喻」的性質，只是差別乃在於，比法的「以彼物比此物」的兩個對象之間具有清楚的指涉，而興法的「先言他物以引起所詠之詞」是藉由外在事物的感發所引起的聯想，兩個對象間並沒有強烈、絕對關係的指涉，劉勰《文心雕龍‧比興》（台北：學海出版社，1988年3月）說：「比者，附也，興者，起也。附理者切類以指事。起情者依微以擬議。起情故興體以立，附理故比例以生。」比法需「切類」，及借來比喻的事物必須與主體本身具有明顯的相關，由此來表明一種道理；興法則是「依微」來擬議，意即藉由深微的情感聯繫，來形成一首詩的氣氛、情調、韻味、色澤。（卷八，頁601）

〔註22〕見唐圭璋編：《詞話叢編》，冊四，頁3917。

〔註23〕陳廷焯《白雨齋詞話》：「東坡〈浣溪沙〉云：『誰道人生難再少，君看流水尚能西。休將白髮唱黃雞。』愈悲鬱，愈豪放，愈忠厚，令我神往。」（見唐圭璋編：《詞話叢編》冊四，卷六，頁3912。）「張綖云：『少游多婉約，子瞻多豪放，當以婉約為主。』此亦似是而非，不關痛癢語也。誠能本諸忠厚，而出以沉鬱，豪放亦可，婉約亦可。否則豪放嫌其粗魯，婉約又病其纖弱矣。」（見唐圭璋編：《詞話叢編》，冊四，卷一，頁3785。）「東坡詞宕感激，忠厚纏綿，後人學之，徒形粗魯。」（見唐圭璋編：《詞話叢編》，冊四，卷三，頁3826。）

其〈卜算子‧雁〉歷來頗多人熱於討論與批評，其詞云：「缺月掛疏桐，漏斷人初靜。時見幽人獨往來，縹緲孤鴻影。　　驚起却回頭，有恨無人省。揀盡寒枝不肯棲，寂寞沙洲冷。」〔註24〕鮦陽居士《復雅歌詞》云：

> 鮦陽居士云：「缺月」，刺明微也。「漏斷」，暗時也。「幽人」，不得志也。「獨往來」，無助也。「驚鴻」，賢人不安也。「回頭」，愛君不忘也。「無人省」，君不察也。「揀盡寒枝不肯棲」，不偷安於高位也。「寂寞吳江冷」，非所安也，此詞與〈考槃〉詩極相似。〔註25〕

又清代張德瀛《詞徵》卷五云：

> 曾丰謂蘇子瞻長短句，猶有與道德合者，缺月疏桐一章，觸興於驚鴻，發乎情性也，收思於冷洲，歸乎禮義也。〔註26〕

〈毛詩序〉云：「風，風也，教也；風以勸之，教以化之。」又云：「上以風化下，下以風刺上，主文而譎諫」〔註27〕在國風當中，有許多諷刺時局的作品，詩教傳統以譏時諷世、補闕時政、深切關注現實社會為依歸。同樣的，胡仔認為〈卜算子〉含有深刻的寄託，以缺月意象來表達諷君之意，而以驚鴻意象暗示賢人的驚恐與不安，回頭則表示對君王的掛念與擔心，充滿對君王能任用賢能的期盼與勸諫。而張德瀛則取曾丰評〈卜算子〉「發乎情性」而「歸乎禮義」，認為是符合道德的詞作。陳慶輝《中國詩學》中曾指出詩是感情的表現，而且強調

〔註24〕見鄒同慶、王宗堂：《蘇軾詞編年校注》，上冊，頁275。

〔註25〕見唐圭璋編：《詞話叢編》，冊一，頁60。鮦陽居士的說法，後人有些意見。清代謝章鋌《賭棋山莊詞話續編》卷一：「東坡〈卜算子〉云：(詞略)時東坡在黃州，固不無淪落天涯之感。而鮦陽居士所釋，字箋句解，果誰語而誰知之？雖作者未必無此意，而作者亦未必定有此意，可神會而不可言傳。斷章取義，則是刻舟求劍，則大非矣。」（見唐圭璋編：《詞話叢編》，冊四，頁3486。）。清代徐釚《詞苑叢談》（台北：木鐸出版社，1982年2月）：「阮亭稱其（鮦陽居士）『村夫子強作解事，令人欲嘔』。……僕嘗戲謂，坡公命宮魔羯：湖州詩案，生前為王珪、舒亶輩所苦；身後又硬受此差排耶！」（頁52）

〔註26〕見唐圭璋編：《詞話叢編》，冊五，頁4159。

〔註27〕陳奐：《詩毛氏傳疏》，序言。

這種情感又必須是具有社會的合理性。〔註28〕從〈卜算子〉中，缺月與驚鴻提供了讀者填補空白的依據，此種內涵正是詩教精神「止乎禮義」的原則，得以發揮〈毛詩序〉所言「經夫婦、成孝敬、厚人倫、多教化、移風俗」〔註29〕的作用。

　　同樣的名作〈水調歌頭〉（丙辰中秋，歡飲達旦，大醉。作此篇，兼懷子由）也是陳廷焯心目中的「忠厚」之作，其詞云：「明月幾時有，把酒問青天。不知天上宮闕，今夕是何年。我欲乘風歸去，惟恐瓊樓玉宇，高處不勝寒。起舞弄清影，何似在人間。　　轉朱閣，低綺戶，照無眠。不應有恨，何事長向別時圓。人有悲歡離合，月有陰晴圓缺，此事古難全。但願人長久，千里共嬋娟。」〔註30〕先著《詞潔輯評》卷三云：

> 凡興象高，即不爲字面礙。此詞前半，自是天仙化人之筆。惟後半「悲歡離合」、「陰晴圓缺」等字，苛求者未免指此爲累。然再三讀去，摶捖運動，何損其佳。少陵〈咏懷古跡〉詩云：「支離東北風塵際，漂泊西南天地間。」未嘗以風塵、天地，西南、東北等字窒塞，有傷是詩之妙。詩家最上一乘，固有以神行者矣，於詞何獨不然。〔註31〕

此闋詞讀來確實如先著所言「興象高」，是讓人難以捉摸的，於是只能靠讀者從作品中的空白處尋找線索。詞作意象所展現出來的意義是深遠的，歷來的評論家總將之歸類於「愛君」，但事實真是如此嗎？也許正如先著所言，乃「天仙化人之筆」，也許從「明月幾時有」、「月有陰晴圓缺，此事古難全」可以填補空白，正如〈卜算子〉的缺月意象，意在諷君。對陳廷焯而言，蘇軾〈水調歌頭〉之所以和〈卜算子〉一樣都可歸類於忠厚，其共同的訊息應該是藉由比興寄託的方式，以月的意象寄託委婉的諷諫。雖然有人認爲「悲歡離合」、「陰晴圓缺」

〔註28〕陳慶輝：《中國詩學》（台北：文史哲出版社，1994年12月），頁17。
〔註29〕陳奐：《詩毛氏傳疏》，序言。
〔註30〕見鄒同慶、王宗堂：《蘇軾詞編年校注》，上冊，頁175。
〔註31〕見唐圭璋編：《詞話叢編》，冊二，頁1356。

等字拖累了整闋詞作，但正如少陵〈詠懷古跡〉詩的「東北」、「西南」，正因其興象高，以神而行，故不爲字面所礙。

以比興手法來寄託、諷刺，可以讓詩歌的表現較爲含蓄、婉轉，歷來的評論者帶著詩教寄寓微旨的諷刺精神爲期待視野，除了政治場域的勸諫，也包含著人情世故的勸誡，清代的張德瀛《詞徵》卷一舉了一闋較少出現的作品〈哨徧〉，〔註32〕作爲《詩經》諷刺、勸喻的例證，其勸世意圖再明顯不過了，其云：

詞有與風詩意義相近者，自唐迄宋，前人鉅製，多寓微旨。

如……蘇子瞻睡起畫堂，〈山樞〉勸飲食也。〔註33〕

〈山樞〉是《詩經》中的一篇作品，旨在勸人應即時行樂，其云「子有酒食，何不日鼓瑟？且以喜樂，且以永日。」〔註34〕正符合蘇軾的〈哨徧〉所云：「君看今古悠悠，浮幻人間世。這些百歲，光陰幾日，三萬六千而已。醉鄉路穩不妨行，但人生、要適情耳。」勸人珍惜可貴的光陰，在短暫的人生裡，及時行樂。

《詩經》重視諷刺傳統的道德禮義的教化功能，即〈毛詩序〉云：「風，風也，教也；風以勸之，教以化之。」〔註35〕但其具備一個先決條件，「上以風化下，下以風刺上，主文而譎諫」，要以委婉陳詞的方式，即《中庸》所言：「喜怒哀樂之未發，謂之中；發而皆中節，謂之和。中也者，天下之大本；和也者，天下之達道也。致中和，天

〔註32〕〈哨徧〉（春詞）：「睡起畫堂，銀蒜押簾，珠幕雲垂地。初雨歇洗出碧羅天，正溶溶養花天氣。一霎暖風迴芳草，榮光浮動，捲皺銀塘水。方杏靨勻酥，花鬚吐繡，園林排比紅翠。見乳燕捎蝶過繁枝。忽一線鑪香逐遊絲。晝永人閒，獨立斜陽，晚來情味。　便乘興攜將佳麗。深入芳菲裏。撥胡琴語，輕攏慢撚總伶俐。看緊約羅裙，急趣檀板，霓裳入破驚鴻起。顰月臨眉，醉霞橫臉，歌聲悠揚雲際。任滿頭紅雨落花飛。漸鵾鵲樓西玉蟾低。尚徘徊未盡歡意。君看今古悠悠，浮幻人間世。這些百歲光陰幾日，三萬六千而已。醉鄉路穩不妨行，但人生要適情耳。」見鄒同慶、王宗堂：《蘇軾詞編年校注》，中冊，頁 590～591。

〔註33〕見唐圭璋編：《詞話叢編》，冊五，頁 4079。

〔註34〕陳奐：《詩毛氏傳疏》，卷十，頁 2～3。

〔註35〕陳奐：《詩毛氏傳疏》，序言。

地位焉，萬物育焉。」〔註36〕於是「溫柔敦厚」成了重要的指標。

「溫柔敦厚」原本是作爲培養人民情性的終極目標，《禮記·經解》記載孔子的說法：

> 孔子曰：「入其國其教可知也。」其爲人也溫柔敦厚，《詩》教也。疏通知遠，《書》教也。廣博易良，《樂》教也。絜靜精微，《易》教也。恭儉莊敬，《禮》教也。屬辭比事，《春秋》教也。故《詩》之失愚，《書》之失誣，《樂》之失奢，《易》之失賊，《禮》失煩，《春秋》之失亂。其爲人也溫柔敦厚而不愚，則深於《詩》者也。疏通知遠而不誣，則深於《書》者也。廣博易良而不奢，則深於《樂》者也。絜靜精微而不賊，則深於《易》者也。恭儉莊敬而不煩，則深於《禮》者也。屬辭比事而不亂，則深於《春秋》者也。〔註37〕

孔穎達《正義》釋溫柔敦厚云：「溫謂顏色溫潤，柔謂情性和柔。詩依違諷諫，不指切事情，故云溫柔敦厚是詩教也。」〔註38〕可見溫柔敦厚原本指的是一種情性的培養，後來轉變爲一種原則、作品特性，清代劉熙載《藝概》卷四〈詞曲概〉便云：「蘇辛皆至情至性人，故其詞瀟灑卓犖，悉出於溫柔敦厚。」〔註39〕直接了當的道出蘇軾與辛棄疾詞所具備的「溫柔敦厚」特性。欲達成這樣的效果，孔子認爲文學創作須符合「樂而不淫、哀而不傷、怨而不怒」、「婉曲而不直言」、「主文而譎諫」等原則，〔註40〕此種精神表現在對蘇軾詞的期待上，如宋代周輝《清波雜志》云：「居士詞豈無去國懷鄉之感，殊覺哀而不傷。」〔註41〕元代延祐刊本《東坡樂府》葉曾原序曾提及蘇軾詞爲「古三百篇之遺旨」，能「樂而不淫，哀而不傷，眞得六義之體」。

〔註36〕朱熹：《四書集注·中庸二》，頁1～2。
〔註37〕〔漢〕鄭玄注、〔唐〕孔穎達正義：《禮記正義·經解第二十六》（上海：上海古籍出版社，2008年9月），頁1903～1904。
〔註38〕〔漢〕鄭玄注、〔唐〕孔穎達正義：《禮記正義·經解第二十六》，頁1903～1904。
〔註39〕見唐圭璋編：《詞話叢編》，冊四，頁3693。
〔註40〕陳奐：《詩毛氏傳疏》，序言。
〔註41〕見唐圭璋編：《詞話叢編》，冊四，頁3944。

〔註42〕而清代陳廷焯《白雨齋詞話》卷七記《雲韶集》中議論：

東坡不可及處，全是去國流離之思，卻又哀而不傷，怨而不怒，所以為高。〔註43〕

同樣地，其《詞壇叢話》云：

東坡詞，一片去國流離之思，哀而不傷，怨而不怒，寄慨無端，別有天地。〔註44〕

敢言的個性使得蘇軾與當政者的理念不和，處處碰壁，不僅外任至杭州、密州、徐州、湖州等地，甚至被貶謫到黃洲、嶺南。由於宦途的坎坷，蘇軾詞作中表達「去國流離之思」的作品頗多，如〈卜算子〉（自京口還錢塘，道中寄述古太守）：「蜀客到江南，長憶吳山好。吳蜀風流自古同，歸去應須早。　　還與去年人，共藉西湖草，莫惜尊前子細看，應是容顏老。」〔註45〕〈滿庭芳〉（余年十七，始與劉仲達往來於眉山，今年四十九，相逢於泗上，淮水淺凍，久留郡中，晦日同游南山，話舊感歎，因作〈滿庭芳〉云）：「三十三年，飄流江海，萬里煙浪雲帆。故人驚怪，憔悴老青衫，我自疏狂意趣，君何事奔走塵凡，流年盡，窮途坐守，船尾凍相銜。　　巉巉，淮浦外，層樓翠壁，古寺空巖，步攜手林間，笑挽欃檻，莫上孤峰盡處，縈望眼雲海相攪，家何在，因君問我，歸夢繞松杉。」〔註46〕雖然道出的是對家鄉的思念或在異地漂泊的無奈，然而卻是以含蓄婉轉的方式說出，秉持著「溫柔敦厚」的詩教宗旨，無怪乎周輝與陳廷焯皆稱其作「哀而不傷」。而清代陳廷焯《白雨齋詞話》卷八更盛讚「東坡詞全是王道」。〔註47〕

〔註42〕〔宋〕蘇軾：《東坡樂府》（台北：世界書局，1970 年 5 月景元延祐本）。

〔註43〕見唐圭璋編：《詞話叢編》，冊四，頁 3944。

〔註44〕見唐圭璋編：《詞話叢編》，冊四，頁 3721。

〔註45〕見鄒同慶、王宗堂：《蘇軾詞編年校注》，上冊，頁 52。

〔註46〕見鄒同慶、王宗堂：《蘇軾詞編年校注》，中冊，頁 563。

〔註47〕見唐圭璋編：《詞話叢編》冊四，頁 3957。

（三）詩言抱負的期待

「抱負」即志向、願望，此處是以古代的傳統社會爲背景，文人們往往以受到君王重用，實現政治理想爲志向，所謂的「詩言志」傳統基本上也是以此爲根據的，只是若要仔細的加以辨別，「志」的範圍應該大於「抱負」。詩歌言志傳統其來有自，且是歷來文人極爲重視的，最早的記載爲《尚書・堯典》的「詩言志，歌永言。」〔註48〕而〈詩大序〉則有「詩者，志之所之也。在心爲志，發言爲詩。情動於中而形於言。」〔註49〕劉勰《文心雕龍・明詩》:「人稟七情，應物斯感，感物吟志，莫非自然。」〔註50〕〈堯典〉所謂的「志」包括思想、情感、態度、觀點在內的人的心理世界皆可言之，不同於先秦所謂志的意義是侷限在思想觀念與功利價值上，針對的是政治抱負，而〈毛詩序〉的「志」則是情志並舉，但不論是什麼意義的「志」，絕對離不開「情感」。

此處我們所言的抱負則是界定在先秦以來所謂的政治理想，與一般所謂的親情、友情、男女之情等情感不同的地方，「抱負」的對象是國家、君王，其表現的情感是豪邁、奔放的，一般的情感則較爲細緻、柔婉的，這也是以下兩節分別將「抱負」與「情感」獨立論述的原因。不過，蘇軾所作的關於「情感」的詞又不同於花間、晚唐，乃至於柳永等綺麗的風格。詞體向來是以婉約爲主，從唐五代以來所確立的是綺麗、緣情的風格，與詩歌的「莊重、典雅」可說是大異其趣，詩莊詞媚一直以來存在於中國文人的思想中，詞所寫的內容被認爲是無關國計民生，未有個人情志之寄託，僅是酒筵歌席之作，不登大雅之堂，這種現象到了蘇軾完全改變:「眉山蘇軾，一洗綺羅香澤之態，擺脫綢繆宛轉之度，使人登高望遠，舉首高歌，而逸懷浩氣，超然乎塵垢之外，於是花間爲皀隸，而柳氏爲輿臺矣。」〔註51〕這種與傳統詞學完

〔註48〕〔唐〕孔穎達等疏:《尚書》，卷三，頁167。
〔註49〕陳奐:《詩毛氏傳疏》，序言。
〔註50〕劉勰:《文心雕龍・明詩第六》，頁65。
〔註51〕〔宋〕胡寅:〈酒邊集序〉，見張惠民編《宋代詞學資料匯編》，頁212。

全不同的作法，造成了「陌生化」的衝擊，清代鄧廷楨在其《雙硯齋詞話》中亦列舉了蘇軾的詞作：〈念奴嬌〉（大江東去）、〈卜算子〉（缺月挂疏桐）、〈蝶戀花〉、〈永遇樂〉、〈水龍吟〉、〈洞仙歌〉等作品，肯定其「譬之慧能肇啓南宗，實傳黃梅衣鉢矣」的重要地位。〔註52〕從蘇軾開始，詞體已非過去僅止於「男女愛情故事」的述說，原本只有在詩歌才會出現的經世抱負、思想情感，隨著蘇軾的天才作法，進入了詞作之中，南宋傅共爲《傅幹注坡詞》作序云：

> ……然其寄意幽渺，指事深遠，片詞隻字，皆有根柢。是以世之玩者，未易識其佳處。譬猶瓌奇珍怪之寶，來於異域，光彩照耀，人人駭矚，而能辨質其名物者蓋寡矣……。自兹以往，別屋閒居，交口教授，吾知秦、柳、晁、賀之倫，束於高閣矣。〔註53〕

清代鄭文焯《手批東坡樂府》評〈定風波〉（莫聽穿林打葉聲）亦云：

> 此足徵是翁坦蕩之懷，任天而動。琢句亦瘦逸，能道眼前景。以曲筆直寫胸臆，倚聲能事盡之矣。〔註54〕

〔註52〕「東坡以龍驥不羈之才，樹松檜特立之操，故其詞清剛雋上，囊括群英。院史所云：學士詞須關西大漢，銅琶鐵板，高唱『大江東去』。語雖近謔，實爲知音。然如〈卜算子〉云：『缺月挂疏桐，漏斷人初定。時見幽人獨往來，縹緲孤鴻影。　驚起欲回頭，有恨無人省。揀盡寒枝不肯棲，寂寞沙洲冷。』則明漪絕底，薌澤不聞，宜洨翁稱之爲不食人間烟火。而造言者謂此詞爲惠州溫都監女作，又或謂爲黃州王氏女作。夫東坡何如人，而作牆東宋玉哉。至如〈蝶戀花〉之『枝上柳綿飛又少。天涯何處無芳草』，坡命朝雲歌之，輒泫然流涕，不能成聲。永遇樂之『古今如夢，何曾夢覺，但有新歡舊怨』，和章質夫楊花〈水龍吟〉之『曉來雨過，遺蹤何在，半池萍碎。春色三分，二分塵土，一分流水』，〈洞仙歌〉之『試問夜如何，夜已三更，金波淡、玉繩低轉』，皆能簸之揉之，高華沉痛，遂爲石帚導師。譬之慧能肇啓南宗，實傳黃梅衣鉢矣。」見唐圭璋編：《詞話叢編》冊三，頁2529。

〔註53〕〔宋〕傅幹著、劉尚榮校證：《傅幹注坡詞》（成都：巴蜀書社，1993年7月），頁7。

〔註54〕見唐圭璋編：《詞話叢編》，冊五，頁4323。

「寄意幽渺，指事深遠，片詞隻字，皆有根柢」，可見傅共已將蘇軾詞作視爲能夠繼承詩學言志的傳統，而「以曲筆直寫胸臆」則是鄭文焯認爲，從蘇軾開始，「詞」成爲容納多樣題材的載體，文人士子的抱負也得以在詞體中展現。

蘇軾在歷史上被稱爲豪放詞派的開創者，不過事實上豪放風格的作品，在蘇軾的所有作品中僅是少數，不超過三十闋，〔註55〕之所以會被如此定位，乃因這種風格的作品帶給詞壇的「陌生化」震憾太過劇烈了。豪放風格的作品通常是作者表現其理想、抱負的媒介，表現出熱烈、奮發、積極等情緒。〔註56〕對於歷史上所謂的「婉約詞派」來講，對於蘇軾的豪放詞自然不能認同，但站在詩歌言志的角度來看，蘇軾此類詞作無異是詞壇上的一股「新流」。他的弟子黃庭堅正是站在此種角度來發聲：

> 東坡居士曲，世所見者數百首，或謂於音律小不諧。居士
> 詞橫放傑出，自是曲子縛不住者。〔註57〕

將音律不協的問題，歸之於蘇軾詞的豪放傑出。而南宋的陸游和汪莘也都以各自不同的表述來肯定此種風格的作品，陸游《老學庵筆記》云：

> 世言東坡不能歌，故所作樂府詞多不協。晁以道云：「紹聖
> 初，與東坡別於汴上，東坡酒酣，自歌〈古陽關〉。」則公

〔註55〕王保珍《東坡詞研究》所選錄之數，僅有二十一闋，放寬標準不過二十四、五闋。參見其書（台北：長安出版社，1987），頁57～63。朱靖華〈蘇軾的豪放詞及其在詞史上的地位〉一文統計，典型豪放詞也不過三十闋。見《徐州師院學報》（1985年）第一期，頁51～56。

〔註56〕據《中國詞學大辭典》之定義：「豪放詞的特點是氣勢恢弘，它打破花間體以來以佳人綺艷爲主的題材取向和創作定勢，將廣闊的現實生活納入詞的表現領域：在詞裡懷古傷今，論史談玄，抒愛國之志，敘師友之誼，寫田園風物，記遨游情態，真正做到了無意不可入，無事不可言。」見馬興榮等編：《中國詞學大辭典》（杭州：浙江教育出版社，1996年），頁29。

〔註57〕〔宋〕趙令畤：《侯鯖錄》（北京：中華書局，2004年9月），卷八，頁205。

非不能歌，但豪放不喜裁剪以就聲律耳。〔註58〕

汪莘《方壺詩餘》嘉定元年自序云：

蓋至東坡而一變，其豪妙之氣，隱隱然流出言外天然絕世，
不假振作。二變而爲朱希眞，多塵外之想，雖雜以微塵，
而其清氣自不可沒。三變而爲辛稼軒，乃寫其胸中事，尤
好稱淵明。此詞之三變也。〔註59〕

不管是爲了諧律的問題，亦或歌唱與否，也或者是個人的喜好，這些
肯定蘇軾的聲音都指出了蘇軾本人或詞作的「豪放」，而這正是對於
蘇軾詞作能夠道出自己聲音的期待與肯定。

不過，蘇軾豪放詞中尚有分別，近人夏敬觀《手批東坡樂府》云：
「東坡詞如春花散空，不著跡象，使柳枝歌之，正如天風海濤之曲，
中多幽咽怨斷之音，此其上乘也。若夫激昂排宕，不可一世之概，陳
無己所謂：『如教坊雷大使之舞，雖極天下之工，要非本色』，乃其詠
第二乘也。後人學蘇者，惟能知第二乘，未有能達上乘者，即稼軒亦
然。」〔註60〕夏敬觀認爲蘇軾豪放詞的境界高者「正如天風海濤之曲，
中多幽咽怨斷之音」，在慷慨激昂中富含深刻的情感，這類的作品才
不致流於空洞，雖然後人學蘇軾者眾多，不過幾乎沒有能寫出超越蘇
軾的作品，原因正在於作品隱藏的「幽咽怨斷之音」。

正如前一節所言，詩教傳統重視以比興的手法來寄託、諷喻，藉
此含蓄婉轉的表達「言外之意」。這種比興寄託的方式往往藉由某些
「意象」來表示，評論者得以因此理解了作品背後的意涵，這也正是
作品中所隱藏的訊息。中國傳統具有的思維模式爲求同性思維，這種
思維認爲萬物有其同構性，因此，要理解某個事物，最直接的辦法就
是將已知的事物相比擬，發現其共同點，從而加以描述，藉助比喻、
象徵等手段對事務進行直觀的理解。基於這樣的認識，評論者得以依

〔註58〕〔宋〕陸游：《老學庵筆記》（台北：木鐸出版社，1982 年 5 月），頁
66。
〔註59〕金啓華等編：《唐宋詞集序跋匯編》（台北：台灣商務印書館，1992
年 2 月），頁 227。
〔註60〕見鄒同慶、王宗堂：《蘇軾詞編年校注》，下冊，頁 1041。

照意象背後的意義，來了解作者表達的理想與抱負，同樣地，前一節討論過的〈卜算子〉（缺月掛疏桐）由於蘇軾所使用的意象，受到歷來讀者的不同解讀，身爲蘇門弟子的黃庭堅云：「東坡道人在黃州時作。語意高妙，似非喫煙火食人語。」〔註61〕所謂的語意高妙，即是因爲物象的象徵比喻，所造成的深刻涵義，同爲宋代的陳鵠的《耆舊續聞》對此說明：

> 魯直跋東坡道人黃州所作〈卜算子〉詞云：「語意高妙，似非吃煙火食人語。」此眞知東坡者也。蓋「揀盡寒枝不肯棲」，取興鳥擇木之意，所以謂之高妙。〔註62〕

陳鵠在「揀盡寒枝不肯棲，寂寞沙洲冷」中找到了塡補空白的依據，認爲黃庭堅的所謂高妙乃在於傳統文人對於「鴻鳥」這種意象的既定意涵。「鳥擇木而棲」是古代士人對於自己的人格期許，選擇跟隨賢能的君主，「鴻鳥」本身則是具有胸懷大志士人的化身，黃庭堅身爲傳統士人的一份子，自然深知品格對於讀書人的重要性，另一方面，蘇軾此時的遭遇，也替讀者提供了塡補空白的線索，此詞乃作於蘇軾烏臺詩案以後，此時寓居在黃州定慧院的蘇軾，因身繫囹圄的慘痛經驗，使「驚起卻回頭，有恨無人省」有了背景的依據，只是儘管經歷再多挫折，個性耿直、人格高尚的蘇軾，也依然會秉持著一貫的作風，寧可如鴻鳥一般寂寞孤獨，也不願隨波逐流，其中寓意之深，正如傳共〈注坡詞序〉所云：「寄意幽渺，指事深遠」，但這種「瓌奇珍怪之寶」能夠眞正讀懂、領會的人卻是少之又少，唯有眞正了解作者本身的個性與遭遇才能夠精確理解這富有深意的作品。

　　蘇軾在北宋盛極一時的作品〈水調歌頭〉，也是歷來評論者所樂於稱道的，除了詞題所言「兼懷子由」可以推論「但願人長久，千里共嬋娟」可能是對於弟弟的思念外，重點的上闋「明月幾時有，把酒問青天。

〔註61〕〔宋〕黃庭堅：《豫章黃先生文集》（台北：台灣商務印書館，1975年6月），卷二六〈跋東坡樂府〉。

〔註62〕〔宋〕陳鵠：《耆舊續聞》，卷二，見鄒同慶、王宗堂：《蘇軾詞編年校注》，上冊，頁283。

不知天上宮闕，今夕是何年。我欲乘風歸去，又恐瓊樓玉宇，高處不勝寒。起舞弄清影，何似在人間。」只是單純的浪漫的想法嗎？對於蘇軾此時的處境而言，似乎是有所寄託的。宋代鮦陽居士《復雅歌詞》云：

> 是詞乃東坡居士以丙辰中秋歡飲達旦大醉，作〈水調歌頭〉兼懷子由，時丙辰熙寧九年也。元豐七年，都下傳唱此詞。神宗問內侍外面新行小詞，內侍錄此進呈。讀至「又恐瓊樓玉宇，高處不勝寒」，上曰：「蘇軾終是愛君。」即命量移汝州。〔註63〕

又清代王奕清《歷代詞話》卷五引《坡仙集外紀》云：

> 蘇軾於中秋夜宿金山寺，作〈水調歌頭〉寄子由云云，神宗讀至「瓊樓玉宇」二句，乃歎云：「蘇軾終是愛君。」即量移汝州。〔註64〕

看來神宗這位讀者對於「我欲乘風歸去，又恐瓊樓玉宇，高處不勝寒」二句頗有感觸，認為蘇軾對自己是忠心與真誠的，因此深受感動，調動其官職。神宗究竟從哪裡找到填補此闋詞的空白呢？清代的沈祥龍《論詞隨筆》：「『瓊樓玉宇』，識其忠愛……由於志之正也。」；「缺月疏桐」，歎其高妙，若綺羅香澤之態，所在多有，則其志可知矣。」〔註65〕又張惠言《詞選》卷一《水調歌頭》評：「忠愛之言，惻然動人。神宗讀『瓊樓玉宇，高處不勝寒』之句，以為『終是愛君』矣。」〔註66〕線索正是「瓊樓玉宇」，後人與神宗皆把「瓊樓玉宇」認定是天子所居之地，於是「瓊樓玉宇」與天子有了內在的連結。接著進一步再了解「明月」的意涵，黃蓼園的《蓼園詞評》云：

> 按通首只是詠月耳。前闋，是見月思君，言天上宮闕，高不勝寒，但彷彿神魂歸去，幾不知身在人間也。次闋，言月何不照人歡洽，何似有恨遍于人離索之時而圓乎。復又自解，人有離合，月有圓缺，皆是常事。惟望長久，共嬋

〔註63〕見唐圭璋編：《詞話叢編》，冊一，頁59。
〔註64〕見唐圭璋編：《詞話叢編》，冊二，頁1165。
〔註65〕見唐圭璋編：《詞話叢編》，冊五，頁4047。
〔註66〕見唐玲玲、石淮聲箋注：《東坡樂府編年箋注》，頁105。

　　娟耳。纏綿惋惻之思，愈轉愈曲，愈曲愈深。忠愛之思，

　　令人玩味不盡。〔註67〕

前一小節提及傳統文化中的「明月」往往與君王有關，常常以月的
圓缺來諷諫君王，因此「明月」也就代表了「明主」，陳新雄《東
坡詞選析》說得很清楚，蘇軾歷侍仁宗、英宗、神宗三朝，仁宗、
英宗皇帝對他的禮遇與器重，使他感激，如今整整六年，卻仍迴翔
在地方上擔任小小的地方官，未見皇上召用，所以「明月幾時有？」
正寫出了他「奮勵有當世志」，卻又被冷落的憂鬱心理，而明月很
明顯地，正是所謂的「明君」。〔註68〕結合下闋提及的「何事長向
別時圓」，代表團圓的月圓，為何出現在離索之時？於是只能給予
合理、開懷的解釋：「人有離合，月有圓缺」，也只能期待「長久共
嬋娟」了，對中國文人而言，這種對國君的牽掛無疑是一種「忠誠」
的表現。

　　同樣地，又是與月色有關的作品：蘇軾的〈西江月〉，楊湜《古
今詞話》云：

　　東坡在黃州，中秋對月獨酌，(《歲時廣記》無上二字。)
　　作〈西江月〉詞曰：「世事一場大夢，人生幾度新涼。夜來
　　風葉巳鳴廊。(《廣記》作琅。) 看取眉頭鬢上。酒賤(《廣
　　記》作淺。) 常愁客少，月明多被雲妨。中秋誰與共孤光，
　　把(《廣記》作把，本集同。) 盞淒涼(集作然。) 北望。」
　　坡以讒言謫居黃州，鬱鬱不得志。凡賦詩綴詞，必寫其(《廣
　　記》無其字。) 所懷。然一日不負朝廷，其懷君之心，末
　　句可見矣。(《苕溪漁隱叢話》後集三十九引《古今詞話》、
　　《歲時廣記》三十一引《古今詞話》)〔註69〕

以月亮代表明君，雲朵表示奸臣當道，「月明多被雲妨」便直指君王
受到奸臣的蒙蔽，這種意象的使用是很常見的，楊湜所得到的訊息除
了「月」象徵君王的普遍性線索外，從作者蘇軾的遭遇推斷，鬱鬱不

〔註67〕見唐圭璋編：《詞話叢編》，冊四，頁3069。

〔註68〕見陳新雄：《東坡詞選析》(台北：五南圖書出版公司，2000)，頁73。

〔註69〕見唐圭璋編：《詞話叢編》，冊一，頁30。

得志的他，必然有所寄託，另外，末句的訊息「北望」亦提供了楊湜填補空白的機會，蘇軾外放至南邊，北望正是朝廷所在之地，因此其「懷君之心」可謂昭然若揭了，這種種的隱藏線索，提供了楊湜認定蘇軾此闋詞乃是為了表達對君王思念與掛心的期待視野的證據。

除了較有名的〈卜算子〉、〈水調歌頭〉是較多評論者所認定，具有表達抱負的意涵外，〈賀新郎〉也是其中一闋，其詞云：「乳燕飛華屋。悄無人桐陰轉午，晚涼新浴。手弄生綃白團扇，扇手一時似玉。漸困倚孤眠清熟。簾外誰來推繡戶，枉教人夢斷瑤台曲。又卻是，風敲竹。　石榴半吐紅巾蹙。待浮花浪蕊都盡，伴君幽獨。穠艷一枝細看取，芳心千重似束。又恐被秋風驚綠。若待得君來向此，花前對酒不忍觸。共粉淚，兩簌簌。」〔註70〕清黃蓼園《蓼園詞評》云：

> 前一闋，是寫所居之幽僻。次闋，又借榴花，以比此心蘊
> 結，未獲達於朝廷，又恐其年已老也。末四句，是花是人，
> 婉曲纏綿，耐人尋味不盡。〔註71〕

花的意象豐富，在傳統中國文化裡，有象徵高潔的梅花、蓮花，代表富貴的牡丹，而此處的石榴花，在傳統文化的期待視野裡，有了更高尚的意義，從「待浮花浪蕊都盡，伴君幽獨」便可見其品德與風格，黃蓼園便從此處發掘隱在讀者的蹤跡，於是「芳心千重似束」成了未能獲達朝廷而蘊結之心，對於無法施展抱負的煩悶心情表露無遺。同樣利用意象解讀來理解蘇軾貶謫心情的作品尚有〈浣溪沙〉：「風壓輕雲貼水飛。乍晴池館燕爭泥。沈郎多病不勝衣。　沙上不聞鴻雁信，竹間時聽鷓鴣啼。此情惟有落花知。」〔註72〕《蓼園詞評》云：

> 按此作其在被謫時乎。首尾自喻。「燕爭泥」，喻別人得意，
> 「沈郎」，自比。「未聞鴻鴈」，無佳信也。「鷓鴣啼」，聲
> 淒切也。通首婉惻。〔註73〕

〔註70〕見鄒同慶、王宗堂：《蘇軾詞編年校注》，中冊，頁766。
〔註71〕見唐圭璋編《詞話叢編》冊四，頁3092。
〔註72〕見鄒同慶、王宗堂：《蘇軾詞編年校注》，下冊，頁850。
〔註73〕見唐圭璋編《詞話叢編》冊四，頁3027。

黃蓼園藉由蘇軾此時的貶謫境遇與「燕爭泥」、「沈郎」等意象，找到作品裡的訊息，以沈約自比，面對那些得意之人「燕爭泥」，自己顯得消瘦又憔悴，對於無法實現抱負的心情「惟有落花知」。

封建王朝，君王便是代表國家，文人士子以考取功名，期使在政治場域有功於國家為職志，而接近君王的核心便是實現理想抱負的地方了，然而政治場上的鉤心鬥角往往讓懷抱著理想抱負的有志之士受到排擠，蘇軾便是其中的一位，空有一身的才學與滿腔的熱血，卻報國無門，於是在作品中便呈現了許多諸如此類的心情。類似的意象的象徵手法很多，〈卜算子〉的鴻雁，〈水調歌頭〉的瓊樓玉宇，〈賀新郎〉的榴花，評論者因為了解傳統意象的使用手法，加上對蘇軾創作的背景及其個性的了解，便可輕易的理解、詮釋、填補詞中的空白了。

（四）詩表情感的期待

情感是生存於地球上的萬物之靈「人類」所共有的特質，是文學作品生命中流動的汁液，是使其具有藝術感染力的重要因素。〔註74〕不論是「詩言志」或「詩緣情」，情感絕對是必要的因素，詩歌是詩人主觀情志或內心世界的真實表現，這正是中國與西方所不同的「表現論」特質。關於「感」字的解釋，《說文》言：「情，人之陰氣有欲者也」〔註75〕「感，動人心也。」〔註76〕〈詩大序〉：「詩者志之所之也。在心為志，發言為詩。情動於中而形於言，言之不足，故嗟嘆之；嗟嘆之不足，故詠歌之，詠歌之不足，不知手之舞之，足之蹈之也。情發於聲；聲成文，謂之音。」〔註77〕可見詩歌起源於人類表達感情的需要。清代袁枚的「性靈」說，便是強調人之性情的代表，其《隨園詩話》云：「自三百篇自今日，凡詩之傳者，都是性靈，不關堆垛。」

〔註74〕李榮啓：《文學語言學》（北京：人民出版社，2005 年 5 月），頁 350。
〔註75〕〔漢〕許慎撰、〔清〕段玉裁注：《說文解字注》（台北：洪葉文化事業公司，1999 年），頁 506。
〔註76〕〔漢〕許慎撰、〔清〕段玉裁注：《說文解字注》，頁 517。
〔註77〕陳奐：《詩毛氏傳疏》，序言。

〔註78〕又其《隨園詩話·補遺》中云:「詩者,人之性情也,近取諸身而足矣。其言動心,其色奪目,其味適口,其音悅耳,便是佳詩。」〔註79〕人類是具有情感的動物,情感必須仰賴歌唱或文學表現出來。且就詩歌重視表達個人理想而言,詞體是更適合拿來表露情感的載體,彭孫遹《詞藻》:「凡詞無非言情,即輕艷悲壯,各成其是,總不離吾之性情所在耳。」「古無無性情之詩詞,亦無捨性情之外,別有可為詩詞者。」〔註80〕這種情感可以是針對人的思念、悼念、憤恨、喜悅,可以是對自己年華老去、理想未能實現的感嘆,亦可以是經由外在的景物、事物,而引起人的傷春、悲秋之情。

即使是詠物詞,也往往借景抒情,李漁《窺詞管見》:「詞雖不出情景二字,然二字亦分主客。情為主,景是客:說景即是說情,非借物遣懷,即將人喻物。」〔註81〕在第一章《前言》提及蘇軾詞的開拓貢獻,舉凡詠物、詠史、傷時、感懷身世、悼亡、送別等內容皆可入詞,使風格更多樣化了。其中莫過於詠物詞的突破:「能於翦紅刻翠之外,屹然別立一宗。」〔註82〕陳廷焯《白雨齋詞話》卷一云:「詞至東坡,一洗綺羅香澤之態,寄慨無端,別有天地。〈水調歌頭〉、〈卜算子〉(雁)、〈賀新涼〉、〈水龍吟〉諸篇,尤為絕搆。」〔註83〕可見蘇軾詞的情感豐富且多樣,但過去竟然有人覺得蘇軾詞缺乏情感,如蔡伯世云:「子瞻辭勝乎情,耆卿情勝乎辭。」〔註84〕於是有人跳出來講話,金人元若虛《滹南遺老集》卷三十九《詩話》中云:

> 晁無咎云:「眉山公之詞短於情,蓋不更此境耳。」陳後山曰:「宋玉不識巫山神女而能賦之,豈待更而後知。」是直

〔註78〕見袁枚:《足本隨園詩話及補遺》(台北:長安出版社,1978年),詩話卷五,頁80。
〔註79〕見袁枚:《足本隨園詩話及補遺》,補遺卷一,頁1。
〔註80〕彭孫遹:《詞藻》(台北:廣文書局,1970年1月),卷四,頁104。
〔註81〕見唐圭璋編:《詞話叢編》,冊一,頁554。
〔註82〕〔清〕永瑢等撰:《合印四庫全書總目提要及四庫未收書目禁燬書目》,〈稼軒詞四卷提要〉,冊五,頁4442。
〔註83〕見唐圭璋編:《詞話叢編》,冊四,頁3783。
〔註84〕見唐圭璋編:《詞話叢編》,冊四,頁3784。

> 以公爲不及於情也！嗚呼，風韻如東坡，而謂不及於情，
> 可乎？彼高人逸士，正當如是。其溢爲小詞，而間及於脂
> 粉之間，所謂滑稽玩戲，聊復爾爾者也。若乃纖艷淫媟，
> 入人骨髓，如田中行、柳耆卿輩，豈公之雅趣也哉！〔註85〕

晁無咎認爲蘇軾的詞「短於情」，缺乏情感，然而蘇軾詞有其「風韻」，創作小詞只是偶爾爲之，且在於「脂粉之間」，不過「滑稽玩戲」，而非如田中行、柳耆卿等人「纖艷淫媟」的風格，所以言蘇軾詞缺乏情感是欲加之罪。清代陳廷焯更是極力地反對蘇軾詞辭勝乎情的這種說法，其《白雨齋詞話》卷一云：

> 蔡伯世云：「子瞻辭勝乎情，耆卿情勝乎辭，辭情相稱者，爲少游而已。」此論陋極。東坡之詞，純以情勝，情之至者，詞亦至。只是情得其正，不似耆卿之喁喁兒女私情耳。東坡、少游，皆是情餘於詞。耆卿乃辭餘於情。解人自辨之。〔註86〕

陳廷焯認爲蘇軾詞絕對是以情勝，且其所表現的情感是合乎「正」道的，反觀耆卿「喁喁兒女私情」才是「辭餘於情」。和耆卿比較起來，蘇軾不僅將詞體內容擴大，更是把個人的情感因素帶進了詞體中，不再是過去歌樓酒館、宴飲餐會上的歌曲，元代元好問《遺山先生文集》卷三十六所言便是證明，其云：「唐歌詞多宮體，又皆極力爲之。自東坡一出，情性之外，不知有文字，真有『一洗萬古凡馬空』氣象。」〔註87〕於是引起了評論家對於其情感的重視。

　　蘇軾詞情感的表達對象很多，也有單純的自我感受，後人的評論焦點還是集中在其對君王的思念，兄弟、朋友的情感，另有對妻子、男女關係上的評論。君臣部份主要涉及的還是國事，這種情感可以歸之於傳統文化的一環，在上一節裡已經探究過，此處所要討論的是一般人最容易表現出來的，最真實的情感，包括親情、友情、夫妻之情

〔註85〕見鄒同慶、王宗堂：《蘇軾詞編年校注》，下冊，頁1021。
〔註86〕見唐圭璋編：《詞話叢編》，冊四，頁3784。
〔註87〕見張惠民編：《宋代詞學資料匯編》，頁244。

與個人在遭遇外物時情感上的抒發與展現。

　　個人情感的抒發如清代黃蓼園《蓼園詞選》評〈卜算子〉（缺月掛疏桐）云：「……此東坡自寫在黃州之寂寞耳」〔註 88〕等等，這類的情感通常較爲單純，也較容易解釋，評論者就作者本身出發，並未牽涉到其他的對象。

　　蘇軾與蘇轍年齡相近，想法也比較接近，所以兩人相處相當融洽，在當時兩人還同登進士科，而當蘇軾被貶或遭遇難關時，很多時候都是蘇轍挺身而出爲蘇軾說話或化解危機，從許多詩作中便可了解兄弟兩人的情誼到底有多深厚，例如〈送晁美叔發運右司年兄赴闕〉詩中：「我年二十無朋儕，當時四海一子由。」〔註89〕又如〈辛丑十一月十九日，既與子由別於鄭州西門之外。馬上賦詩一篇寄之〉：「寒燈相對記疇昔，夜雨何時聽蕭瑟，君知此意不可忘，愼勿苦愛高官職。」〔註90〕元豐二年，公元一零七九年蘇軾因爲烏臺詩案入獄，在天牢裡，唯恐死在獄中，從此相見無望，因而寫了「絕命詩」寄給蘇轍〈予以事繫御史臺獄，御史稍見侵，自度不能堪，死獄中，不得一別子由，故作二詩授獄卒梁成，以遺子由〉：「聖主如天萬物春，小臣愚暗自亡身，百年未滿先償債，十口無歸更累人。是處青山可埋骨，他時夜雨獨傷神。與君今世爲兄弟，又結來生未了因。」〔註91〕情意眞摯，尤其是五、六兩句，尤能令人爲之一掬同情之淚。詩作中清晰可見蘇軾與蘇轍間的深厚兄弟之情，而在最適合寄託情感的詞作中亦是如此，例如〈水調歌頭〉便在詞題直接點出「兼懷子由」，於是可以很清楚的知道不論是對「人有悲歡離合，月有陰晴圓缺」的感嘆，或是「但願人長久，千里共嬋娟」的期望，都是針對弟弟蘇轍而來。又〈西江月〉一闋《古今詞話》以「詩言抱負」的期待視野來看，認爲是對君王的掛念，不過有人卻持反對意見，胡仔以

〔註88〕　見唐圭璋編：《詞話叢編》，冊四，頁 3032。
〔註89〕　〔宋〕蘇軾著、紀文達公評：《蘇文忠公詩集》（台北：宏業書局，1969 年 6 月），卷三十五。
〔註90〕　〔宋〕蘇軾著、紀文達公評：《蘇文忠公詩集》，卷三。
〔註91〕　〔宋〕蘇軾著、紀文達公評：《蘇文忠公詩集》，卷十九。

兄弟情感的期待視野來看，極力否決「懷君」的說法，其云：

> 《聚蘭集》載此詞，注曰，寄子由。故後句云：「中秋誰與
> 共孤光，把盞淒涼北望。」則兄弟之情，見于句意之間矣。
> 疑是在錢塘作，時子由爲睢陽幕客，若詞話所云，則非也。
> 〔註92〕

胡仔從幾個方面來發掘塡補空白的線索，一方面由《聚蘭集》所記載
的注「寄子由」來加以證明，一方面從句意間「中秋誰與共孤光，把
盞淒涼北望」來探尋兄弟情感的線索，且由「把盞淒涼北望」來看，
弟弟子由此時所任睢陽幕客之所在，正與蘇軾的北望的位置相符合，
因此判斷爲兄弟之情。

　　蘇軾與朋友之間的情感也是評論者關注的部份，宋代楊繪《時賢
本事曲子集》評〈滿庭芳〉（余年十七，始與劉仲達往來於眉山。今
年四十九，相逢於泗上；淮水淺凍，久留郡中。晦日同游南山，話舊
感歎，因作〈滿庭芳〉云）〔註93〕云：

> 子瞻始與劉仲達往來於眉山。後相逢於泗上，久留郡中。
> 遊南山話舊而作。〔註94〕

宋代釋惠洪《冷齋夜話》評〈西江月〉（平山堂）〔註95〕云：

> 東坡登平山堂，懷醉翁，作此詞。〔註96〕

宋代韋居安《梅磵詩話》卷上評〈定風波〉（月滿苕溪照夜堂）〔註97〕

〔註92〕見唐圭璋編：《詞話叢編》，冊一，頁174。
〔註93〕「三十三年，飄流江海，萬里煙浪雲帆。故人驚怪，憔悴老青衫。
　　　　我自疏狂異趣，君何事、奔走塵凡。流年盡，窮途坐守，船尾凍
　　　　相銜。　　巉巉。淮浦外，層樓翠壁，古寺空巖。步攜手林間，
　　　　笑挽攛攛。莫上孤峰盡處，縈望眼、雲海相攪。家何在，因君問
　　　　我，歸夢繞松杉。」見鄒同慶、王宗堂：《蘇軾詞編年校注》，中
　　　　冊，頁563。
〔註94〕見唐圭璋編：《詞話叢編》，冊一，頁8。
〔註95〕〈西江月〉（平山堂）「三過平山堂下，半生彈指聲中。十年不見老
　　　　仙翁。壁上龍蛇飛動。　　欲弔文章太守，仍歌楊柳春風。休言萬
　　　　事轉頭空。未轉頭時皆是夢。」見鄒同慶、王宗堂：《蘇軾詞編年校
　　　　注》，中冊，頁533。
〔註96〕見四川大學中文系唐宋文學研究室編：《蘇軾資料彙編》，頁225。

云：

> 蘇東坡作〈定風波〉（月滿苕溪照夜堂）詞，自序云：「余
> 昔與張子野、劉孝叔、李公擇、陳令舉、楊公素會於吳興，
> 時子野作〈六客詞〉，卒章云：『盡道賢人聚吳分，試問，
> 也應傍有老人星。』後十五年再過吳興，而五人者皆已亡。」
> 坡賦〈後六客詞〉，又有「十五年來眞一夢，何事，長庚對
> 月獨悽涼」之句，蓋惜之也。〔註98〕

清代黃蓼園《蓼園詞評》評〈江城子〉（別徐州）〔註99〕云：

> 按彭城即徐州，泗水汴水皆在焉。其形勝，東接齊魯，北
> 屬趙魏，南通江淮，西控梁楚。意此時東坡於彭城遇舊好，
> 又別之而赴淮陽，臨別贈言也。先從自己流落寫起，言舊
> 好遇於彭城，又匆匆折殘紅以泣別。別後雖有春，不能共
> 賞矣。隋堤，汴堤也，通於淮。言我沿隋堤而下維揚，回
> 望彭城，相去已遠。縱泗水流與淮通，而淚亦寄不到，為
> 可傷也。〔註100〕

評〈虞美人〉（波聲拍枕長淮曉）〔註101〕云：

〔註97〕〈定風波〉（余昔與張子野、劉孝叔、李公擇、陳令舉、楊元素會於吳
興。時子野作六客詞，其卒章云：「見説賢人聚吳分。試問。也應旁有
老人星。」凡十五年，再過吳興，而五人者皆已亡矣。時張仲謀與曹
子方、劉景文、蘇伯固、張秉道爲坐客，仲謀請作後六客詞云）：「月
滿苕溪照夜堂。五星一老鬪光芒。十五年間眞夢裡。何事。長庚配月
獨淒涼。綠鬢蒼顏同一醉。還是。六人吟笑水雲鄉。賓主談鋒誰得似。
看取。曹劉今對兩蘇張。」見鄒同慶、王宗堂：《蘇軾詞編年校注》，
中冊，頁677。

〔註98〕見鄒同慶、王宗堂：《蘇軾詞編年校注》，中冊，頁682。

〔註99〕「天涯流落思無窮。既相逢。卻匆匆。攜手佳人和淚折殘紅。爲問
東風餘幾許，春縱在，與誰同。　　隋隄三月水溶溶。背歸鴻。去
吳中。回首彭城清泗與淮通。欲寄相思千點淚，流不到，楚江東。」
見鄒同慶、王宗堂：《蘇軾詞編年校注》，上冊，頁262。

〔註100〕見唐圭璋編：《詞話叢編》，冊四，頁3058。

〔註101〕「波聲拍枕長淮曉。隙月窺人小。無情汴水自東流。只載一船離恨
向西州。　　竹溪花浦曾同醉。酒味多於淚。誰教風鑑在塵埃。醞
造一場煩惱送人來。」見鄒同慶、王宗堂：《蘇軾詞編年校注》，中
冊，頁541。

只尋常贈別之作，已寫得清新濃厚如此。想是時少游在揚
州，而東坡自汴抵揚，又與之飲別也。首一闋，是東坡自
敘其舟中抵揚情事。第二闋，是敘與少游情分，「風鑑在塵
埃」，是惜少游，此其所以煩惱也。〔註102〕

楊繪評〈滿庭芳〉「遊南山話舊而作」，釋惠洪評〈西江月〉「懷醉翁，
作此詞」，韋居安評〈定風波〉「蓋惜之也」，黃蓼園評〈江城子〉「臨
別贈言也」與〈虞美人〉「與之飲別」、「惜少游」，從蘇軾詞本身或詞
題，都可以很清楚的知道與友人相關，不論是懷念過去、道別，或是
述說與友人的情感，這是沒有爭議的，由此評論者也得以「惜之」、「可
傷」、「惜少游」等期待視野來看蘇軾這些作品中的情感。中國傳統文
人的交遊是平常而普通的事，書信的往來更是頻繁，當然蘇軾與友人
相關的詞作也不少，然而這些作品的評論卻很少，一方面可能與朋友
間的交往仍然靠書信爲主有關，而一方面則與後世評論者仍將重心擺
在豪放作品有關。

　　男女之情是歷來詩歌中的絕對詩篇，從《詩經》的愛情作品，經
過樂府、古詩，以迄嚴格的近體詩，愛情詩篇從來沒有間斷過，正如朱
熹所言：「凡詩之所謂風者，多出於里巷歌謠之作，所謂男女相與詠歌，
各言其情者也。」〔註103〕男女間的情感是最眞實的表露，然而對於蘇
軾而言，這種作品似乎較少出現在他的詞作中，但是後人卻對於這種「小
道消息」特別有感覺，從作品的線索中，尋找可能的蛛絲馬跡，如〈賀
新郎〉一詞便有許多的猜測，陳鵠《西塘集·耆舊續聞》云：

公（編者案：指陸辰州子逸）嘗謂余曰：「曾看東坡〈賀新
郎〉詞否？」余對以世所共歌者。公曰：「東坡此詞，人皆
知其爲佳，但後擷用榴花事，人少知其意。某嘗於晁以道
家見東坡眞蹟。晁氏云：東坡有妾，名曰朝雲、榴花。朝
雲死於嶺外，東坡嘗作〈西江月〉一闋，寓意於梅，所謂
『高情已逐曉雲空』是也。惟榴花獨存，故其詞多及之。」

〔註102〕見唐圭璋編：《詞話叢編》，冊四，頁3045。
〔註103〕〔宋〕朱熹：《詩集傳》，序言。

觀『浮花浪蕊都盡，伴君幽獨』，可見其意矣。」〔註104〕

又云：

> 襄見陸辰州語余以〈賀新郎〉詞用榴花事，乃妄名也。退而書其語，今十年矣，亦未嘗深考。近觀顧景蕃續注，因悟東坡詞中用白團扇、瑤臺曲，皆侍妾故事。按晉中書令王珉好執白團扇，婢作〈白團扇歌〉以贈珉。又《唐逸史》許澶暴卒復悟，作詩云：「曉入瑤臺露氣清，坐中惟見許飛瓊。塵心未盡俗緣重，千（一作十）里下山空月明。」復寢驚起，改第二句，云：「昨日夢到瑤池，飛瓊令改之，不欲世間知有我也。」按《漢武帝內傳》所載董雙成、許飛瓊皆西王母侍兒。東坡用此事。乃知陸辰州得榴花之事於晁氏，為不妄也。《本事詞》載榴花事極鄙俚，誠為妄誕。〔註105〕

究竟是單純歌詠榴花，亦或如楊湜所言是蘇軾為解倅之怒所作，〔註106〕

〔註104〕 見四川大學中文系唐宋文學研究室編：《蘇軾資料彙編》，頁694。

〔註105〕 見四川大學中文系唐宋文學研究室編：《蘇軾資料彙編》，頁694～695。

〔註106〕 宋代楊湜《古今詞話》：「蘇子瞻守錢塘，有官妓秀蘭，天性點慧，善於應對。湖中有宴會，群妓畢至，惟秀蘭不來。遣人督之，須史方至。子瞻問其故，具以『髮結沐浴，不覺困睡。忽有人叩門聲，急起而問之，乃樂營將催督之。非敢怠忽，僅以實告。』子瞻亦恕之。坐中倅車，屬意於蘭，見其晚來，恚恨未已，責之曰：『必有他事，以此晚至。』秀蘭麗遍，不能止倅之怒。是時，榴花盛開，秀蘭以一枝藉手告倅，其怒愈甚。秀蘭收淚無言。子瞻作〈賀新涼〉以解之，其怒始息。其詞曰（詞略），子瞻之作，皆目前事，蓋取其沐浴新涼曲名〈賀新涼〉也。後人不知之，誤為〈賀新郎〉蓋不得子瞻之意。子瞻真所謂風流太守也，豈可與俗吏同日語哉。」（唐圭璋編：《詞話叢編》，冊一，頁27。）胡仔《苕溪漁隱叢話後集》卷三十九：「野哉楊湜之言，真可入笑林。東坡此詞，冠絕古今，托意高遠，寧為一娼而發耶？『簾外誰來推繡戶，枉教人，夢斷瑤臺曲，又却是，風敲竹。』用古詩『捲簾風動竹，疑是故人來』之意。今乃云：『忽有人叩門聲急，起而問之，乃樂營將催督。』此可笑者一也。『石榴半吐紅巾蹙。待浮花浪蕊都盡，伴君幽獨。穠豔一枝細看取，芳心千重似束。』蓋初夏之時，千花事退，榴花獨芳，因以寫幽閨之情。今乃云：『是時榴花盛開，秀蘭以一枝藉手

還是陳鵠詳加考證後所得，爲了侍妾榴花所作，各說各話，但如果眞如陳鵠所言，那麼蘇軾所作的〈賀新涼〉可謂是情深意重。

即使如「語意高妙，似非喫煙火食人語」的〈卜算子〉也成了後世評論者眼中的愛情篇章，乃爲女子而作。宋吳曾《能改齋漫錄》卷十六《東坡〈卜算子〉詞》條：

> 東坡先生謫居黃州，作〈卜算子〉詞……其屬意蓋爲王氏女子也。讀者不能解。張右史文潛繼貶黃州，訪潘邠老，嘗得其詳，題詩以誌之：「空江月明魚龍眠，月中孤鴻影翩翩，有人清吟立江邊，葛巾藜杖眼窺天。夜冷月墮幽蟲泣，鴻影翹沙衣露濕。仙人采詩作步虛，玉皇飲之碧琳腴。」
> 〔註107〕

吳曾對於自己的看法是很有信心的，認爲其他的讀者不能解讀蘇軾之意，唯有自己所認爲的才是正確的，即爲「王氏女子」作。吳曾還提出張文潛貶黃州，訪潘邠老的過程來證明之，看來似乎有其合理性。另外，郎瑛也提出其他看法，其《七修類稿》卷三十五云：

> 昨讀《野客叢書》，方知所以。乃東坡在惠州白鶴觀所作，惠有溫都監女，頗有姿色，年十六而不肯聘人，聞坡至相

告倅，其怒愈盛。』此可笑者二也。此詞腔調寄賀新郎，乃古名曲也，今乃云：『取其沐浴新涼，曲名賀新涼，後人不知之，誤爲賀新郎。』此可笑者三也。詞話中可笑者甚衆，姑舉其尤者，第東坡此詞，深爲不幸，橫遭點汙吾不可無一言雪其恥。」（唐圭璋編：《詞話叢編》，冊一，頁182～183。）清代朱祖謀《東坡樂府凡例》：「〈賀新郎〉之營妓秀蘭，〈卜算子〉之溫都監女，依託謬妄，並違詞中本旨。」清代丁紹儀《聽秋聲館詞話》卷十一：「〈賀新郎〉調一百十六字，或名〈賀新涼〉，或名〈乳燕飛〉，均因東坡詞而起。其詞寄託深遠，與詠雁〈卜算子〉同比興。乃楊湜《詞話》謂爲酒間召妓鋪敘事實之作，謬妄殊甚。」（唐圭璋編：《詞話叢編》，冊三，頁2707。）亦有持中立看法者，如清代沈際飛《草堂詩餘正集》「凡作事或具深衷，或即時事，工與不工，則作手之本色，自莫可掩。〈賀新郎〉一詞，苕溪正之誠然，而爲秀蘭非爲秀蘭，不必論也。兩家紛然，子瞻在泉，不笑其多事耶？」

〔註107〕　〔宋〕吳曾：《能改齋漫錄》（台北：木鐸出版社，1982年5月），頁479。

鄰，溫謂人曰：「此吾婿也。」一夜，坡吟詠間，其女徘
徊窗外，坡覺而推窗，則女踰垣而去。坡物色得其詳，正
呼王說爲媒，適有過海之事，此議少寢。其女不久卒，葬
於沙灘之側，坡回聞之，悵然，故爲此詞也。〔註108〕

郎瑛的說法換成了惠州溫都監女，此乃從《野客叢書》得來，說來似有
其事，不過，從以上兩篇引文看來，一來我們懷疑《野客叢書》內容的
眞實性，二來對於蘇軾以鴻鳥象徵王氏女的想法也深感懷疑。〔註109〕
不過，不管是宋代的吳曾，或是明代郎瑛，皆以爲女子而發的愛情角度
的期待觀點來解讀此闋作品，這種看法是有傳統文化依據的。

　　蘇軾晚年被貶至惠州，此時出現了一闋〈西江月〉（梅）詠梅
詞：「玉骨那愁瘴霧，冰姿自有仙風。海仙時遣探芳叢。倒挂綠毛
么鳳。　　　素面常嫌粉涴，洗妝不褪脣紅。高情已逐曉雲空。不與
梨花同夢。」〔註110〕評論者認爲此詞另有寓意，宋代釋惠洪《冷
齋夜話》卷一云：

　　又作梅花詞曰「玉骨那愁瘴霧」者，其寓意爲朝雲作也。

　　〔註111〕

宋代王楙《野客叢書》卷六：

　　東坡在惠州有梅詞〈西江月〉，末云：「高情已逐曉雲空，
　　不與梨花同夢。」蓋悼朝雲而作。〔註112〕

〔註108〕　〔明〕郎瑛：《七修類稿》（台南：莊嚴文化事業公司，1995年《四
　　　　　庫全書存目叢書》），卷35。
〔註109〕　〔清〕葉申薌《本事詞》，卷上「此詞時有謂公在黃州時爲王氏女
　　　　　作，及〈賀新郎〉詞有謂爲侍妾榴花作者，殆皆傳聞異辭歟。」（唐
　　　　　圭璋編：《詞話叢編》，冊三，頁2313。）清代沈雄《古今詞話》「按
　　　　　詞爲詠雁，當別有寄託，何得以俗情傅會也。」清代鄭文焯《大鶴
　　　　　山人詞話》「〈卜算子〉，黃州定慧院寓居作云：（詞略）此亦有所感
　　　　　觸，不必赴會溫監女故事，自成馨逸。」（唐圭璋編：《詞話叢編》
　　　　　冊五，頁4324。）清代丁紹儀《聽秋聲館詞話》「至〈卜算子〉詞，
　　　　　或謂有女窺窗而作，殆因溫都監女而附會之，亦不足信。」（唐圭
　　　　　璋編：《詞話叢編》，冊三，頁2707。）
〔註110〕　見鄒同慶、王宗堂：《蘇軾詞編年校注》，下冊，頁785。
〔註111〕　見鄒同慶、王宗堂：《蘇軾詞編年校注》，中冊，頁787。
〔註112〕　見鄒同慶、王宗堂：《蘇軾詞編年校注》，中冊，頁788。

清代葉申薌《本事詞》卷上：

> 朝雲姓王氏，錢塘名妓也。子瞻守杭，納爲侍妾。朝雲敏
> 而慧，初不識字。既事子瞻，遂學書，粗有楷法。又學佛，
> 略通大義。子瞻南遷，家姬多散去，獨朝雲願侍行，子瞻
> 愈憐之。未幾，病且死，誦金剛經四句偈而絕，葬惠州棲
> 禪寺松下。子瞻爲賦西江月詞以悼之云：「玉骨那愁瘴霧，
> 冰肌自有仙風。海仙時過探芳叢。倒挂綠毛么鳳。　　素
> 面常嫌粉涴，洗妝不褪脣紅。高情已逐曉雲空。不與梨花
> 同夢。」蓋指梅花以況之也。〔註113〕

眾人皆一致贊成此闋〈西江月〉所詠梅花，乃是爲了悼念朝雲而作。
〈西江月〉詠梅詞乃蘇軾在惠州所作，此時侍妾朝雲剛病死，眾人異
口同聲認爲梅花正是朝雲，從「高情已逐曉雲空，不與梨花同夢」可
發現線索，情感已經隨著朝雲的離去，而煙消霧散，兩人不再擁有相
同的夢，可見蘇軾對侍妾朝雲的懷念與不捨。

　　由以上的資料看來，似乎眾人對於蘇軾詞表達情感的評論較
少，有的話也重於考證，而非給予正面的肯定，甚至連有名的悼亡
詞〈江城子〉（乙卯正月二十日夜記夢），〔註114〕從宋代到清代都
鮮少人注意，直到現今才有許多人喜愛，並積極的分析、鑑賞，討
論其中的眞情流露，如胡雲翼《宋詞選》便評論：「這是一首悼亡
詞，體現了作者對妻子永不能忘的深摯的感情。某些詞話家說蘇軾
『短於情』，那是不確切的。蘇軾僅僅不喜歡寫『綺羅香澤』的艷
情。」〔註115〕從這種現象看來，我們可以說或許蘇軾詞在這方面
的作品是較爲缺少的，但另一方面，我們或許也可以得到以下幾個
結論：一、蘇軾的作品，評論者關心的仍然以其開拓性的豪放作品

〔註113〕　見唐圭璋編：《詞話叢編》，冊三，頁2312～2313。
〔註114〕　「十年生死兩茫茫。不思量。自難忘。千里孤墳，無處話淒涼。
　　　　　縱使相逢應不識，塵滿面，鬢如霜。　　夜來幽夢忽還鄉。小軒
　　　　　窗。正梳妝。相顧無言，惟有淚千行。料得年年斷腸處，明月夜，
　　　　　短松岡。」見鄒同慶、王宗堂：《蘇軾詞編年校注》，上冊，頁
　　　　　141。
〔註115〕　胡雲翼：《宋詞選》（台北：明文書局，1987年8月），頁60。

為主，不然便是寄託理想、抱負的作品，而情感的部份則是選擇性的忽略，這種狀況，和讀者以期待視野來評論、理解某些作品時，所願意選擇的方向有關；二、即使皆為傳統期待視野，但讀者的選擇差異性仍然很大；三、一首作品可能經過不同的時代讀者的解讀後，會產生很大的意義與結果；四、中國人重視直觀體驗，重點未必放在作者身上，而在於自身的感受，因此評論出來的主要還是在於自身的感覺。

第二節　感驗期待的視野

一、形成原因

　　情感的說明是具有實用特性，將自己內心的情感表達出來，以抒發自己的抑鬱；感驗則不同，這是一種中國人特有的直觀體驗方式，是一種完全的審美，不包含功利的性質。造成中國人此種特殊的審美感受，有以下的因素：

（一）道家哲學的影響

　　中國古代重視整體、朦朧、流動的特徵，道的特徵「有物混成，先天地生」〔註116〕、「道之爲物，惟恍惟惚」，〔註117〕皆表示道的飄忽不定、流動性，於是中國古典文論所標舉的氣、神、韻、境、味等審美概念，都具有整體流動性與不可分割性的特點。〔註118〕道家貴虛無，以虛無爲本，老子言道「道生一，一生二，二生三，三生萬物」〔註119〕、「天地萬物生於有，有生於無」，〔註120〕「無」是道家所謂的「道」，世界的萬事萬物皆是由道所生，它是一個根源。老子云：「道

〔註116〕　〔晉〕王弼註：《老子》（台北：藝文印書館，1958年），頁49。
〔註117〕　〔晉〕王弼註：《老子》，頁42。
〔註118〕　童慶炳、謝世涯、郭淑雲等著：《現代學術視野中的中華古代文論》
　　　　　（北京：北京大學出版社，2002年），頁75。
〔註119〕　〔晉〕王弼註：《老子》，頁89。
〔註120〕　〔晉〕王弼註：《老子》，頁85。

可道，非常道，名可名，非常名。」〔註121〕《莊子・大宗師》云：「夫道，有情有信，無爲無形，可傳而不可受，可得而不可見，自本自根，未有天地，自古以固存，神鬼神帝，生天生地，在太極之先而不爲高，在六極之下而不爲深，先天地生而不爲久，長於上古而不爲老。」〔註122〕「道」貫通古今，無時不在，無處不在，是超然於物外的精神存在，是宇宙萬物生成前就存在的絕對存在，可以意會，卻不可言傳，世間萬物只是它的體現或外化。老子提出了「大音希聲」、「大象無形」〔註123〕的說法，莊子提出「天地有大美而不言」、「與人和者，謂之人樂，與天和者，謂之天樂」、「至樂無樂」等看法，這種以虛無爲主的宇宙本體論與對音樂藝術的思想觀念影響到文學藝術上，便是最單純的美感體驗，所謂「意在筆先，神餘言外」，〔註124〕文學藝術的本體不應該在物質上，而應該是觀念與精神。

（二）儒家詩教含蓄特質的啟發

儒家詩教的含蓄特質給予神韻之說有利的影響與啓發，同時摒棄了傳統的道德倫理對人們情志的規範，神韻之說具有十足的含蓄特質，如「但見情性，不賭文字」、「不著一字，盡得風流」皆強調「言有盡而意無窮」，追求「言外之意」、「象外之象」、「味外之旨」，重視人們的審美表現。

中國古代自然哲學不發達，人們對於客觀世界沒有清楚的認識，往往將可觀世界納入主觀世界中加以把握，把整個世界看成是主觀世界的投影，所謂天人合一的說法便是如此，在藝術創作中，講究感於物而動：「物色之動，心亦搖焉」，講究「歲有其物，物有其容，情以物遷，辭以情發。」〔註125〕「氣之動物，物之感人，

〔註121〕 〔晉〕王弼註：《老子》，頁5。
〔註122〕 〔清〕王先謙：《莊子集解》（台北：蘭臺書局，1971年7月），頁81～82。
〔註123〕 〔晉〕王弼註：《老子》，頁88。
〔註124〕 見唐圭璋編：《詞話叢編》，冊四，頁3777。
〔註125〕 劉勰：《文心雕龍》，頁693。

故搖蕩情性，形諸舞詠」。〔註126〕與西方的思維方式比較，西方人重視實際觀察和科學實驗，以思辨的方式把握世界；中國傳統的思維方式偏重於直覺體悟，依靠直接感受去體察人生哲理。這種感受化爲文字成了印象式的批評，重在體驗，而不在於文字表達的精確性。於是也就造就了所謂感驗式、形象化的期待視野。

　　不同的國度、種族、地域的人，往往對藝術價值重視的程度、表現出來的評價方式，會有極大的差異，就以東西方的文化傳統來看，東方人重視直覺的體驗；西方人重視理性的思維，東方人喜歡聯想；西方人則強調實際的經驗。〔註 127〕可見得相異的文化傳統，會造就迥然不同的行爲、思維模式。這種直觀體驗的感驗期待，包含了各種難以解釋定義的感受，如「韻味」、「神」、「蘊藉」等說法，可稱之爲印象式批評，印象式批評也就是抽象批評，通常可分兩大類，一類是名詞性質，如氣象、格調、骨等；一類是屬於形容詞性質，如灑落、豪放、悲壯、沉著等，名詞通常指文學作品本身所含的種種質素，形容詞則指因不同質素所形成的不同風格，而給予讀者不同之感受。這些特別的詞彙用法總是讓人一頭霧水，難以去加以界定，更難以感同身受，非得要讀者親身閱讀作品，並排除所有功利目的以後，才能夠眞正領受。

二、內　涵

（一）縱橫豪情之期待

　　蘇軾詞的「豪放」風格是歷代評論家的焦點，宋代許多評論者爲了替蘇軾詞「以詩爲詞」或「不諧音律」的說法作辯駁，於是紛紛提出蘇軾詞因爲豪放風格的寫作方式，而無法讓曲子所束縛，如趙令時

〔註126〕鍾嶸：《詩品‧序》，見呂德申：《鍾嶸詩品校釋》（北京：北京大學出版社，1986 年 4 月），頁 35。

〔註127〕李大釗《東西文明之根本異點》：「東洋文明主靜，西洋文明主動是也……一爲直覺的，一爲理智的；一爲空想的，一爲體驗的；一爲藝術的，一爲科學的；一爲精神的，一爲物質的；一爲靈的，一爲肉的；一爲向天的，一爲立地的；一爲自然支配人間的，一爲人間征服自然的。」

《侯鯖錄》卷八云：

> 魯直云：「東坡居士曲，世所見者數百首，或謂於音律小不
> 諧。居士詞橫放傑出，自是曲子縛不住者。」〔註128〕

吳曾《能改齋詞話》卷十六引晁無咎評：

> 蘇東坡詞，人謂多不諧音律。然居士橫放傑出，自是曲子
> 中縛不住者。〔註129〕

蘇軾詞因豪放，所以「自是曲子中縛不住者」。其它時代亦有贊同此
種說法者，如清代馮金伯《詞苑萃編》云：「世言東坡不能歌，故所
做樂府多不協律。晁以道謂紹聖初，與東坡別於汴上，東坡酒酣，自
歌〈陽關曲〉，則公非不能歌，但豪放不喜翦裁以就聲律耳。」〔註130〕
王若虛《滹南遺老集》中云：「陳後山云：『子瞻以詩為詞，雖工，非
本色。今代詞手，唯秦七、黃九耳。』予謂後山以子瞻詞如詩，似矣；
而以山谷為得體，復不可曉。晁無咎云：『東坡詞，多不諧律呂，蓋
橫放傑出，曲子中縛不住者。』其評山谷則云：『詞固高妙，然不是
當行家語，乃著腔子唱好詩耳。』此言得之。」〔註131〕錢裴仲《雨
華詞話》：「坡公才大，詞多豪放，不肯翦裁就範。」〔註132〕清人賀
貽孫《詩筏》：「李易安云：『王介甫，曾子固文章似西漢，若作一小
歌詞，則人必絕倒，不可讀。而歐陽永叔、蘇子瞻詞，乃句讀不葺之
詩耳。』……東坡詞氣豪邁，自是別調，差不如秦七、黃九之到家耳。
東坡自言平日不喜唱曲，故不中音律，是亦一短……若以為『句讀不
葺之詩』，抑又甚矣。」〔註133〕這些人分別針對陳師道、李清照等人
的批評提出看法，表現方法不一，但他們都有個共同的感驗期待，即
「豪放」風格，以此來對抗對蘇軾詞的批評。

〔註128〕〔宋〕趙令畤：《侯鯖錄》，卷八，頁205。
〔註129〕見唐圭璋編：《詞話叢編》，冊一，頁125。
〔註130〕見唐圭璋編：《詞話叢編》，冊二，頁1840。
〔註131〕見張惠民編：《宋代詞學資料匯編》，頁80。
〔註132〕見唐圭璋編：《詞話叢編》，冊四，頁3013。
〔註133〕見郭紹虞編：《清詩話續編》（台北：木鐸出版社，1983年12月），
　　　　上冊，頁177。

　　蘇軾開創了「豪放」作法，一開始只是風格，如汪莘《方壺詩餘》
嘉定元年自序云：「詞至東坡而一變，其豪妙之氣，隱隱然流出言外天
然絕世，不假振作。二變而爲朱希眞，多塵外之想，雖雜以微塵，而
其清氣自不可沒。三變而爲辛稼軒，乃寫其胸中事，尤好稱淵明。此
詞之三變也。」〔註134〕後來成了與婉約詞派相抗衡的別派，最早提出
此種分法的是明代張綖《詩餘圖譜》凡例：「詞體大略有二，一婉約，
一豪放，蓋詞情蘊藉，氣象恢宏之謂耳。然亦在乎其人，如少游多婉
約，東坡多豪放，東坡稱少游爲今之詞手，大抵以婉約爲正也。所以
後山評東坡，如教坊雷大使舞，雖極天下之工，要非本色。」〔註135〕
清代蔣兆蘭《詞說》云：「自東坡以浩瀚之氣行之，遂開豪邁一派。」
〔註136〕

　　「豪放」風格是蘇軾詞最爲人所重視的特色，「豪放」一詞成
了批評蘇軾的代表用語，清代劉師培《劉氏遺書》第二十冊《論
文雜記》云：「東坡之詞，慨當以慷，間鄰豪放。原注：如〈滿庭
芳〉、〈大江東去〉、〈江城子〉諸詞是。」〔註137〕清代陳廷焯《白
雨齋詞話》云：「東坡〈浣溪沙〉云：『誰道人生難再少，君看流水
尚能西。休將白髮唱黃雞。』愈悲鬱，愈豪放，愈忠厚，令我神往。」
〔註138〕劉師培所舉的〈滿庭芳〉、〈大江東去〉、〈江城子〉等詞，
及陳廷焯所言的〈浣溪沙〉爲豪放風格代表，〈滿庭芳〉「百年裏，
渾教是醉，三萬六千場」〔註139〕、〈江城子〉（密州出獵）「老夫聊

〔註134〕　金啓華等編：《唐宋詞集序跋匯編》，頁 227。
〔註135〕　見鄒同慶、王宗堂：《蘇軾詞編年校注》，下冊，頁 1025。
〔註136〕　見唐圭璋編：《詞話叢編》，冊五，頁 4632。
〔註137〕　劉師培著、舒蕪校點：《論文雜記》（北京：人民文學出版社，1998
　　　　　年 5 月），頁 131。
〔註138〕　見唐圭璋編：《詞話叢編》，冊四，頁 3912。
〔註139〕　「蝸角虛名，蠅頭微利，算來著甚乾忙。事皆前定，誰弱又誰強。
　　　　　且趁閒身未老，須放我、些子疏狂。百年裡，渾教是醉，三萬六千
　　　　　場。　　思量。能幾許，憂愁風雨，一半相妨。又何須抵死。說短
　　　　　論長。幸對清風皓月，苔茵展、雲幕高張。江南好，千鍾美酒，一

發少年狂」、「會挽雕弓如滿月，西北望，射天狼」〔註140〕、〈大江東去〉（赤壁懷古）「大江東去，浪淘盡、千古風流人物」，〔註141〕豪放氣概不言自明，而陳廷焯所言〈浣溪沙〉（遊蘄水清泉寺。寺臨蘭溪，溪水西流）〔註142〕所云：「誰道人生難再少，君看流水尚能西。休將白髮唱黃雞」，積極慷慨的態度使人為之振奮，從詞句中便可發掘隱藏的線索。

　　清代陳廷焯《白雨齋詞話》卷一云：「張綖云：『少游多婉約，子瞻多豪放，當以婉約為主。』此亦似是而非，不關痛癢語也。誠能本諸忠厚，而出以沉鬱，豪放亦可，婉約亦可。否則豪放嫌其粗魯，婉約又病其纖弱矣。」〔註143〕清代陳廷焯《白雨齋詞話》卷三云：「東坡詞豪宕感激，忠厚纏綿，後人學之，徒形粗魯。」〔註144〕清代鄧廷楨《雙硯齋詞話》云：「世稱詞之豪邁者，動曰蘇、辛。」〔註145〕

　　豪放詞風常讓人聯想到幾個特點，其中之一是雄豪與狂放等特

　　　　　曲滿庭芳。」見鄒同慶、王宗堂：《蘇軾詞編年校注》，中冊，頁458
　　　　　～459。據張芸慧：《蘇軾詞之傳播及各家對蘇詞之論述研究——以
　　　　　文獻流傳為主要觀點》所言，詞牌為《滿庭芳》的豪放詞，包括「蝸
　　　　　角虛名，蠅頭微利」、「三十三年，今誰存者」、「三十三年，漂流江
　　　　　海」、「歸去來兮，君歸何處」、「歸去來兮，清溪無底」等五闋作品。
〔註140〕「老夫聊發少年狂。左牽黃。右擎蒼。錦帽貂裘，千騎卷平岡。為
　　　　　報傾城隨太守，親射虎，看孫郎。　　酒酣胸膽尚開張。鬢微霜。
　　　　　又何妨。持節雲中，何日遣馮唐。會挽雕弓如滿月，西北望，射天
　　　　　狼。」見鄒同慶、王宗堂：《蘇軾詞編年校注》，上冊，頁146～147。
〔註141〕「大江東去，浪淘盡、千古風流人物。故壘西邊。人道是，三國周
　　　　　郎赤壁。亂石穿空，驚濤拍岸，捲起千堆雪。江山如畫，一時多少
　　　　　豪傑。　　遙想公瑾當年，小喬初嫁了，雄姿英發。羽扇綸巾。談
　　　　　笑間，檣艣灰飛煙滅。故國神遊，多情應笑我，早生華髮。人間如
　　　　　夢，一樽還酹江月。」見鄒同慶、王宗堂：《蘇軾詞編年校注》，中
　　　　　冊，頁398。
〔註142〕「山下蘭芽短浸溪。松間沙路淨無泥。蕭蕭暮雨子規啼。　　誰道
　　　　　人生無再少，門前流水尚能西。休將白髮唱黃雞。」見鄒同慶、王
　　　　　宗堂：《蘇軾詞編年校注》，上冊，頁358。
〔註143〕見唐圭璋編：《詞話叢編》，冊四，頁3785。
〔註144〕見唐圭璋編：《詞話叢編》，冊四，頁3826。
〔註145〕見唐圭璋編：《詞話叢編》，冊三，頁2528。

色，明代王世貞《弇州山人詞評》云：

> 昔人謂：銅將軍鐵綽板唱蘇學士「大江東去」，十八九歲好
> 女子唱柳屯田「楊柳外曉風殘月」，爲詞家三昧。然學士此
> 詞亦自雄壯，感慨千古，果令銅將軍於大江奏之，必能江波
> 鼎沸。至詠楊花〈水龍吟慢〉，又進柳妙處一塵矣。〔註146〕

王世貞認爲蘇軾詞若「令銅將軍於大江奏之，必能江波鼎沸」，此種氣
勢之雄壯可見一斑，因此有人將之視爲「詞中壯士」〔註147〕、「詞中之
狂」〔註148〕、「英雄之詞」〔註149〕具有「英雄本色」，〔註150〕當然，這
種風格絕對是「狂放」的，如田同之《西圃詞說》引宋徵璧語：「子
瞻放誕，少游清華。」〔註151〕可解釋成個性或作品，張德瀛《詞徵》卷

〔註146〕 見唐圭璋編：《詞話叢編》，冊一，頁387。
〔註147〕 〔清〕田同之《西圃詞說》：「魏塘曹學士云：『詞之爲體如美人，
而詩則壯士也。如春華，而詩則秋實也。如天桃繁杏，而詩則勁松
貞柏也。』罕譬最爲明快。然詞中亦有壯士，蘇、辛也。亦有秋實，
黃、陸也。亦有勁松貞柏，岳鵬舉、文文山也。選詞者兼收並採，
斯爲大觀。若專尚柔媚，豈勁松貞柏，反不如天桃繁杏乎。」見唐
圭璋編：《詞話叢編》，冊二，頁1450。
〔註148〕 〔清〕王國維《人間詞話》云：「蘇、辛，詞中之狂。白石猶不失
爲狷。若夢窗、梅溪、玉田、草窗、西麓輩，面目不同，同歸於鄉
愿而已。」見唐圭璋編：《詞話叢編》，冊五，頁4250。
〔註149〕 〔清〕田同之《西圃詞說》：「漁洋王司寇云：……詩之爲功既窮，
而聲音之祕，勢不能無所寄，於是溫、韋升而《花間》作，李、晏
出而《草堂》興，此詩之餘，而樂府之變也。語其正，則南唐二主
爲之祖，至漱玉、淮海而極盛，高、史其嗣響也。語其變，則眉山
導其源，至稼軒、放翁而盡變，陳、劉其餘波也。有詩人之詞，唐、
蜀、五代諸人是也。文人之詞，晏、歐、秦、李諸君子是也。有詞
人之詞，柳永、周美成、康與之之屬是也。有英雄之詞，蘇、陸、
辛、劉是也。至是聲音之道，乃臻極致，而詞之爲功，雖百變而不
窮。」見唐圭璋編：《詞話叢編》，冊二，頁1451。
〔註150〕 清代徐釚《詞苑叢談》（台北：廣文書局，1968年7月）：「蘇東坡
「大江東去」，有銅將軍鐵綽板之譏；柳七「曉風殘月」，謂可令十
七、八女郎按紅牙檀板歌之。此袁絢語也，後人遂奉爲美談。然僕
謂東坡詞，自有橫槊氣概，固是英雄本色；柳纖豔處，亦麗以淨耳。
況「楊柳外」句，又本魏承班〈漁歌子〉「窗外曉鶯殘月」，只改二
字，增一字，爲得獨擅千古。」（卷三，頁55）
〔註151〕 見唐圭璋編：《詞話叢編》，冊二，頁1458。

一云：「釋皎然《詩式》謂詩有六至：至險而不僻，至奇而不差，至麗
而自然，至苦而無跡，至近而意遠，至放而不迂。以詞衡之，……至放
而不迂者子瞻也。」〔註152〕卷六引汪蛟門云：「東坡、稼軒，放乎其言
之矣。」〔註153〕另外，豪放詞風會使人想到氣勢盛大，蔣兆蘭《詞說》
云：「自東坡以浩瀚之氣行之，遂開豪邁一派。」〔註154〕近人陳洵《海
綃翁說詞》云：「東坡獨崇氣格，箴規柳、秦，詞體之尊自東坡始，南
渡後，稼軒崛起。」〔註155〕陳廷焯《白雨齋詞話》卷一云：「蘇、辛並
稱，然兩人絕不相似。魄力之大，蘇不如辛；氣體之高，辛不逮蘇遠矣。」
〔註156〕後人為了形容這種氣勢，甚至會使用比喻的方式，最常用的莫
過於水勢的盛大，如明代俞彥《爰園詞話》云：

> 子瞻詞無一語著人間煙火，此自大羅天上一種，……其豪放
> 亦止「大江東去」一詞。何物袁絇，妄加品騭，後代奉為美
> 談，似欲以墜子瞻生平。不知萬頃波濤，來自萬哩，吞天浴
> 日，古豪傑英爽都在，使屯田此際操觚，果可以「楊柳岸曉
> 風殘月」命句否。且柳詞亦只此佳句，餘皆未稱。〔註157〕

王士禛《花草蒙拾》云：

> 蘇公自云：「吾醉後作草書，覺酒氣拂拂，從十指間出。」
> 黃魯直亦云：「東坡書挾海上風濤之氣。」讀坡詞當作如是
> 觀。瑣瑣與柳七較錙銖，無乃為髯公所笑？〔註158〕

又吳梅《詞學通論》云：

> 蔡伯世……張綖……葉少蘊……諸家論斷，大抵與子瞻並
> 論。余謂二家不能相合也。子瞻胸襟大，故隨筆所知，如
> 怒瀾飛空，不可狎視；少游格律細，故運思所及，如幽花
> 媚春，自成馨逸。其〈滿庭芳〉諸闋，大半被放後作，戀

〔註152〕見唐圭璋編：《詞話叢編》，冊五，頁4079～4080。
〔註153〕見唐圭璋編：《詞話叢編》，冊五，頁4186。
〔註154〕見唐圭璋編：《詞話叢編》，冊五，頁4632。
〔註155〕見唐圭璋編：《詞話叢編》，冊五，頁4837。
〔註156〕見唐圭璋編：《詞話叢編》，冊四，頁3783。
〔註157〕見唐圭璋編：《詞話叢編》，冊一，頁402。
〔註158〕見唐圭璋編：《詞話叢編》，冊一，頁681。

　　戀故國，不勝熱衷。其用心不逮東坡之忠厚，而寄情之遠，

　　措語之工，則各有千古。〔註159〕

「挾海上風濤之氣」、「怒瀾飛空，不可狎視」等用語皆是以水勢來比
喻蘇軾詞的氣勢之盛，此種東方特有的期待視野也是具獨特批評方式
的。不僅以水形容之，還有如劉辰翁〈辛稼軒詞序〉：「詞至東坡，傾
蕩磊落，如詩如文，如天地奇觀，豈與群兒雌聲學語較工拙？然猶未
至用經用史，牽雅頌入鄭衛也。」〔註160〕張德瀛《詞徵》卷五云：：
「宋牧仲謂宋詩多沈僿，近少陵；元詩多輕揚，近太白。然詞之沈僿，
無過子瞻。長樂陳翼論其詞云：『歌赤壁之詞，使人抵掌激昂，而有
擊楫中流之心。歌〈哨遍〉之詞，使人甘心澹泊，而有種菊東籬之興。』
可謂知言。」〔註161〕蘇軾詞如「天地奇觀」，使人「抵掌激昂」，有
「擊楫中流之心」，可見多麼震撼，多麼熱烈，使人心神激動。

　　不過，蘇軾詞不是完全的「放」，真正上乘的作品，應該是豪放
中帶有悲鬱之感的，宋代李佳《左庵詞話》卷上云：「最愛其〈念奴
嬌・赤壁懷古〉云：（詞略）淋漓悲壯，擊碎唾壺，洵為千古絕唱。」
〔註162〕〈念奴嬌〉讀來壯烈豪邁，但其中卻帶有「淋漓悲壯」的感
慨，在豪氣的襯托下，作品的悲鬱更加顯著，這種作品才能夠「卓絕
千古」，〔註163〕成為「千古絕唱」。

　　豪放作品中，〈念奴嬌〉（赤壁懷古）是最具代表性的一闋詞，詞
云：「大江東去，浪淘盡、千古風流人物。故壘西邊。人道是，三國周
郎赤壁。亂石穿空，驚濤拍岸，捲起千堆雪。江山如畫，一時多少豪
傑。　　遙想公瑾當年，小喬初嫁了，雄姿英發。羽扇綸巾。談笑間，
檣艫灰飛煙滅。故國神遊，多情應笑我，早生華髮。人間如夢，一樽

〔註159〕吳梅：《詞學通論》（上海：復旦大學出版社，2005年5月），頁57。

〔註160〕〔宋〕劉辰翁：《辛稼軒詞序》，見張惠民編：《宋代詞學資料匯編》，
　　　　　頁228。

〔註161〕見唐圭璋編：《詞話叢編》，冊五，頁4158。

〔註162〕見唐圭璋編：《詞話叢編》，冊四，頁3106～3107。

〔註163〕尤侗《西堂雜俎三集》：「歐、蘇以文章大手降體為詞，坡公〈大江
　　　　　東去〉卓絕千古，而六一婉麗實妙于蘇。」

還酹江月。」〔註164〕從詞作中可清楚地發現「豪放」的訊息，詞作一開始「大江東去，浪淘盡、千古風流人物」便有一股強烈的「氣」勢，「亂石穿空，驚濤拍岸，捲起千堆雪」，整個畫面奔騰澎湃，確實能使「江波鼎沸」，下闋描寫公瑾「雄姿英發」、「談笑間，檣艣灰飛煙滅」，氣勢凌人，然而在豪壯的氣勢中卻隱含著對過往的惋惜「江山如畫，一時多少豪傑」、「故國神遊，多情應笑我，早生華髮。人間如夢，一樽還酹江月」，雄壯中隱含著悲鬱之氣，無怪乎歷來評論者總喜歡舉此詞爲例，其詞作中所留下的空白清晰明白，評論者的期待視野得以直接與詞作中的隱在讀者發生連繫，不至於造成衝突與矛盾。

　　「豪放」風格的期待視野是蘇軾詞的專門用語，雖然豪放詞在蘇軾作品中僅佔少部分，約三十闋左右，〔註165〕但眾人對於豪放詞的興趣卻很大，由此可見豪放風格的產生已經形成後人關注蘇軾詞的主要期待視野了。

（二）寄託高遠之期待

　　比興手法是傳統文化中的常見手法，與中國人重視含蓄的態度有關，況且這種表現手法可使情緒不至於外露，反而給人一種韻味無窮之感，而蘇軾詞正是具有此種特點，因此其詞常被認爲「寓意高遠」，陳廷焯在《白雨齋詞話》卷一比較蘇辛的寫作風格：「蘇、辛並稱，然兩人絕不相似。魄力之大，蘇不如辛，氣體之高，辛不逮蘇遠矣。東坡詞寓意高遠，運筆空靈，措語忠厚。其獨至處，美成、白石亦不能到。昔人謂東坡詞非正聲，此特拘於音調言之，而不究其本原之所在，眼光如豆，不足與之辯也。」〔註166〕陳匪石《聲執》卷下云：「周邦彥集詞學之大成，前無古人，後無來者。凡兩宋之千門萬戶，清眞一集，幾擅其

〔註164〕　見鄒同慶、王宗堂：《蘇軾詞編年校注》，中冊，頁398。

〔註165〕　王保珍《東坡詞研究》所選錄之數，僅有二十一闋，放寬標準不過二十四、五闋。參見其書（台北：長安出版社，1987），頁57～63。朱靖華〈蘇軾的豪放詞及其在詞史上的地位〉一文統計，典型豪放詞也不過三十闋。見《徐州師院學報》（1985年）第一期，頁51～56。

〔註166〕　見唐圭璋編：《詞話叢編》，冊四，頁3783。

全,世間早有定論矣。然北宋之詞,周造其極。而先路之導,不止一家。蘇軾寓意高遠,運筆空靈,非粗非豪,別有天地。秦觀爲蘇門四子之一,而其爲詞,則不與晁、黃同賡蘇調。妍雅婉約,卓然正宗。」〔註167〕陳廷焯與陳匪石所說的「寓意高遠,運筆空靈」可以說是蘇軾作品中的顯著特色,所代表的是一種感受體驗的期待方式,也點明從這種接受角度的期待視野了解蘇軾詞,能夠得到的兩者效果,這也正是歷來評論家常常提及的部份,以下便針對此二點說明之。

在前章裡,我們提及詩詞中運用意象造成一種言外之意,當時所討論的意象是與個人的抱負、情感有關,是具有實用性的作用的,此處我們也要討論言外之意,只不過換成是讀者直觀體驗的感受,這種感受不具有實質上的效用,偏向美感的體驗。許多評論者都贊同蘇軾詞「寓意高遠」,如南宋傅共爲傅幹《注坡詞》作序:「……然其寄意幽渺,指事深遠,片詞隻字,皆有根柢。是以世之玩者,未易識其佳處。譬猶瓌奇珍怪之寶,來於異域,光彩眩耀,人人駭矚,而能辨質其名物者蓋寡矣……。自茲以往,列屋閒居,交口教授,吾知秦、柳、晁、賀之倫,束於高閣矣。」〔註168〕最著名的莫過於〈卜算子〉詠雁,黃庭堅《山谷題跋》卷二云:「語意高妙,似非喫煙火食人語,非胸中有萬卷書,筆下無一點塵俗氣,孰能至此!」〔註169〕清代謝章鋌《賭棋山莊詞話》云::「詠物詞雖不作可也。別有寄託,如東坡之詠雁;獨寫哀怨,如白石之詠蟋蟀,斯最善矣。」〔註170〕蘇軾〈卜算子〉中雁的意象寓意十分深刻,有陳鵠之「取興鳥擇木之意」,鮦陽居士之「驚鴻賢人不安也」,曾豐之「觸興於驚鴻,發乎情性也」,吳曾之「王氏女子」,郎瑛之「溫都監女」,可謂是眾說紛紜,然正如清代鄭文焯《大鶴山人詞話》

〔註167〕 見唐圭璋編:《詞話叢編》,冊五,頁 4969。
〔註168〕 〔宋〕傅幹著、劉尚榮校證:《傅幹注坡詞》,頁 7。
〔註169〕 〔宋〕黃庭堅:《豫章黃先生文集》(台北:台灣商務印書館,1975年 6 月),卷二十六。
〔註170〕 見唐圭璋編:《詞話叢編》,冊三,頁 3343。

所云：「〈卜算子〉，黃州定慧院寓居作云：（詞略）此亦有所感觸，不必赴會溫監女故事，自成馨逸。」〔註171〕這種具有深刻寄託的作品，只能靠讀者個人的體驗，不必非要解讀、考證出什麼意義。再者，南宋張炎更將蘇軾詞具有「意趣」的作品提出，包括〈水調歌頭〉、〈洞仙歌〉等，〔註172〕〈水調歌頭〉向來亦是爭論不休，究竟是如鯛陽居士、清代王奕清、黃蓼園等人的「愛君」之說，亦或是懷子由呢？不論蘇軾的想法為何，但讀者皆可以清楚地感受到〈水調歌頭〉詞句中的空靈感覺與某種意念的深刻寄託：「我欲乘風歸去，又恐瓊樓玉宇，高處不勝寒。起舞弄清影，何似在人間。」而〈洞仙歌〉也是如此的，描寫蜀後主孟昶與花蕊夫人的情態唯妙唯肖，「繡簾開、一點明月窺人，人未寢，敧枕釵橫鬢亂」、「起來攜素手，庭戶無聲，時見疏星渡河漢」等，皆使人產生深刻的感受。再如〈賀新郎〉，宋胡仔《苕溪漁隱叢話》後集卷三十九引《古今詞話》云：

> 苕溪漁隱曰：野哉，楊湜之言，眞可入《笑林》，東坡此詞，冠絕古今，託意高遠，寧爲一娼而發耶？〔註173〕

清代丁紹儀《聽秋聲館詞話》卷十一云：

> 〈賀新郎〉調一百十六字，或名〈賀新涼〉，或名〈乳燕飛〉，均因東坡詞而起。其詞寄託深遠，與詠雁〈卜算子〉同比

〔註171〕唐圭璋編：《詞話叢編》，冊五，頁4324。

〔註172〕「詞以意趣爲主，不要蹈襲前人語意。如東坡中秋〈水調歌頭〉云：『明月幾時有，把酒問青天。不知天上宮闕，今夕是何年。我欲乘風歸去，又恐瓊樓玉宇，高處不勝寒。起舞弄清影，何似在人間。轉朱閣，低綺戶，照孤眠。不應有恨，何事長向別時圓。人有悲歡離合，月有陰晴圓缺，此事古難全。但願人長久，千里共嬋娟。』夏夜〈洞仙歌〉云：『冰肌玉骨，自清涼無汗。水殿風來暗香滿。繡簾開、一點明月窺人，人未寢，敧枕釵橫鬢亂。　起來攜素手，庭戶無聲，時見疏星渡河漢。試問夜如何，夜已三更，金波淡、玉繩低轉。但屈指、西風幾時來，又不道流年、暗中偷換。』……此數詞皆清空中有意趣，無筆力者未易到。」（宋）張炎：《詞源》，見唐圭璋編：《詞話叢編》，冊一，頁260。

〔註173〕唐圭璋編：《詞話叢編》，冊一，頁182～183。

興。乃楊湜《詞話》謂爲酒間召妓鋪敘事實之作，謬妄殊
甚。〔註174〕

楊湜《古今詞話》以爲〈賀新郎〉一闋乃蘇軾守錢塘之時，爲了化解
官妓秀蘭晚到引起的倅之怒，而作此詞，〔註175〕但胡仔與清代丁紹
儀都不以爲然，覺得楊湜之言非常可笑，丁紹儀還以〈卜算子〉爲例，
說明二者都是借比興之法來寄託深意的，又清代沈際飛《草堂詩餘正
集》云：「換頭單說榴花。高手作文，語意到處即爲之，不當限以繩
墨。」「榴花開、榴花謝，以芳心共粉淚想像，詠物妙境。」〔註176〕
胡仔、丁紹儀等人都以爲「寄託深遠」，但並未明說寓意爲何，沈際
飛也只是欣賞蘇軾描寫榴花狀態的高明，或許正如其所言「凡作事或
具深衷，或即時事，工與不工，則作手之本色，自莫可掩。〈賀新郎〉
一詞，苕溪正之誠然，而爲秀蘭非爲秀蘭，不必論也。兩家紛然，子
瞻在泉，不笑其多事耶？」〔註177〕究竟是否爲了秀蘭而作已非重點，
重要的是這些事實都掩蓋不了作者真正的本意，讀者只要盡情感受其
詞作中的感動就值得了。又如詠楊柳的〈水龍吟〉（次韻章質夫楊花
詞），〔註178〕蔡嵩雲《柯亭詞論》云：

〔註174〕唐圭璋編：《詞話叢編》，冊三，頁2707。

〔註175〕宋代楊湜《古今詞話》：「蘇子瞻守錢塘，有官妓秀蘭，天性黠慧，
善於應對。湖中有宴會，群妓畢至，惟秀蘭不來。遣人督之，須臾
方至。子瞻問其故，具以『髮結沐浴，不覺困睡。忽有人叩門聲，
急起而問之，乃樂營將催督之。非敢怠忽，僅以實告。』子瞻亦恕
之。坐中倅車，屬意於蘭，見其晚來，志恨未已，責之曰：『必有
他事，以此晚至。』秀蘭麗遍，不能止倅之怒。是時，榴花盛開，
秀蘭以一枝藉手告倅，其怒愈甚。秀蘭收淚無言。子瞻作〈賀新涼〉
以解之，其怒始息。其詞曰（句略），子瞻之作，皆目前事，蓋取
其沐浴新涼曲名〈賀新涼〉也。後人不知之，誤爲〈賀新郎〉蓋不
得子瞻之意。子瞻真所謂風流太守也，豈可與俗吏同日語哉！」見
唐圭璋編：《詞話叢編》，冊一，頁27。

〔註176〕見鄒同慶、王宗堂：《蘇軾詞編年校注》，中冊，頁774。

〔註177〕見鄒同慶、王宗堂：《蘇軾詞編年校注》，中冊，頁773。

〔註178〕「似花還似非花，也無人惜從教墜。拋家傍路，思量卻是，無情有
思。縈損柔腸，困酣嬌眼，欲開還閉。夢隨風萬里，尋郎去處，又
還被、鶯呼起。　　不恨此花飛盡，恨西園落紅難綴。曉來雨過，

詠物詞，貴有寓意，方合比興之意。寄託最宜含蓄，運典
尤忌呆詮，須具手揮五絃目送飛鴻之妙，方合。如東坡〈水
龍吟〉，詠楊花而寫離情。……手寫此而注彼，信爲當行名
作。此雖意別有在，然莫不抱定題目立言。用慢詞詠物，
起句便需擒題。過變更不能脫離題意，方不空泛，方能警
切。〔註179〕

蘇軾〈水龍吟〉，字面詠楊花，實則寫離情，蔡嵩雲以爲〈水龍吟〉「具
手揮五絃目送飛鴻之妙」，手寫此而注彼，後人對此詞的描寫感受深
刻，如沈際飛所云：「『隨風萬里尋郎』，悉楊花神魂。」〔註180〕黃蓼
園：「首四句是寫花形態。『縈損』以下六句是寫見楊花之人之情緒。
二闋用議論，情景交融，筆墨入化，有神無跡矣。」〔註181〕清先著《詞
潔》：「……『曉來』以下，眞是化工神品。」〔註182〕近人唐圭璋：「『縈
損』三句，摹寫楊花之神，惜其忽飛忽墜也。」「『夢隨風』三句，攝
出楊花之魂，惜其忽往忽還也。」〔註183〕楊花的神情在蘇軾的筆下活
了起來，無過乎清代沈際飛《草堂詩餘正集》卷五言：「讀他文字，精
靈尚在文字裡面。坡老只見精靈，不見文字。」〔註184〕

綜合以上諸闋作品，發現除〈水調歌頭〉外都是詠物詞，寓意深
遠，而〈水調歌頭〉也藉由月的意象來表達某些情感，因此陳廷焯《白

遺蹤何在，一池萍碎。春色三分，二分塵土，一分流水。細看來，
不是楊花。點點是、離人淚。」見鄒同慶、王宗堂：《蘇軾詞編年
校注》，上冊，頁314。

〔註179〕 見唐圭璋編：《詞話叢編》冊五，頁4907。

〔註180〕 見鄒同慶、王宗堂：《蘇軾詞編年校注》，上冊，頁320。

〔註181〕 見鄒同慶、王宗堂：《蘇軾詞編年校注》，上冊，頁320。

〔註182〕 清先著《詞潔》：「〈水龍吟〉末後十三字，多作五四四；此作七六，
有何不可。近見論譜者於「細看來不是」及「揚花點點」下分句，
以就五四四之印板死格；遂令坡公絕妙好詞，不成文理。起句入魔
「非花」矣，而「又似」不成句也。「拋家傍路」四字欠雅緻，趁
韻不穩。「曉來」以下，眞是化工神品。」見唐圭璋：《詞話叢編》，
冊二，頁1365。

〔註183〕 唐圭璋選釋：《唐宋詞簡釋》（台北：木鐸出版社，1982年3月），
頁90。

〔註184〕 見鄒同慶、王宗堂：《蘇軾詞編年校注》，上冊，頁320。

雨齋詞話》卷一云：「詞至東坡，一洗綺羅香澤之態，寄慨無端，別有天地。〈水調歌頭〉、〈卜算子‧雁〉、〈賀新郎〉、〈水龍吟〉諸篇，尤爲絕構。」﹝註185﹞看來這幾闋詞作正是歷來代表蘇詞極具寓意的作品。

其他尚有如清代沈祥龍《論詞隨筆》云：

> 詞當意餘於辭，不可辭餘於意。東坡謂少游「小樓連苑橫空，下窺繡轂雕鞍驟」二句只說得車馬樓下過耳，以其辭餘於意也。若意餘於辭，如東坡「燕子樓空，佳人何在？空鎖樓中燕。」用張建封事，白石「猶記深宮舊事，那人正睡裏，飛近蛾綠。」用壽陽事，皆爲玉田所稱，蓋辭簡而餘意悠然不盡也。﹝註186﹞

又如《復齋漫錄》云：

> 廬山瑞香花，古所未有，亦不產他處，張祠部圖之，強名佳客，以「瑞」爲「睡」焉。其詩曰：「曾向廬山睡裡開，香風佔斷世間春，窺花莫撲枝頭蝶，驚覺南柯半夢人。」余觀東坡《西江月》詞，其一云：「領巾飄下瑞香風，驚起謫仙春夢。」其一云：「更看微月轉光風，歸去香雲入夢」東坡詞意；亦與張祠部相類，但能蘊藉耳。﹝註187﹞

〈永遇樂〉（彭城夜宿燕子樓，夢盼盼，因作此詞）﹝註188﹞「燕子樓空，佳人何在？空鎖樓中燕。」用張建封事，卻能夠辭簡而餘意悠然不盡，而〈西江月〉（寶雲眞覺院賞瑞香）：﹝註189﹞「領巾飄下瑞香

﹝註185﹞ 見唐圭璋編：《詞話叢編》，冊四，頁3783。
﹝註186﹞ 見唐圭璋編：《詞話叢編》，冊五，頁4053。
﹝註187﹞ 見鄒同慶、王宗堂：《蘇軾詞編年校注》，中冊，頁656。
﹝註188﹞ 「明月如霜，好風如水，清景無限。曲港跳魚，圓荷瀉露，寂寞無人見。紞如三鼓，鏗然一葉，黯黯夢雲驚斷。夜茫茫，重尋無處，覺來小園行徧。　天涯倦客，山中歸路，望斷故園心眼。燕子樓空，佳人何在，空鎖樓中燕。古今如夢，何曾夢覺，但有舊歡新怨。異時對、黃樓夜景，爲余浩歎。」見鄒同慶、王宗堂：《蘇軾詞編年校注》，上冊，頁247。
﹝註189﹞ 「公子眼花亂發，老夫鼻觀先通。領巾飄下瑞香風。驚起謫仙春夢。　后土祠中玉蕊，蓬萊殿後輕紅。此花清絕更纖穠。把酒

風，驚起謫仙春夢」與另一闋（坐客見和復次韻）〔註190〕「更看微
月轉光風，歸去香雲入夢」與張祠部所作詩相類，但卻能「蘊藉」。
清代納蘭性德《淥水亭雜識》曾云：「蘇詩傷學，詞傷才」，〔註191〕
謝章鋌《賭棋山莊詞話》則提出：「熟事能生，舊事能新，更為妙手。
蓋辭有限而意無窮，以意運辭，何熟非生？何舊非新？」〔註192〕蘇
軾詞作難能可貴的便是在此：「辭有限而意無窮，以意運辭」，將深意
隱藏在詞彙之中、物象之中，使人感到「餘意悠然不盡」，沈祥龍《論
詞隨筆》所云：「含蓄無窮，詞之要訣。含蓄者意不淺露，語不窮盡，
句中有餘味，篇中有餘意，其妙不外寄言而已。」〔註193〕或許正是
此意。

　　蘇軾詞藉由某些意象，讓人在詮釋理解上產生不同的結果，此處
亦是如此，不過與前述實用期待的視野不同，當評論者說出「語意高
妙」時，其對蘇軾作品的理解或許心中有一份認定，不過，更重要的
是一種體悟、感悟，從蘇軾詞裡我們獲得的是某些「境界」的提升，
這便是我們所說的「感受期待」的特殊之處，這種感受，許多評論者
會以「清空」、「空靈」言之，南宋張炎便很清楚的提到：

　　　　詞要清空，不要質實。清空則古雅峭拔，質實則凝澀晦昧。
　　　　姜白石詞如野雲孤飛，去留無迹。吳夢窗詞如七寶樓台，
　　　　眩人眼目，碎拆下來，不成片段。〔註194〕

清空相對於質實而言；古雅峭拔則相對於凝澀晦昧而言。「質實」意
指「質的實在」，就某些方面而言是正面的，但若是詞，表示太過死

　　　　　何人心動。」見鄒同慶、王宗堂：《蘇軾詞編年校注》，中冊，頁
　　　　　653。
〔註190〕　「小院朱闌幾曲，重城畫鼓三通。更看微月轉光風。歸去香雲入
　　　　　夢。　　翠袖爭浮大白，皁羅半插斜紅。鐙花零落酒花穠。妙語
　　　　　一時飛動。」見鄒同慶、王宗堂：《蘇軾詞編年校注》，中冊，頁
　　　　　657。
〔註191〕　見唐圭璋編《詞話叢編》，冊四，頁3416。
〔註192〕　見唐圭璋編《詞話叢編》，冊四，頁3327。
〔註193〕　見唐圭璋編：《詞話叢編》，冊五，頁4055。
〔註194〕　〔宋〕張炎：《詞源》，見唐圭璋編：《詞話叢編》，冊一，頁259。

板生硬，堆砌過多的典故辭藻；相反地，若能夠講求意境，製造一種
清新空靈的感受，如此的詞作方能有靈動之氣。具有靈動意境的詞
作，所具備的風格是古雅峭拔的，高古、騷雅、剛勁與超拔，正如姜
白石的詞像野外雲朵獨自飛過，完全不留痕跡，引人遐思；若過於死
板的堆砌，反而造成凝重、晦澀的情形，如吳夢窗的詞，像美麗的樓
台，讓人眼目昏眩，但仔細一看，徒有其表罷了。張炎的創作宗姜白
石的傾向是十分明顯的，但他也同時學習過史達祖、吳文英的寫作風
格，最後他仍有所偏好，可見其詞學觀點的主觀趨向。劉熙載《藝概・
詞概》亦對「清」字有所解釋：「黃魯直跋東坡〈卜算子〉『缺月掛疏
桐』一闋云：『語意高妙，似非喫煙火食人語，非胸中有萬卷書，筆
下無一點塵俗氣，孰能至此！』余案：詞之大要，不外厚而清。厚，
包諸所有；清，空諸所有也。」〔註195〕蘇軾作品具有此種特質的，
如劉熙載《藝概・詞概》：

> 詞以不犯本位為高。東坡〈滿庭芳〉：「老去君恩未報，空回
> 首彈鋏悲歌。」語誠慷慨，然不若〈水調歌頭〉：「我欲乘風
> 歸去，又恐瓊樓玉宇，高處不勝寒。」尤覺空靈蘊藉。〔註196〕

和〈滿庭芳〉「老去君恩未報，空回首彈鋏悲歌」〔註197〕的慷慨語調
比較起來，還不如〈水調歌頭〉「我欲乘風歸去，又恐瓊樓玉宇，高
處不勝寒。」讓人感到空靈蘊藉來得巧妙。又如清鄭文焯《手批東坡
樂府》云：

> 突兀而起，仙乎仙乎！「翠壁」句奇嶄不露琢痕。上闋全
> 寫夢境，空靈中雜以淒麗，過片始言情，有滄波浩渺之致。

〔註195〕 見唐圭璋編：《詞話叢編》，冊四，頁3707。

〔註196〕 見唐圭璋編：《詞話叢編》，冊四，頁3708。

〔註197〕 （余謫居黃州五年，將赴臨汝，作滿庭芳一篇別黃人。既至南郡，
蒙恩放歸陽羨，復作一篇）「歸去來兮，清溪無底，上有千仞嵯峨。
畫樓東畔，天遠夕陽多。老去君恩未報，空回首、彈鋏悲歌。船頭
轉，長風萬里，歸馬駐平坡。　　無何，何處有，銀潢盡處，天女
停梭。問何事人間，久戲風波。顧謂同來稚子，應爛汝、腰下長柯。
青衫破，群仙笑我，千縷挂煙蓑。」見鄒同慶、王宗堂：《蘇軾詞
編年校注》，中冊，頁568。

真高格也。「雲夢」二句妙能寫閒中情景。煞拍不說夢，偏
說夢來見我；正是詞筆高渾不猶人處。

讀東坡先生詞，於氣韻格律並有悟到。空靈妙境，匪可以
詞家目之，亦不得不目爲詞家。世每謂其以詩入詞，豈知
言哉！董文敏論畫曰：「同能不如獨詣。」吾於坡仙之詞亦
云。〔註198〕

〈水龍吟〉〔註199〕「上闋全寫夢境，空靈中雜以淒麗」、「煞拍不說
夢，偏說夢來見我」，蘇軾寫夢境雜以淒麗之情，雖說夢卻又言「夢
來見我」，使人感到清新而空靈。

　　蘇軾詞作在後人的眼裡往往出「神」如化，稱其爲「神品」、「仙
品」，正如唐代詩仙李白般，超越了世人的境界，創造出一種「空靈」
的感受，使人恍若置身仙境。

（三）曠達超越之期待

　　蘇軾爲人正直敢言，常常因爲此種個性造成自己的艱困處境。因
爲宦途的奔波乖舛，進而造就了不同的人生體驗，產生了各式各樣的
作品，其中的「曠達」風格更是爲許多人開啓了一扇生命之窗，陳廷
焯有許多對蘇軾詞的評語皆與其超越曠達的詞風有關，如其《白雨齋
詞話》卷六云：

東坡心地光明磊落，忠愛根於性生，故詞極超曠，而意極
和平。稼軒有吞吐八荒之概，而機會不來。正則可以爲郭、

〔註198〕　見唐圭璋編：《詞話叢編》，冊四，頁4322～4323。
〔註199〕　〈水龍吟〉（閭秋大夫孝終公顯嘗守黃州，作棲霞樓，爲郡中絕
　　　　　勝。元豐五年，余謫居黃。正月十七日夢扁舟渡江，中流回望，
　　　　　樓中歌樂雜作。舟中人言：公顯方會客也。覺而異之，乃作此
　　　　　曲。蓋越調鼓笛慢。公顯時已致仕。在蘇州）「小舟橫截春江，
　　　　　臥看翠壁紅樓起。雲間笑語，使君高會，佳人半醉。危柱哀絃，
　　　　　豔歌餘響，繞雲縈水。念故人老大，風流未減，空回首、煙波
　　　　　裡。　　推枕惘然不見，但空江、月明千里五湖聞道，扁舟歸
　　　　　去，仍攜西子。雲夢南州，武昌東岸，昔遊應記。料多情夢裡，
　　　　　端來見我，也參差是。」見鄒同慶、王宗堂：《蘇軾詞編年校注》，
　　　　　上冊，頁349。

哩,爲岳、韓,變則爲桓溫之流亞,故詞極豪雄,而意極悲鬱。蘇、辛兩家,各自不同。〔註200〕

卷八云:

稼軒求勝於東坡,豪壯或過之,而遜其清超,遜其忠厚。……故知東坡、白石具有天授,非人力所可到。〔註201〕

人知東坡古詩古文,卓絕百代,不知東坡之詞,尤出詩文之右。蓋仿九品論字之例,東坡詩文縱列上品,亦不過爲上之中下。(七言古爲東坡擅長,然於清絕之中雜以淺俗語,沉鬱處亦未能盡致。古文才氣縱橫而不免霸氣,總不及詞之超逸而忠厚也。)若詞則幾爲上之上矣。此老平生一絕詣,惜所傳不多也。〔註202〕

卷五云:

《蓮子居詞話》云:「蘇之大,張之秀,柳之豔,秦之韻,周之圓融,南宋諸老,何以尚茲。」此論殊屬淺陋,謂北宋不讓南宋則可,而以秀豔等字尊北宋則不可。如徒曰「秀、豔、圓融」而已,則北宋豈但不及南宋,並不及金元矣。至以耆卿與蘇、張、周、秦並稱,而不數方回,亦爲無識。又以「秀」字目子野,「韻」字目少游,「圓融」字目美成,皆屬不切。即以「大」字目東坡,「豔」字目耆卿,亦不甚確。……子野詞,於古儁中見深厚。東坡詞,則超然物外,別有天地。而江南賀老,寄興無端,變化莫測,亦豈出諸人下哉。此北宋之儁,南宋不能過也。若耆卿詞,不過長於言情,語多淒秀,尚不及晏小山,更何能超越方回,而與周、秦、蘇、章並峙千古也。〔註203〕

陳廷焯對蘇軾詞的期待視野中,「超曠」占很大的比重,由以上所列便知,不論與詩比,與他人比,「超曠」的特色似乎是陳廷焯在蘇軾詞中清楚感知的潛在訊息。

〔註200〕 見唐圭璋編:《詞話叢編》,冊四,頁3925。
〔註201〕 見唐圭璋編:《詞話叢編》,冊四,頁3969。
〔註202〕 見唐圭璋編:《詞話叢編》,冊四,頁3937。
〔註203〕 見唐圭璋編:《詞話叢編》,冊四,頁3890。

吳梅從個性與境遇來看，其《詞學通論》云：「余謂公詞豪放繡密，兩擅其長。世人第就豪放處論，遂有鐵板銅琶之誚，不知公婉約處何讓溫韋，……要之，公天性豁達，襟抱開朗，雖境遇迍邅，而處之坦然，即去國離鄉，初無羈客遷人之感。惟胸懷坦蕩，詞亦超凡入聖。」〔註 204〕可見詞風乃因個人遭遇與個性而有所不同，如果沒有具備這些特質，即使是努力學習也很難達到的，因此清代王國維《人間詞話》云：「東坡之詞曠，稼軒之詞豪。無二人之胸襟而學其詞，猶東施之效捧心也。」〔註 205〕

另外陳廷焯還看見了蘇軾詞難能可貴的部份，其《白雨齋詞話》卷六云：「和婉中見忠厚易，超曠中見忠厚難，此坡仙所以獨絕千古也。」〔註 206〕要在和婉的情感中見到忠厚是容易的，因為性質是相近的，然而在經歷了各種不公平的對待後，寫出曠達作品，又能夠保有忠厚之心，確實是困難的，陳廷焯就發現了蘇軾詞中所隱藏的這種線索。

（四）高超境界之期待

蘇軾作品除了豪放風格使人耳目一新外，由於學養、個性、遭遇等因素，使其作品有著豐富的角度與視界，尤其在作品中見其胸襟、精神，從作品中感受到的是蘇軾的精神完全融入在詞中的事或物中，使人嘆為觀止，情緒也隨之起伏變化，最為人稱道的正是描寫楊花的〈水龍吟〉，清先著《詞潔》云：「『曉來』以下，真是化工神品。」〔註207〕清代沈際飛《草堂詩餘正集》卷五云：「『隨風萬里尋郎』，悉

〔註 204〕 吳梅：《詞學通論》，頁 55。

〔註 205〕 見唐圭璋編：《詞話叢編》，冊五，頁 4250。

〔註 206〕 見唐圭璋編：《詞話叢編》，冊四，頁 3912。

〔註 207〕 清先著《詞潔》云：「《水龍吟》末後十三字，多作五四四：此作七六，有何不可。近見論譜者於「細看來不是」及「揚花點點」下分句，以就五四四之印板死格；遂令坡公絕妙好詞，不成文理。起句入魔「非花」矣，而「又似」不成句也。「拋家傍路」四字欠雅緻，趁韻不穩。「曉來」以下，真是化工神品。」見唐圭璋編：《詞話叢編》，冊二，頁 1365。

楊花神魂。」〔註208〕黃蓼園《蓼園詞選》云:「情景交融,筆墨入化,有神無跡矣。」〔註209〕清代鄭文焯《大鶴山人詞話》云:「煞拍畫龍點睛」〔註210〕清代李調元《雨村詞話》卷一云:「『春色三分,二分塵土,一分流水。』神意更遠。」〔註211〕劉熙載《藝概‧詞概》云:「『似花還似非花』,此句可作全詞評語,蓋不即不離也。」〔註212〕近人唐圭璋《唐宋詞簡釋》云:「『縈損』三句,摹寫楊花之神,惜其忽飛忽墜也。」「『夢隨風』三句,攝出楊花之魂,惜其忽往忽還也。」〔註213〕後人針對蘇軾所描摹的楊花情態給予高度肯定,楊花的精神在蘇軾筆下彷彿躍然紙上,可謂「有神無跡」。

　　除了〈水龍吟〉之外,其他如〈洞仙歌〉,沈祥龍言「『冰肌玉骨,自清涼無汗,水殿風來暗香滿』句……在神不在跡也。」〔註214〕〈永遇樂〉,「燕子樓空」三句,清代鄭文焯《大鶴山人詞話》云:「貴神情不貴跡象也。」〔註215〕〈卜算子〉,黃蓼園《蓼園詞選》云:「語

〔註208〕　見鄒同慶、王宗堂:《蘇軾詞編年校注》,上冊,頁320。

〔註209〕　黃蓼園《蓼園詞選》云:「首四句是寫花形態。「縈損」以下六句是寫見楊花之人之情緒。二闋用議論,情景交融,筆墨入化,有神無跡矣。」見鄒同慶、王宗堂:《蘇軾詞編年校注》上冊,頁320。

〔註210〕　清代鄭文焯《大鶴山人詞話》:「〈水龍吟〉,次韻章質夫楊花詞云:(詞略)煞拍畫龍點睛,此亦詞中一格。」見唐圭璋編:《詞話叢編》,冊五,頁4326。

〔註211〕　清代李調元《雨村詞話》卷一:「宋初葉清臣字道卿,有〈賀聖朝〉詞云:『三分春色二分愁,更一分風雨。』東坡〈水龍吟〉演為長句云:『春色三分,二分塵土,一分流水。』神意更遠。」

〔註212〕　劉熙載《藝概》卷四:「東坡《水龍吟》起云:「似花還似非花」,此句可作全詞評語,蓋不即不離也。」(況周頤《蕙風詞話續編》卷一亦引)見唐圭璋編:《詞話叢編》,冊四,頁3704。

〔註213〕　唐圭璋選釋:《唐宋詞簡釋》,頁90。

〔註214〕　〔清〕沈祥龍《論詞隨筆》:「詞韶麗處,不在塗脂抹粉也;誦東坡「冰肌玉骨,自清涼無汗。水殿風來暗香滿」句,自覺口吻俱香。悲慨之處,不在嘆逝傷離也;誦耆卿「漸霜風淒緊,關河冷落,殘照當樓」句,自覺神魂欲斷。蓋在神不在跡也。」見唐圭璋編:《詞話叢編》冊五,頁4055。

〔註215〕　〔清〕鄭文焯《大鶴山人詞話》:「公以『燕子樓空』三句語秦淮海,殆以示詠古之超宕,貴神情不貴跡象也。」見唐圭璋編:《詞話叢

語雙關，格奇而語雋，斯爲超詣神品。」〔註216〕胡仔《苕溪漁隱叢話後集》卷二六更舉出十餘詞言：「皆絕去筆墨畦徑間，直造古人不到處，眞可使人一唱而三歎。」〔註217〕清代王曉堂《匡山叢話》卷五亦云：「東坡詞最多，其間佳者如『大江東去』赤壁詞、中秋詞、快哉亭、詠梅，直造古人不到處，『以詩爲詞』，是大不然。」〔註218〕蘇軾詞受人推崇如此，主要原因如清代沈際飛《草堂詩餘正集》卷五云：「讀他文字，精靈尚在文字裡面。坡老只見精靈，不見文字。」〔註219〕況周頤《玉梅詞話》也云：「東坡、稼軒，其秀在骨，其厚在神，初學看之，但得其粗率而已。其實二公不經意處，是眞率，非粗率也。余至今未敢學蘇、辛也。」〔註220〕蘇軾將精神投入作品之中，於是事物有了生命，情感變得深刻，當評論者以自己的期待視野探尋詞中的意義時，與作品中的隱在讀者產生共鳴、深受吸引。而其他的

編》，冊五，頁 4322。
〔註216〕見唐圭璋編：《詞話叢編》，冊四，頁 3032。
〔註217〕胡仔《苕溪漁隱叢話後集》卷二六舉出十餘詞言：「《後山詩話》謂：『退之以文爲詩，子瞻以詩爲詞，如教坊雷大使之舞，雖極天下之工，要非本色。』餘謂後山之言過矣，子瞻佳詞最多，其間傑出者，如『大江東去，浪淘盡、千古風流人物』赤壁詞；『明月幾時有，把酒問青天』中秋詞；『落日繡簾捲，庭下水連空』快哉亭詞；『乳燕飛華屋，悄無人、桐陰轉午』初夏詞；『明月如霜，好風如水，清景無限』夜登燕子樓詞；『楚山修竹如雲，異材秀出千林表』詠笛詞；『玉骨那愁瘴霧，冰肌自有仙風』詠梅詞；『東武南城，新堤固、漣漪初溢』宴流杯亭詞；『冰肌玉骨，自清涼無汗』夏夜詞；『有情風、萬裏捲潮來，無情送潮歸』別參寥詞；『缺月掛疏桐，漏斷人初靜』秋夜詞；『霜降水痕收，淺碧鱗鱗露遠洲』九日詞。凡此十餘詞，皆絕去筆墨畦徑間，直造古人不到處，眞可使人一唱而三歎。若謂以詩爲詞，是大不然。子瞻自言，平生不善唱曲，故間有不入腔處，非盡如此。後山乃比之教坊司雷大使舞，是何每況愈下？蓋其謬耳。」見鄒同慶、王宗堂：《蘇軾詞編年校注》，下冊，頁 1017。
〔註218〕清代王曉堂《匡山叢話》卷五：「《後山詩話》云：『……子瞻以詩爲詞，如教坊雷大使之舞，雖極天下之工，要非本色。』余謂後山言太過。東坡詞最多，其間佳者如『大江東去』赤壁詞、中秋詞、快哉亭、詠梅，直造古人不到處，『以詩爲詞』，是大不然。」
〔註219〕見鄒同慶、王宗堂：《蘇軾詞編年校注》，上冊，頁 320。
〔註220〕見鄒同慶、王宗堂：《蘇軾詞編年校注》，下冊，頁 1040。

原因尚包含「忠厚」、「沉鬱」〔註221〕、「純任自然」〔註222〕、「深靜」。
〔註223〕

〔註221〕沈鬱與忠厚的說法，如清代陳廷焯《白雨齋詞話》卷六：「東坡〈浣溪沙〉云：『誰道人生難再少，君看流水尚能西。休將白髮唱黃雞。』愈悲鬱，愈豪放，愈忠厚，令我神往。」（唐圭璋編：《詞話叢編》，冊四，頁3912。）《白雨齋詞話》卷一「張綖云：「少游多婉約，子瞻多豪放，當以婉約為主。」此亦似是而非，不關痛癢語也。誠能本諸忠厚，而出以沉鬱，豪放亦可，婉約亦可。否則豪放嫌其粗魯，婉約又病其纖弱矣。」（見唐圭璋編：《詞話叢編》，冊四，頁3785。）《白雨齋詞話》卷八：「稼軒求勝於東坡，豪壯或過之，而遜其清超，遜其忠厚。……故知東坡、白石具有天授，非人力所可到。」（見唐圭璋編：《詞話叢編》，冊四，頁3969。）《白雨齋詞話》卷一：「唐五代詞，不可及處，正在沉鬱。宋詞不盡沉鬱，然如子野、少游、美成、白石、碧山、梅溪諸家，未有不沉鬱者。即東坡、方回、稼軒、夢窗、玉田等，似不必盡以沉鬱勝，然其佳處，亦未有不沉鬱者。詞中所貴，尚未可以知耶。」（見唐圭璋編：《詞話叢編》，冊四，頁3776。）《白雨齋詞話》卷三：「東坡詞豪宕感激，忠厚纏綿，後人學之，徒形粗魯。」（見唐圭璋編：《詞話叢編》，冊四，頁3826。）《白雨齋詞話》卷六：「所謂『興』者，意在筆先，神餘言外，極虛極活，極沈極鬱，若遠若近，可喻不可喻，反覆纏綿，都歸忠厚。求之兩宋，如東坡《水調歌頭》、《卜算子·雁》……等篇，亦庶幾近之矣。」（見唐圭璋編：《詞話叢編》，冊四，頁3917。）張德瀛《詞微》卷五：「宋牧仲謂宋詩多沈僿，近少陵；元詩多輕揚，近太白。然詞之沈僿，無過子瞻。長樂陳翼論其詞云：『歌赤壁之詞，使人抵掌激昂，而有擊楫中流之心。歌哨遍之詞，使人甘心澹泊，而有種菊東籬之興。』可謂知言。」（見唐圭璋編：《詞話叢編》，冊五，頁4158。）

〔註222〕蔡嵩雲《柯亭詞論》：「唐五代小令，為詞之初期，故花間、後主、正中之詞，均自然多于人工。宋初小令，如歐秦二晏之流，所作以精到勝，與唐五代稍異，蓋人工甚于自然矣。宋初慢詞，猶接近自然時代，往往有佳句而乏佳章。自屯田出而詞法立，清真出而詞法密，詞風爲之丕變。如東坡純任自然者，殆不多見矣。南宋以降，慢詞作法，窮極工巧。稼軒雖接武東坡，而詞之組織結構，有極精者，則非純任自然矣。梅溪、夢窗，遠紹清真，碧山、玉田，近宗白石，詞法之密，均臻絕頂。宋詞自此，殆純乎人矣。」（見唐圭璋編：《詞話叢編》，冊五，頁4902。）

〔註223〕近人陳匪匡《聲執》卷上：「氣味自歸於醇厚，境地自入於深靜。此種境界，白石、夢窗詞中往往可見，而東坡爲尤多。若論其致力所在，則全自養來，而輔之以學。」（見唐圭璋編：《詞話叢編》，

　　正因爲蘇軾詞之成就讓後人驚豔不已，因此在後人的評語中常會見到「仙」、「神」等字眼，或是使用某些特殊的形容，將蘇軾詞推舉到極高的境地。王灼《碧雞漫志》卷二云：

> 東坡先生以餘事作詩，溢而作詞曲，高處出神入天，平處尚臨鏡笑春，不顧儕輩；或曰長短句中詩也，爲此論者，乃是遭柳永野狐涎之毒。詩與樂府同出，豈當分異？〔註224〕

吳梅《詞學通論》云：

> 余謂公詞豪放縝密，兩擅其長。世人第就豪放處論，遂有鐵板銅琶之誚，不知公婉約處何讓溫韋，……要之，公天性豁達，襟抱開朗，雖境遇迍邅，而處之坦然，即去國離鄉，初無羈客遷人之感。惟胸懷坦蕩，詞亦超凡入聖。〔註225〕

「出神入天」、「超凡入聖」，在評論者眼中，蘇軾作品可謂神乎其技，已是超越眾人之境界，有如「萬古一清風」，〔註226〕給人無限的刺激與感動，無怪乎眾人稱其爲仙人、神人，如明代俞彥《爰園詞話》云：

> 子瞻詞無一語著人間煙火，此自大羅天上一種，……其豪放亦止「大江東去」一詞。何物袁絢，妄加品騭，後代奉爲美談，似欲以墜子瞻生平。不知萬頃波濤，來自萬哩，吞天浴日，古豪傑英爽都在，使屯田此際操觚，果可以「楊柳岸曉風殘月」命句否。且柳詞亦只此佳句，餘皆未稱。〔註227〕

清代王鵬運《半塘未刊稿》云：

> 詞家蘇、辛並稱，其實辛猶人境也，蘇其殆仙乎！〔註228〕

冊五，頁4951。）
〔註224〕見唐圭璋編：《詞話叢編》，冊一，頁83。
〔註225〕吳梅：《詞學通論》，頁55。
〔註226〕沈雄《古今詞話‧詞品》卷上「陳子宏曰：『近日詞惟周美成，姜堯章，而以東坡爲詞詩，稼軒爲詞論。』此說固當。然詞曲以委曲爲體，徒狃於風情婉戀，則亦易厭。回視蘇、辛所作，豈非萬古一清風哉！」（見唐圭璋編：《詞話叢編》，冊一，頁767。）
〔註227〕見唐圭璋編：《詞話叢編》，冊一，頁402。
〔註228〕見鄒同慶、王宗堂：《蘇軾詞編年校注》，下冊，頁1039。

清代方東樹《昭昧詹言》卷十二云：

> 薑塢先生曰：「東坡詩詞天得，常語快句，乘雲馭風，如不
> 經慮而出之。淒淡豪麗，並臻妙詣。至於神來氣來，如導
> 師說無上妙諦，如飛仙天人，下視塵界。」〔註229〕

劉熙載《藝概・詞概》云：

> 東坡詞具神仙出世之姿，方外白玉蟾諸家，惜未詣此。〔註230〕

陳廷焯《白雨齋詞話》卷八云：

> 白石仙品也；東坡神品也，亦仙品也；夢窗逸品也；玉田
> 雋品也；稼軒豪品也；然皆不離於正，故與溫、韋、周、
> 秦、梅溪、碧山同一大雅，而無傲而不理之誚。後人徒恃
> 聰明，不窮正始，終非至詣。〔註231〕

蘇軾詞「無一語著人間煙火，此自大羅天上一種」可見其境界之高超，
因此遠在宋代其門下弟子黃庭堅〈跋東坡樂府〉便曾云：「東坡道人
在黃州時作。語意高妙，似非喫煙火食人語，非胸中有萬卷書，筆下
無一點塵俗氣，孰能至此。」〔註232〕其寫作「常語快句，乘雲馭風，
如不經慮而出之」，因此和其他詞家比較起來，是「神品」、「仙品」，
而其人則是「飛仙天人」、「神仙出世」，境界非一般人所能及。蘇軾
詞被推舉如此，絕對有其道理的，陳匪石《聲執》卷下云：「一曰獨
往獨來，一空羈勒，如列子御風，如藐姑仙人，吸風飲露。二曰剛亦
不茹，柔亦不吐，纏綿悱惻，空靈動盪。三曰忠愛幽憂，時一流露，
若有意若無意，若可知若不可知。四曰涉樂必笑，言哀已歎，雖屬寓
言，無慙大雅。蓋空靈變幻，不可捉摸，以東坡爲至極。」〔註233〕

〔註229〕〔清〕方東樹《昭昧詹言》（台北：廣文書局，1962年8月），卷十
二，頁32。

〔註230〕見唐圭璋編：《詞話叢編》，冊四，頁3691。

〔註231〕見唐圭璋編：《詞話叢編》，冊四，頁3961～3962。

〔註232〕〔宋〕黃庭堅：《豫章黃先生文集》（台北：台灣商務印書館，1975
年6月），卷二十六。

〔註233〕陳匪石《聲執》卷下云：「民國十三年，宋詞三百首始問世。詞之
總集，以此爲最後。結銜稱上彊村民，即朱孝臧也。況周頤作序，
謂於體格神致求之，以渾成爲宗旨。此言也，在初學或未易解，強

蘇軾之作超凡入聖，讀者以其期待視野探尋線索，藉由作品中的強烈訊息修正自己的期待，最後往往使自身完全融入蘇軾詞的情境之中，深受感動，王世貞《藝苑卮言》便云：「讀子瞻文，見才矣，然似不讀書者。讀子瞻詩，見學矣，然似絕無才者。懶倦欲睡時，誦子瞻小文及小詞，亦覺神王。」〔註234〕

（五）開拓貢獻之期待

蘇軾的種種作品被推舉如此，其境界已達極高境地，因此後人對其開創性的地位也給予許多稱許，如元代元好問〈新軒樂府引〉云：

> 唐歌詞多宮體，又皆極力爲之。自東坡一出，情性之外，不知有文字，真有「一洗萬古凡馬空」氣象。雖時作宮體，亦豈可以宮體概之！人有言：樂府本不難作，從東坡放筆後便難作。此殆以工拙論，非知坡者。所以然者，《詩三百》所載小夫賤婦幽憂無聊賴之語，時狎爲外物感觸，滿心而發，肆口而成者爾，其初果欲被管絃，諧金石，經聖人手，以與六經並傳乎？小夫賤婦且然，而謂東坡翰墨游戲，乃求與前人角勝負，誤矣。自今觀之，東坡勝處，非有意於文字之爲工，不得不然之爲工也。坡以來，山谷、晁无咎、陳去非、辛幼安諸公，俱以歌詞取稱，吟詠情性，留連光景，清壯頓挫，能起人妙思。亦有語意拙直，不自緣飾，因病成妍者，皆自坡發之。近歲新軒張勝予，亦東坡發之者與？〔註235〕

爲之說，亦非易事。唯彊村在清光宣之際，即致力東坡，晚年所造，且有神合。馮煦敘東坡樂府，指陳四端：一曰獨往獨來，一空羈勒，如列子御風，如藐姑仙人，吸風飲露。二曰剛亦不茹，柔亦不吐，纏綿悱惻，空靈動盪。三曰忠愛幽憂，時一流露，若有意若無意，若可知若不可知。四曰涉樂必笑，言哀已歎，雖屬寓言，無慙大雅。蓋空靈變幻，不可捉摸，以東坡爲至極。朱氏所選，以此爲鵠。而於宋詞求之，有合者或相近者則入選。讀者試以馮氏之言，讀宋詞三百首，庶乎得其崖略。此固朱氏一家之言，然實前此選詞者所謂有也。」（見唐圭璋編：《詞話叢編》，冊五，頁4967。）

〔註234〕　見鄒同慶、王宗堂：《蘇軾詞編年校注》，下冊，頁1023。
〔註235〕　見張惠民編：《宋代詞學資料匯編》，頁244～245。

清代馮煦《蒿庵論詞》云：

> 宋至文忠，文始復古，天下翕然師尊之，風尚爲之一變。
> 即以詞言，亦疏雋開子瞻，深婉開少游。〔註236〕

鄧廷楨《雙硯齋詞話》云：

> 東坡以龍驥不羈之才，樹松柏特立之操，故其詞清剛雋上，
> 囊括群英。院吏所云：學士詞須關西大漢，銅琶鐵板，高
> 唱「大江東去」。語雖近謔，實爲知音。然如《卜算子》云：
> 「缺月挂疏桐，漏斷人初定」，則明漪絕底，薌澤不聞，宜
> 涪翁稱之爲不食人間煙火。而造言者謂此詞爲惠州溫都監
> 女作，又或謂爲黃州王氏女作。夫東坡何如人，而作牆東
> 宋玉哉。至如《蝶戀花》之「枝上柳綿吹又少。天涯何處
> 無芳草」，東坡命朝雲歌之，輒泫然流涕，不能成聲。《永
> 遇樂》之「古今如夢，何曾夢覺，但有新歡舊怨」；和章質
> 夫楊花《水龍吟》之「曉來雨過，遺蹤何在，半池萍碎。
> 春色三分，二分塵土，一分流水」；《洞仙歌》之「試問夜
> 如何，夜已三更，金波澹、玉繩低轉」，皆能籤之揉之，高
> 華沉痛，遂爲石帚導師。譬之慧能肇啓南宗，實傳黃梅衣
> 鉢矣。〔註237〕

元好問「一洗萬古凡馬空」、馮煦「疏雋開子瞻」、鄧廷楨「譬之慧能
肇啓南宗，實傳黃梅衣鉢矣」等說法，皆是給予極高的肯定，代表著
蘇軾詞開拓性之貢獻。

（六）特殊用語之期待

中國人重視情感的表現，蘇軾詞不僅僅是表露了言志式的情感，
他還有許多與柳永相同具有婉約特質的詞作，這些優秀的作品實現了評
論者對於詩歌表達情感的期待，如陳衍《石遺室詩話》卷二十四云：「其
『楊花』、『石榴』、『春事闌珊』、『冰肌玉骨』，以及『寶釵分』、『斜陽
煙柳』諸作，纏綿悽惋，驚心動魄，晏、秦、周、柳，無以過之者，獨

〔註236〕見唐圭璋編：《詞話叢編》，冊四，頁3585。
〔註237〕見唐圭璋編：《詞話叢編》，冊五，頁4967。

未之見耶？」〔註238〕黃蓼園《蓼園詞選》云：「蘇東坡『乳燕飛華屋』，……末四句是花是人，婉曲纏綿，耐人尋味不盡。」〔註239〕清代沈謙《塡詞雜說》云：「東坡『似花還似非花』一篇，幽怨纏綿，直是言情，非復賦物。」〔註240〕黃蓼園《蓼園詞評》云：「蘇軾『風壓輕雲貼水飛』，……通首婉惻。」〔註241〕看來評論者在〈水龍吟〉、〈賀新郎〉、〈洞仙歌〉、〈翻香令〉等作品中找到不輸婉約派的「婉曲纏綿」的線索。

　　情感的表達不僅僅侷限於婉約之作，對一些評論者而言，眞正可貴的是在豪放風格裡，寄寓著深刻的情感，如明沈謙《塡詞雜說》云：「詞不在大小深淺，貴在移情。『曉風殘月』、『大江東去』，體制雖殊，讀之若身歷其境，怡恍迷離，不能自主。文之至也。」〔註242〕清陳廷焯《白雨齋詞話》卷八云：「東坡《八聲甘州》結數語云：『算詩人相得，如我與君稀。約他年東還海道，願謝公雅志莫相違。西州路，不應回首，爲我沾衣。』寄伊鬱於豪宕，坡老所以爲高。」〔註243〕鄭文焯《手批東坡樂府》云：「雲錦成章，天衣無縫。是作從至情流出，不假燙貼之工。」〔註244〕夏敬觀《手批東坡樂府》云：「東坡詞如春花散空，不著跡象，使柳枝歌之，正如天風海濤之曲，中多幽咽怨斷之音，此其上乘也。若夫激昂排宕，不可一世之概，陳無己所謂：『如教坊雷大使之舞，雖極天下之工，要非本色』，乃其詠第二乘也。後人學蘇者，惟能知第二乘，未有能達上乘者，即稼軒亦然。」〔註245〕蘇軾豪放風格的作品爲詞壇投下了一顆震撼彈，詞體從此有了另一種創作風格與原本的婉約風格互相抗衡，然而正如沈謙所言，不管是婉約派代表柳永的「曉風殘月」，或是蘇軾最著名的「大江東去」，

〔註238〕陳衍：《石遺室詩話》（台北：台灣商務印書館，1961年12月），頁8。
〔註239〕見唐圭璋編：《詞話叢編》，冊四，頁3092。
〔註240〕見唐圭璋編：《詞話叢編》，冊一，頁631。
〔註241〕見唐圭璋編：《詞話叢編》，冊四，頁3027。
〔註242〕見唐圭璋編：《詞話叢編》，冊一，頁629。
〔註243〕見唐圭璋編：《詞話叢編》，冊四，頁3975。
〔註244〕見唐圭璋編：《詞話叢編》，冊五，頁4327。
〔註245〕見鄒同慶、王宗堂：《蘇軾詞編年校注》，下冊，頁1041。

體制雖不同，但只要能夠讀來如「身歷其境，惝恍迷離，不能自主」，深深地受到感到，那就是好作品，因此即使如蘇軾的「天風海濤之曲」，寫得再慷慨激昂，若沒有「幽咽怨斷之音」，也無法稱得上是上乘之作。

「清麗」也是許多評論者所認定的蘇軾作品風格，如張炎云：「東坡詞如〈水龍吟〉詠楊花、詠聞笛，又如〈過秦樓〉、〈洞仙歌〉、〈卜算子〉等作，皆清麗舒徐，高出人表。」〔註246〕蔡嵩雲《柯亭詞論》云：「東坡詞，胸有萬卷，筆無點塵。其闊大處，不在能作豪放語，而在其襟懷有涵蓋一切氣象。若徒襲其外貌，何異東施效顰。東坡小令，清麗紓徐，雅人深致，另闢一境。設非胸襟高曠，焉能有此吐屬。」〔註247〕葉申薌《本事詞》卷上：「詠美人足之〈菩薩蠻〉，尤覺清麗。詞云：『塗香莫惜蓮承步。……』似此體物繪情，曲盡其妙，又豈皆銅琶鐵板之雄豪歟。」〔註248〕李調元《雨村詞話》卷一云：「人謂東坡長短句，不工媚詞，少諧音律，非也，特才大不肯受束縛而然。間作媚詞，卻洗盡鉛華，非少游女嬢語所及。如〈南鄉子・有感〉詞云（詞略）『喚作兒』三字，出之先生筆，卻如此大雅。」〔註249〕清代黃蓼園《蓼園詞評》評〈阮郎歸〉（綠槐高柳咽新蟬）：「按此詞清和婉麗中而風格自佳。」〔註250〕清沈祥龍《論詞隨筆》云：「詞韶麗處，不在塗脂抹粉也；誦東坡『冰肌玉骨，自清涼無汗。水殿風來暗香滿』句，自覺口吻俱香。悲慨之處，不在嘆逝傷離也；誦耆卿『漸霜風淒緊，關河冷落，殘照當樓』句，自覺神魂欲斷。蓋在神不在跡也。」〔註251〕周濟《介存齋論詞雜著》云：「人賞東坡粗豪，吾賞東坡韶秀。韶秀是東坡佳處，粗豪則病也。」〔註252〕清代黃蓼園《蓼園詞評》引沈際飛語：「五十餘字，堪與

〔註246〕〔宋〕張炎：《詞源》，見唐圭璋編：《詞話叢編》，冊一，頁267。
〔註247〕見唐圭璋編：《詞話叢編》，冊五，頁4910～4911。
〔註248〕見唐圭璋編：《詞話叢編》，冊三，頁2315。
〔註249〕見唐圭璋編：《詞話叢編》，冊二，頁1394。
〔註250〕見唐圭璋編：《詞話叢編》，冊四，頁3036。
〔註251〕見唐圭璋編：《詞話叢編》，冊五，頁4055。
〔註252〕見唐圭璋編：《詞話叢編》，冊二，頁1633。

馬賦並傳。修語清遠，馬似不逮。用許多故事，不爲事用。」〔註253〕
蘇軾詞與柳永等婉約派最大的不同，除了開啓了豪放風格的寫作，另一
方面便是「清麗」風格，「洗盡鉛華」，不再是濃濃的脂粉味，取而代之
的是清新靈動的感動，淡而有味。

　　其他單獨地特殊用語說明如下，包括王世貞《藝苑卮言》云：「子
瞻『誰與同坐，明月清風我』，『明月幾時有，把酒問青天』，快語也。『大
江東去，浪淘盡，千古風流人物』，壯語也。『杏花疏影裡，吹笛到天明』，
又『高情已逐曉雲空，不與梨花同夢』，爽語也。其詞在濃與淡之間也。」
〔註254〕清代王鵬運《半塘未刊稿》云：「北宋人詞爲蘇文忠之清雄，夐
乎軼塵絕迹，令人無從步趨。蓋霄壤相懸，寧止才華而已；其性情，其
學問，其襟抱，舉非恒流所能夢見。」〔註255〕張德瀛《詞徵》卷五云：
「宋牧仲謂宋詩多沈僿，近少陵；元詩多輕揚，近太白。然詞之沈僿，
無過子瞻。長樂陳翼論其詞云：『歌赤壁之詞，使人抵掌激昂，而有擊
楫中流之心。歌哨遍之詞，使人甘心澹泊，而有種菊東籬之興。』可謂
知言。」〔註256〕陳匪石《聲執》卷上云：「東坡、稼軒音響雖殊，本原
則一。倘能合參，益明運用。隨地而見舒斂，一身而備剛柔。半唐、彊
村晚年所造，蓋近於此。」〔註257〕清代鄭文焯《大鶴山人詞話》云：「〈洞
仙歌〉……坡老改添此詞數字，誠覺氣象萬千，其聲亦如空山鳴泉，琴
筑競奏。」〔註258〕雖用語不同，然卻脫離不了之前所言的幾個直覺體驗，
包括「豪放」、「空靈」、「清麗」等。

　　中國人重視直觀體悟的方式，《中國人的精神》裡提到，正因爲
情感的文字只能體驗，而無法用感官感覺，所以它是一種不精確，或
者說是模糊的語言，這種文字在詩詞的評論中是一項只屬於中國人的

〔註253〕　見唐圭璋編：《詞話叢編》，冊四，頁3081。
〔註254〕　見唐圭璋編：《詞話叢編》，冊一，頁388。
〔註255〕　見鄒同慶、王宗堂：《蘇軾詞編年校注》，下冊，頁1039。
〔註256〕　見唐圭璋編：《詞話叢編》，冊五，頁4158。
〔註257〕　見唐圭璋編：《詞話叢編》，冊五，頁4950。
〔註258〕　見唐圭璋編：《詞話叢編》，冊五，頁4323～4324。

特色，例如韻味、意境、風骨、……等，這種具有十足情感特質的文字，唯有真正接觸到作品時，才能夠真正的了解，〔註 259〕而後人評論東坡詞時，也常常不經意，或者是自覺的使用這類的評語，這種中國式的批評術語是文化傳統中的一環，早已內化到每個評論者的期待視野中。從本節感驗期待視野的分析整理來看，歷來的評論偏重於「豪放」詞風，且以〈念奴嬌〉爲主要的品評對象，另外也十分重視蘇軾寄託高遠的特點，至於曠達的詞風則是偏向於其個性與整體特質的評述，相對於爲數較多的婉約詞作，其評論反而較爲粗略，甚至也只集中在幾闋詞作，這種評論者爭相探討其豪放作品，而忽略其婉約詞作的現象是值得我們注意的，歸納以上說法可以得到幾點結論，一、評論者本身期待視野與蘇軾作品中的隱在讀者交互影響下，使評論者將焦點集中在蘇軾豪放風格的作品上；二、後世評論者受前代評論者的影響，所評論的用語呈現中國特有的形象化批評方式。

〔註259〕 辜鴻鳴：《中國人的精神》（台北：稻田出版公司，1999 年 12 月），
　　　　 頁 119。

第三章　時代氛圍中的蘇軾詞接受

　　德國學者姚斯爲了解決「文學史」的問題，點出了讀者的重要性。〔註1〕在此之後，姚斯進一步地注意到文學的社會功能。讀者對文本的理解與詮釋，若沒有與社會相關聯，就會失去意義，因此姚斯十分注重文學對於社會的作用：

> 文學的功能是建築在作品的社會效果之上的。所有時代的文學都不可能斬斷文學與社會的聯繫，只有在讀者進入他的生活實踐和期待視野，形成他對世界的理解，並因而對其社會行爲有所影響之時，文學才眞正有可能實現自身的功能。〔註2〕

文學與社會的交流是相互作用的，社會的風氣與觀念會影響到文學的風格，而「只有當文學接受轉化成一種社會實踐而影響社會構成時，文學的存在才最終實現。」〔註3〕可以說，文學的功能性必須建立在對於社會的改造影響之上。

　　中國歷史源遠流長，距離蘇軾生存的年代至今已歷五次的朝代更替，期間由於不同民族、帝王的統治，造成不同的社會風氣，而時代

〔註1〕 參見〔德〕漢斯・羅伯特・姚斯：《文學史作爲向文學理論的挑戰》，見周寧、金元浦譯：〈接受美學與接受理論〉，頁23。

〔註2〕 金元浦：《接受反應文論》，頁14。

〔註3〕 朱立元主編：《當代西方文藝理論》（上海：華東師範大學出版社，1997年6月），頁291。

的變局，包含戰亂、動盪等各種因素，亦造成整個大環境風氣的改變，間接的影響當時人們對於文學的態度。

時代的變化並非一朝一夕之事，但本文爲方便分析，將風氣相近、較易明顯劃分的時期切割討論以利分析，總計分爲北宋時期、南宋前期、南宋後期、金元時期、朱明時期、滿清時期，共六個斷限。

第一節　北宋時期：婉約當道

西元九六〇年，趙匡胤在陳橋驛黃袍加身，代周稱帝，建國號爲宋，建都開封，史稱北宋。太祖有感於晚唐五代以來武將專權的歷史教訓，於是極力增強皇帝的集權，他曾說：「國家若無外憂，必有內患。外憂不過邊事，皆可預防；惟奸邪無狀，若爲內患，深可懼也。帝王用心，常須謹此。」〔註4〕從此，宋代的政策也就遵循著皇帝集權的方向前進。宋代的統治思想，以維護皇權爲重，需有利於統治階級，於是，儒家的崇尚忠義、維護仁孝等觀念，受到推崇。因爲避免武人專權，宋初開始特重文人而崇文教，在文化政策上，朝廷除規範、實施科舉制度外，亦重視各級教育，並以儒學教育爲依歸，各級學校教育和科舉皆以儒家經典爲主，並於全國各處興建孔廟，只是不同以往漢代的獨尊儒術，宋代儒學接受了法、釋、道的理論於一爐。相反地，在事功方面，宋人一直都受到來自北方的邊患威脅，忍受各種屈辱，留給後人積弱不振的印象，這種種的因素與時代風氣的形成，皆與宋初太祖趙匡胤的政策有關。

宋初開始，主導整個社會的風氣可以說皆以儒家思想爲主，且爲了改善唐五代以來在文學風格上的綺靡現象，宋初文人努力致力於道統、文統的創建，而重視詩文的發展，相對地，詞體本身屬於民間娛樂性質，謝桃坊《中國詞學史》云：

> 宋代繼唐代將詩作爲科舉考試的科目之一，詩體因而較爲尊

〔註4〕〔宋〕李燾：《續資治通鑑長編》（北京：中華書局，1979年8月），卷32。

貴，以爲它能充分體現儒家的詩敎，有利於統治階級的政治
利益。詞體本起自唐代市井，在兩宋仍基本上以俚俗的形態
與民間保持著一定的聯繫。小唱是市民文化生活內容之一，
因其艷科性質與娛樂功能而顯得地位十分卑賤。〔註5〕

詩體與詞體，一則能夠體現儒家詩敎，是文人表達政治寄託的憑藉；
一則爲市井小民流傳盛行的文化內容，亦是文人消遣娛樂的工具，兩
者的地位不言自明。而從宋人對詞的看法、態度中也可窺見一般，如
蘇軾稱張先：「詩筆老妙，歌詞乃其餘波耳。」〔註6〕李清照《詞論》：
「蘇子瞻，學際天人，作爲小歌詞。」〔註7〕以「餘波」、「小歌詞」稱
詞，皆帶有貶抑的意味。蘇軾本身亦無法擺脫時代風氣的影響，清代
宋翔鳳《樂府餘論》：「東坡才情極大，不爲時曲束縛。然漫錄亦載東
坡送潘邠老詞：『別酒送君君一醉。清潤潘郎，更是何郎壻。記取釵頭
新利市。莫將分付東鄰子。　　回首長安佳麗地，三十年前，我是風
流帥。爲向青樓尋舊事。花枝缺處餘名字。』右蝶戀花詞，東坡在黃
州，送潘邠老赴省試作也，今集不載。按其詞恣褻，何減耆卿，是東
坡偶作，以付餞席，使大雅，則歌者不易習，亦風會使然。」〔註8〕
看來即使如蘇軾詞刻意創新的突破風格之中，亦含有附和流俗，將詞
作爲餞席場合之用。

　　從詞的源流看來，詞自溫庭筠之手形成了較爲鮮明的文體特色，
承其餘緒的西蜀詞人推波助瀾，使這種風貌得到進一步的強化，《花
間集》成了文人詞的準則，初起的民間雜曲及文人詞雖呈現出自由且
多樣化的風格，但晚唐、五代花間派「詩客曲子詞」蔚爲主流以後，
詞所承載的文學內涵，似乎純粹以緣情的功能發展，在花間時代，詞
爲應歌而作，它的「主體風格」大抵已經成形，一般作者還沒有抒寫

〔註5〕 謝桃坊：《中國詞學史》（成都：巴蜀書社，2002 年 12 月），頁 27。
〔註6〕 蘇軾：〈題張子野詩集後〉，見張惠民編：《宋代詞學資料匯編》，頁
　　　　192。
〔註7〕 〔宋〕魏慶之：《魏慶之詞話》，見唐圭璋編：《詞話叢編》，冊一，
　　　　頁 202。
〔註8〕 見唐圭璋編：《詞話叢編》，冊三，頁 2499。

主觀情志的認知，一直到南唐君臣及宋初士大夫之手，才將自我的情感、情懷譜入小詞中，但此時尚非有意識的作為。北宋初期，實行優待文官的政策中，宋太祖對臣下所說的「多種金帛田宅以遺子孫，歌兒舞女以終天年」，讓宋朝的公私游宴之風頗為盛行，凡有宴會，必有歌妓舞女，此種環境使西蜀以來的詞風綿延不絕，陳世修序馮延巳《陽春集》云：「公以金陵盛時，內外無事，朋僚親舊，或當燕集，多遠藻思為樂府新詞，俾歌者倚絲竹而歌之，所以娛賓而遣興也。」〔註9〕晏殊、歐陽修等宋初詞人小詞也是在這種場合中寫出來的。李之儀在〈跋吳思道小詞〉中云：「至唐末，遂因其聲之長短句而以意填之，始一變以成音律。大抵以花間集中所載為宗，然多小闋。至柳耆卿，始鋪敍展衍，備足無餘，形容盛明，千載如逢當日。較之花間所集，韻終不勝。」〔註10〕從其說明可清楚發現以《花間集》為衡量標準。陸游《渭南文集》中寫了兩篇《花間集》跋，其中一篇指出晚唐五代詩不振，而小詞簡古可愛。〔註11〕陳振孫的《直齋書錄解題》稱晏幾道「詞在諸名勝中，獨可追逼花間，高處或過之。」〔註12〕從種種的說法證明，在蘇軾的時代裡，花間一派的風格在人們心中有著無可動搖的標竿與地位，但矛盾的是填詞風氣雖已大開，比之於詩，士大夫對於詞體仍存有輕視鄙視的既定想法，往往以「小道」視之，如胡寅〈酒邊集序〉所言：「文章豪放之士，鮮不寄意於此者；隨亦自掃其跡，曰謔浪游戲而已也。」〔註13〕那麼，詞體究竟應該如何來理解？在大部分的宋人眼裡，它的寫作場合乃是歌筵酒席之間，用以助興，是難以登上大雅之堂的，因此它與詩的風格是截然不同的。為了將詩體與詞體作個完整的區分，北宋人大抵將詞體歸諸於抒情、婉

〔註9〕見張惠民編：《宋代詞學資料匯編》，頁188。
〔註10〕見張惠民編：《宋代詞學資料匯編》，頁200。
〔註11〕見張惠民編：《宋代詞學資料匯編》，頁200。
〔註12〕〔宋〕陳振孫：《直齋書錄解題》（台北：廣文書局，1979年5月《書目續編本》），卷21。
〔註13〕見張惠民編：《宋代詞學資料匯編》，頁212。

約的情調，因此，當蘇軾「以詩爲詞」的做法出現以後，許多人便對他提出批評，陳師道《後山詩話》云：

> 退之以文爲詩，子瞻以詩爲詞，如教坊雷大使之舞，雖極天下之工，要非本色。今代詞手，唯秦七、黃九爾，唐諸人不逮也。〔註14〕

又朱弁《風月堂詩話》卷上云：

> 東坡以詞曲爲詩之苗裔，其言良是。然今之長短句，比之古樂府歌詞，雖云同出于詩，而祖風已掃地矣。〔註15〕

蘇軾「以詩爲詞」對於整個詞史而言是個很大的挑戰，對於這種作法，陳師道認爲蘇軾所作詞「非本色」，朱弁則說的更爲嚴重「祖風掃地」，可見二人針對蘇軾詞以詩爲詞的表現方式有所異議，認爲蘇軾沒有遵循詞體應有的路數，另一方面也可能是爲了要維護詩體的崇高地位所提出來的批評。另一方面，李清照等人則針對蘇軾詞不合音律的作品提出批評，北宋彭乘《墨客揮犀》云：「子瞻之詞雖工，而多不入腔。」，〔註16〕李清照更直接言蘇軾詞是「句讀不葺之詩」。〔註17〕另一方面，就整個北宋而言，據現今的資料記載，北宋並無蘇軾詞的刊刻，到了南宋才有，自南宋至清末則從未間斷，一方面可能是因爲北宋印刷上不盛行，另一方面也可能是北宋文人對蘇軾詞的漠視。綜上所述，北宋對蘇軾詞的期待視野猶是唐五代以來的看法，此時詞體的音樂性與通俗性仍然備受重視，因此北宋文人對於蘇軾作詞的新觀念是不太能接受的，故蘇軾的以詩爲詞，被視爲非詞之本色、不諧音樂，在當時

〔註14〕〔宋〕陳師道：《後山詩話》，見鄒同慶、王宗堂：《蘇軾詞編年校注》，下冊，頁1016。

〔註15〕四川大學中文系唐宋文學研究室編：《蘇軾資料匯編・上編一》（北京：中華書局，2004年1月），頁330。

〔註16〕見鄒同慶、王宗堂：《蘇軾詞編年校注》，下冊，頁1016。胡仔《苕溪漁隱叢話前集》卷四二引此則作《遯齋閒覽》語。《御選歷代詩餘》卷一一五引此則又做皇甫牧《玉匣記》語，末句作「蓋以不能唱曲故耳」。

〔註17〕「至晏元獻、歐陽永叔、蘇子瞻，學際天人，作爲小歌詞，直如酌蠡水於大海，然皆句讀不葺之詩爾。」見唐圭璋編：《詞話叢編》，冊一，頁202。

被視爲非詞家正宗之作。

　　然而，北宋文壇上仍有蘇軾詞的追隨者。蘇軾的弟子黃庭堅、晁補之等人也認爲蘇軾的詞作確實有以詩爲詞的現象，王直方《王直方詩話》云：「東坡常以所作小詞示無咎、文潛，曰：『何如少游』二人皆對曰：『少游詩似小詞，先生小詞似詩』。」〔註18〕只是，他們對蘇軾的此種表現，似乎沒有肯定或否定之意，甚至仔細來看是較偏向正面肯定的態度。蘇門弟子表現出來的態度是可以理解的，在蘇軾的耳濡目染之下，同出蘇門的黃庭堅、晁補之等人又怎能不受影響呢？然而，在整個北宋中期以後，除黃庭堅、晁補之等部分詞家能夠接受蘇軾詞風外，蘇軾詞始終缺乏支持者，清代劉熙載《藝概‧詞概》云：「東坡詞在當時鮮與同調」，〔註19〕可見蘇軾這種創新的詞風與概念在當時文人圈中的接受度是不高的。

　　蘇軾詞在文人間的接受度不高，從社會風氣賦予的期待視野所評論的話語可知，但這僅僅代表著在一般文人間的接受情形，事實上，在一般市民的社會裡，蘇軾詞與柳永詞皆是廣泛地流傳於大街小巷的。一般人對蘇軾詞的接受程度不低，從某些現象可以得知：蘇軾詞某部分單闋詞作在當時相當流行，有在都下傳唱者，如〈水調歌頭〉，宋代鮦陽居士《復雅歌詞》引《歲時廣記》三十一云：「元豐七年，都下傳唱此詞，神宗問內侍外面新行小詞，內侍錄此進呈。讀至『又恐瓊樓玉宇，高處不勝寒』，上曰：『蘇軾終是愛君。』乃命量移汝州。」〔註20〕可見在當時的都下頗流行蘇軾的〈水調歌頭〉；另外，其詞作有經石刻、碑刻者，《苕溪漁隱叢話》後集卷三十九，蘇軾作別參寥長短句，〈八聲甘州〉(有情風、萬里卷潮來)，「然其詞石刻後，東坡自題云：『元祐六年三月六日。』」〔註21〕《蘇詩紀事》卷上云：「東

〔註18〕〔宋〕王直方：《王直方詩話》，見鄒同慶、王宗堂：《蘇軾詞編年校注》，下冊，頁1016～1017。
〔註19〕見唐圭璋編：《詞話叢編》，冊四，頁3692。
〔註20〕見唐圭璋編：《詞話叢編》，冊一，頁59。
〔註21〕見唐圭璋編：《詞話叢編》，冊一，頁176。

坡〈滿庭芳〉(蝸角虛名)詞，碑刻遍傳海內。使競進之徒讀之可以解體，恬淡之徒讀之可以娛生」，〔註22〕可見藉由碑刻，使蘇軾詞傳遍了整個海內，正如今日的流行歌般，雖無法登上大雅之堂，然而卻普遍盛行於民間。

　　北宋晚期，隨著政治改革的失敗及當朝新黨政權對蘇軾的屢次打擊，蘇軾詞的接受情形可說是曇花一現，宋徽宗崇寧二年（1103）詔毀三蘇、秦、黃文集，宣和五年（1123）在蘇軾去世二十二年後，再次下詔將蘇軾文集毀版，有研習元祐學術者以違制論處，次年，徽宗再詔重伸嚴禁蘇黃文集。於是在政治的干預下，蘇軾詞的接受停頓了下來，靜靜地在某個角落，等待重見天日的一天。

第二節　南宋前期：曇花一現

　　南渡與南宋初中期的分期與「世變」有關，宋欽宗靖康二年（1127），金人入侵，擄走徽、欽二帝，康王趙構遷都臨安，史稱南宋。但這期間由北宋過渡到南宋的詞人，其心境的變化是有著極大差異的，黃文吉稱其爲「南渡詞人」。〔註23〕金兵南侵，帶來了日趨激烈的民族矛盾，詞人始抒發自己的情感，豪邁雄放、悲憤激昂，蘇軾的詞風恰好適應時代要求，於是蘇軾的作品重回詞壇中心，以詩爲詞、以詞言志的豪放派風起雲湧。

　　南渡詞人均自覺或不自覺的學習蘇軾詞的作法，並因各自不同的社會角色、文化氣質、身世遭遇，選擇蘇軾詞中適合自己的因子。陸

〔註22〕唐玲玲、石淮聲箋注：《東坡樂府編年箋注》，頁191。
〔註23〕據黃文吉對於「南渡詞人」的定義：「一、所謂的『南渡』，是以靖康二年，亦即建炎元年（西元1127年）爲準，必在此時年滿二十歲，換句話說，就是徽宗大觀元年（1107）以前出生的，方得稱爲『南渡詞人』……至於像陸游（南渡前二年生）、辛棄疾（南渡後十三年生）等，他們雖也心懷家國，詞作慷慨激烈，但其生較晚，自不爲本題所賅括。二、所謂『南渡詞人』……是以時間爲劃分要素，並不專指南渡的北人。」語見黃文吉：《宋南渡詞人》（台北：學生書局，1985年），頁6。

游便是其中一例，其對蘇軾可謂敬仰萬分，從〈玉局觀拜東坡先生海外畫像〉一詩中便可清楚知道：「我生雖後公，妙句得諷吟。整衣拜遺像，千古尊正統。」〔註24〕能夠得到蘇軾妙句吟誦是何其有幸，且由「尊正統」更可了解蘇軾在其心目中的崇高地位。陸游並對蘇軾詞提出看法，其《老學菴筆記》卷五云：

> 世言東坡不能歌，故所作樂府詞多不協。晁以道云：「紹聖初，與東坡別于汴上。東坡酒酣，自歌《古陽關》。」則公非不能歌，但豪放不喜裁剪以就聲律耳。〔註25〕

宋初剛經歷過南渡的時代劇變，身為愛國詩人、詞人的陸游，對於蘇軾詞的接受自然取其能夠抒發情感的豪放風格，因此為蘇軾受到指責的音律問題提出辯駁，晁以道曾經與蘇軾別於汴上，並歌〈古陽關〉，因此其認為蘇軾並非不能歌，只是不願屈就於聲律罷了。南渡詞人中，包括張元幹、葉夢得等人，都深受蘇軾的影響，也都繼承了所謂的豪放詞派。

　　南宋初期，由於剛經歷國破家亡的慘痛經驗，許多愛國作家繼承著南渡時的激憤之情，以作品抒發他們的心情，蘇軾詞此時的地位水漲船高，包括張孝祥、辛稼軒等人都繼承了蘇軾的豪放風格，選擇了蘇軾作為學習的對象，以表達自己對於家國的熱愛與光復故土的期望，慷慨激奮的表達自己的滿腔熱血，蘇軾詞在此時引起了文人們廣泛地接受。

　　風格與蘇軾相近的張孝祥，非常自覺地以蘇軾為學習對象，並時常問門人「比東坡何如？」謝堯仁〈張于湖先生集序〉便云：

> 先生氣吞百代而中猶未嫌，蓋尚有凌坡仙之意。……樂府之作，雖但得於一時燕笑咳唾之頃，而先生之胸次筆力皆在焉，今人皆以為勝東坡，但先生當時亦尚未能自肯，因

〔註24〕〔宋〕陸游著、錢仲聯校注：《劍南詩稿校注》（上海：上海古籍出版社，1985年9月），2冊，頁714。

〔註25〕〔清〕王弈清：《歷代詞話》卷5，見唐圭璋編：《詞話叢編》，冊二，頁1176。

又謂堯仁曰：『使某更讀書十年如何？』堯仁對曰：『他人
雖更讀百世書，尚未必夢見東坡，但以先生來勢如此之可
畏，度亦不消十年，吞此老有餘矣。』」〔註26〕

可見張孝祥是以東坡爲標準來衡量自己，其詞如〈念奴嬌〉（洞庭青
草）〔註27〕確實也神似蘇軾，而王闓運甚至還認爲「飄飄有凌雲之氣，
覺東坡『水調』猶有塵心。」湯衡〈張紫微雅詞序〉中將張孝祥與蘇
軾相比，「自仇池仙去，能繼其軌者，非公其誰與哉？」〔註28〕

　　辛棄疾與蘇軾並稱，兩者的風格皆爲豪放派的代表，清代田同之
《西圃詞說》云：「詞中亦有壯士，蘇、辛也。」〔註29〕清代鄧廷楨
《雙硯齋詞話》云：「世稱詞之豪邁者，動曰蘇、辛。」〔註30〕清代
張德瀛《詞徵》卷六引汪蛟門云：「東坡、稼軒，放乎其言之矣。」
〔註31〕清代王國維《人間詞話》云：「蘇、辛，詞中之狂。」〔註32〕
後世評論家總喜歡將蘇軾與辛棄疾合而觀之，畢竟兩者的風格十分相
似，劉辰翁〈辛稼軒詞序〉更明顯地以辛棄疾爲蘇軾少子的比喻，指
出兩者風格的淵源：「以稼軒爲坡公少子，豈不痛快靈杰可愛哉！」
〔註33〕可見辛棄疾乃被其視爲蘇軾之後繼者。

　　不論是慷慨言志的悲壯歌聲，或是表現曠逸閒適的出世情懷，以
至於著意追求藝術品味的風雅情趣，他們都自蘇軾詞中吸收了一定程
度的精華。

〔註26〕〔宋〕張孝祥：《于湖居士文集》（台北：台灣商務印書館，1965 年
　　　　《四部叢刊本》）
〔註27〕「洞庭青草，近中秋、更無一點風色。玉界瓊田三萬頃，著我扁舟
　　　　一葉。素月分輝，明河共影，表裏俱澄澈。悠然心會，妙處難與君
　　　　說。　　應念嶺表經年，孤光自照，肝膽皆冰雪。短鬢蕭疏襟袖冷，
　　　　穩泛滄溟空闊。盡吸西江，細斟北斗，萬象爲賓客。扣舷獨嘯，不
　　　　知今夕何夕。」
〔註28〕見張惠民編：《宋代詞學資料匯編》，頁 223。
〔註29〕見唐圭璋編：《詞話叢編》，冊二，頁 1450。
〔註30〕見唐圭璋編：《詞話叢編》，冊三，頁 2528。
〔註31〕見唐圭璋編：《詞話叢編》，冊五，頁 4186。
〔註32〕見唐圭璋編：《詞話叢編》，冊五，頁 4250。
〔註33〕見張惠民編：《宋代詞學資料匯編》，頁 228。

　　南宋初期的風氣從蘇軾詞的刊刻與詞選中也可見一斑，南宋紹
興 21 年（1151 年）辛未蜀人曾慥輯本《東坡先生長短句》，其跋云：

> 《東坡先生長短句》既鏤版，復得張賓老所編並載於蜀本
> 者悉收之。江山麗秀之句，樽俎戲劇之詞，搜羅幾盡矣。
> 傳之無窮，想像豪放風流之不可及也。紹興辛未孟冬，至
> 遊居士曾慥題。〔註34〕

南宋傅共爲傅幹《注坡詞》作序云：

> ……然其寄意幽渺，指事深遠，片詞隻字皆有根柢，是以
> 世之玩者，未易識其佳處。譬猶瓌奇珍怪之寶，來於異域，
> 光彩照耀，人人駭矚，而□辨質其名物者蓋寡矣……。自
> 茲以往，別屋閒居，交口教授，吾知秦、柳、晁、賀之倫，
> 束於高閣矣。……〔註35〕

「詩莊詞媚」的觀念一直以來存在於中國文人的思想中，認爲詞所寫
的內容無關國計民生，未有個人情志之寄託，僅是酒筵歌席之作，不
登大雅之堂，然而曾慥卻對蘇軾的豪放風流情有獨鍾，而傅共甚至將
之視爲能夠繼承詩學言志的傳統「寄意幽渺，指事深遠」，可見南宋
人對詞的審美觀念已有分流，對詞的觀念不再純然崇尚所謂本色之
作，對蘇軾那種「寄意幽渺，指事深遠，片詞只字皆有根柢」的言志
作品也開始欣賞了。

　　南宋的詞選有四本：《梅苑》〔註36〕、《樂府雅詞》〔註37〕、《草
堂詩餘》〔註38〕、《花菴詞選》。〔註39〕以下分別說明之：

　　《梅苑》是南宋時期專題性的詞選，所收錄的詞作時代範圍，自

〔註34〕見鄒同慶、王宗堂：《蘇軾詞編年校注》，下冊，頁 1043。
〔註35〕〔宋〕傅幹著、劉尚榮校證：《傅幹注坡詞》，頁 7。
〔註36〕〔宋〕黃大輿編：《梅苑》十卷（清康熙丙戌 45 年曹寅楊州使院重
　　　刊本）。
〔註37〕〔宋〕曾慥編：《樂府雅詞》三卷（清家慶 21 年刊本）。
〔註38〕〔明〕顧從敬編：《草堂詩餘》正集三卷續集二卷別集四卷新集五卷
　　　（明末刊本）。
〔註39〕〔宋〕黃昇編：《花菴絕妙詞選》二十卷（明末虞山毛氏汲古閣刊詞
　　　苑英華本）。

唐至南宋，收有蘇軾詞十一首，黃大輿〈詞苑序〉言明收錄動機「所居齋前更植梅一株，晦朔未逾，略以粲然。於是錄唐以來詞人才士之作以爲齋居之玩」，〔註40〕乃爲個人賞玩之趣。蕭鵬《群體的選擇——唐宋人選詞與詞選通論》中言其價值「《梅苑》的主要價值，並不在於它是一部宋人的詞選讀本，有多少可讀性，而在於它折射了某種時代的審美追求，體現了當日士大夫的特殊心態，與詞壇的聲音共鳴，與詞人的腳步共振」，〔註41〕究竟當時士大夫表現出怎樣的特殊心態呢？

> 詩人之義，託物取興。屈原制騷，盛列芳草，今之所錄，蓋同一揆。〔註42〕

> 詞的地位與詩頡頏，託物言志，上溯《離騷》，與南渡詞壇上的復雅呼聲，人品與詞品的雙重追求，正相一致。〔註43〕

強調人品與詞品的一致，上溯詩經的託物取興、離騷的芳草人格，以及南渡的復雅呼聲，自然地，蘇軾託物言志的作品絕對是首屈一指。

南宋曾慥《樂府雅詞》涵蓋北宋到南渡，其〈樂府雅詞引〉云：

> 余所藏名公長短句，裒合成篇，或後或先，非有詮次。多是一家，難分優劣。涉諧謔則去之，名之曰《樂府雅詞》。九重傳出，以冠於篇首，諸公轉踏次之。歐公一代儒宗，風流自命，詞章幼眇，世所矜式。當時小人或作艷曲，謬爲公詞，今悉刪除。凡三十有四家，雖女流亦不廢。此外又有百餘闋，平日膾炙人口，咸不知姓名，則類於卷末，以俟詢訪，標目拾遺云。紹興丙寅上元日，溫陵曾慥引。〔註44〕

三十四家詞中未見蘇軾詞，後人開始探討原因，詹安泰〈從宋人的五部詞選中看到的一些問題〉說：「有兩種可能：一種是他不錄已成爲萬

〔註40〕見金啓華等編：《唐宋詞集序跋匯編》（台北：台灣商務印書館，1993年），頁355。

〔註41〕見蕭鵬：《群體的選擇——唐宋人選詞與詞選通論》（台北：文津出版社，1992年），頁111。

〔註42〕見金啓華等編：《唐宋詞集序跋匯編》，頁355。

〔註43〕見蕭鵬：《群體的選擇——唐宋人選詞與詞選通論》，頁111。

〔註44〕見金啓華等編：《唐宋詞集序跋匯編》，頁352。

流宗仰的詞，像王安石《唐百家詞選》不錄李白、杜甫詩一樣；一種是那類詞不合他的雅詞的標準。前者的可能性較少……關鍵還是在後者。曾氏是把蘇軾那種截斷眾流、別開生面的詞作，也如柳詞一樣看成不合乎雅詞的標準的。『過猶不及』、『橫放傑出』（晁補之評蘇詞語）和『淫冶謳歌』、『雜以鄙語』一樣不算雅詞，不能入選。」〔註45〕劉少雄《宋代詞選集研究》說：「《樂府雅詞》不收蘇詞，主要可能是曾慥已有爲東坡出專集的計畫，故不擬重出。」〔註46〕蕭鵬《群體的選擇—唐宋人選詞與詞選通論》說：「曾慥家藏本中當時根本就沒有東坡詞集，因此無法選及……，也與曾慥自己的《宋百家詞選》不錄歐陽修、王安石和蘇軾詩同一原因。在《樂府雅詞·自序》中，曾慥曾經明確提到該選係根據『余所藏名公長短句，裒合成篇』」，〔註47〕其實站在曾慥的立場理解是很容易的，曾慥曾輯《東坡先生長短句》，其跋所云：「江山秀麗之句，樽俎戲劇之詞，搜羅幾盡矣。傳之無窮，想像豪放風流之不可及也。」〔註48〕可見曾慥對蘇軾詞的推崇，因此絕對不能以「標準」理解，既然已經爲蘇軾詞作了專著，再列入選集裡，就是多此一舉了，但不論如何，曾慥對蘇軾詞的肯定早已在其輯本《東坡先生長短句》的序跋中得到了證明。

《草堂詩餘》原是一部南宋書坊商人依據當日市井選歌說唱需要而編輯的詞選，〔註49〕楊萬里〈論《草堂詩餘》成書的原因〉中提及，若從詞選作者及詞作數量來看，最多的是周邦彥46闋詞，次爲蘇軾的22闋，且所選以婉約詞爲主，包括抒情詞寫景、言情兩部分，〔註50〕可見南宋當時一般民間人的觀念裡，所崇尚的還是婉約之詞，楊萬里言：

〔註45〕詹安泰：《宋詞散論》（廣州：廣東人民出版社，1982年1月），頁45。

〔註46〕劉少雄：《宋代詞選集研究》（台北：台灣大學中文研究所碩士論文，1986年），頁116。

〔註47〕見蕭鵬：《群體的選擇——唐宋人選詞與詞選通論》，頁127。

〔註48〕見鄒同慶、王宗堂：《蘇軾詞編年校注》，下冊，頁1043。

〔註49〕見蕭鵬：《群體的選擇——唐宋人選詞與詞選通論》，頁140。

〔註50〕楊萬里：〈論《草堂詩餘》成書的原因〉，見《文學遺產》2001年第五期，頁52。

> 北宋人論詞，大抵仍以《花間集》爲正，殆及南宋，雖然
> 文人詞時時在發生新變，但「娛賓遣興」、「詞之本色」等
> 詞學觀念一直在支配著部分詞人的創作，特別是在民間或
> 民間詞人中，根深蒂固。〔註51〕

前一節提及北宋人對詞體的觀念仍然是婉約風格爲主，仍然以《花間集》風格爲主，到了南宋，雖然有一度豪放風格聲勢看漲，但根深柢固的「娛賓遣興」、「詞之本色」等觀念仍然爲主導。從《草堂詩餘》所選，蘇軾詞能列於此部民間性詞選第二位，可見其詞在當時民間的流傳比率，雖不是最高，但也不低了，不過從蘇軾所入選的作品看來，除〈念奴嬌〉（赤壁懷古）一闋外，其餘作品皆爲婉約之作，由此亦可看出南宋民間的接受趨向。

《花菴詞選》包括《唐宋諸賢絕妙詞選》十卷、《中興以來絕妙詞選》十卷，計選唐五代至南宋後期詞人223家，共1277闋詞，黃昇〈花菴絕妙詞選序〉云：

> 長短句始於唐，盛於宋。唐詞具載《花間集》，宋詞多見於
> 曾端伯所編。而《復雅》一集，又兼采唐宋，迄於宣和之
> 季，凡四千三百餘首，吁亦備矣。況中興以來，作者繼出，
> 及乎近世，人各有詞，詞各有體，知之而未見，見之而未
> 盡者，不勝算也。暇日裒集，得數百家，名之曰《絕妙詞
> 選》。佳詞豈能盡錄，亦嘗鼎一臠而已。然其勝麗如游金、
> 張之堂，妖冶如攬嬙、施之袪，悲壯如三閭，豪俊如五陵，
> 花前月底，舉杯清唱，合以紫簫，節以紅牙，飄飄然作騎
> 鶴揚州之想，信可樂也！親友劉誠甫謀刊諸梓，傳之好事
> 者，此意善矣。〔註52〕

黃昇《絕妙詞選》編撰動機乃針對《花間集》、《復雅歌詞》、《樂府雅詞》三者的接續，其所選唐、五代及北宋之詞多承襲上述三者，再加上中興以來的詞作，「從這個選陣可以看出：黃昇十分重視南渡以後的詞壇，這正應合了他自序裡所表露的試塡補中興以來這一段詞史的

〔註51〕楊萬里：〈論《草堂詩餘》成書的原因〉，頁53。
〔註52〕見金啓華等編：《唐宋詞集序跋匯編》，頁359。

意圖，尤其嗜取南宋的辛派詞人和以姜夔爲代表的江湖詞人」，〔註53〕選錄較多的詞人中，蘇軾位居第四，也是唯一的北宋詞人，亦可見黃昇對其重視度。黃昇本身是詞人，其選詞標準自然不同於書坊之流所選，其所錄的不論是勝麗、妖冶、悲壯、豪俊之作，只要是「佳詞」便錄，可見黃昇所重視的已經不僅僅是婉約作品了。

從南宋初期的詞評與南宋四本詞選看來，排除未選錄蘇軾詞的《樂府雅詞》與民間選錄的《草堂詩餘》，南渡以後的詞壇對蘇軾詞的肯定是顯著的，可見在詞人間，已經有了不同北宋的氛圍悄悄在發酵。即使是民間雖然仍重視婉約之風，但對蘇軾詞仍然看重。

第三節　南宋後期：綺麗再現

南宋後期，隨著偏安局勢的確立與朝政腐敗，朝廷上下沉醉於湖光山色、歌舞昇平，不再思及光復破碎河山，詞壇風氣日趨婉麗，審音度律，講求詞法，學蘇之風日漸消歇，一直到南宋滅亡，這種講求婉麗的期待視野造就了南宋晚期的接受樣貌。值得一提的是與婉麗風格背道而馳的繼承蘇軾、辛棄疾等人的豪放詞風，劉辰翁〈辛稼軒詞序〉：

> 詞至東坡，傾蕩磊落，如詩如文，如天地奇觀，豈與群兒雌聲學語較工拙。〔註54〕

南宋後期，由於主政者習於偏安局面，影響了南宋士人奮發有爲的精神，尤其是豪放詞派繼承者的辛棄疾、陸游等人辭世以後，積極奮發的聲音更加微弱了，取而代之的是哀怨而低沉的聲音，另一方面也需提及的是，南宋時期的主要思潮爲朱熹的理學，蘇軾的思想與其截然不同，在這種尖銳的衝突對立下，蘇軾學說受到冷落，連帶他的其他作品也失去了影響力。少數如劉辰翁等人還堅持著蘇軾豪放風格取向，但已無力回天。

〔註53〕李揚：〈批評即選擇——論《花菴詞選》的詞學批評意識〉，見《河南大學學報》，第39卷第2期（1999年），頁19。

〔註54〕見張惠民編：《宋代詞學資料匯編》，頁228。

雅正之風在豪放風格的曇花一現後，更加興盛，但隨著國勢衰敗，雅正之風似乎也出現了爭議，許多詞人開始思考這種風氣造成的問題，在詞論上不再完全地追求雅正，而開始注入一些新的氣息。如精通音律的大詞人張炎，其《詞源》以「清空」為準，並以姜夔為尊，他認為蘇軾詞「清空中有意趣」，並且總結云：「東坡詞如〈水龍吟〉詠楊花、詠聞笛，又如〈過秦樓〉、〈洞仙歌〉、〈卜算子〉等作，皆清麗舒徐，高出人表。哨遍一曲，隱括歸去來辭，更是精妙，周、秦諸人所不能到。」〔註55〕排除了音律的問題，對蘇軾詞給予肯定。

第四節　金元時期：光耀北地

靖康之變，北宋滅亡，南宋隔江與金人形成抗衡的局面，然而這種局面阻斷不了文化上的交流，金人不斷地吸收中原的文化，其中，蘇學是最受歡迎的，因此有所謂的「金源一代一坡仙」之說。其中最推崇蘇軾的兩人便是王若虛與元好問。王若虛對蘇軾的創作十分推崇，其《滹南遺老集》卷三十六曾云：

> 東坡之文，具萬變而一以貫之者也：為四六而無俳諧偶儷之弊；為小詞而無脂粉纖艷之失；楚辭則略依仿其步驟而不以奪機杼為工；禪語，則姑為談笑之資而不以窮葛藤為勝。此其所以獨兼眾作，莫可端倪。而世或謂四六不精於汪藻，小詞不工於少游，禪語、楚辭不深於魯直，豈知東坡也哉！〔註56〕

他認為蘇軾的作品以各種姿態出現，但卻都有一個中心的精神，可謂是「獨兼眾作，莫可端倪」，那些對蘇軾的批評乃是因為不了解蘇軾才會如此否定他，可說完全肯定蘇軾在文學上的地位。王若虛並針對晁無咎、陳師道等人評蘇軾詞「以詩為詞」的意見提出看法，同樣《滹南遺老集》卷三十六中云：

〔註55〕〔宋〕張炎：《詞源》，見唐圭璋編：《詞話叢編》，冊一，頁267。
〔註56〕〔金〕王若虛：《滹南遺老集》（台北：台灣商務印書館，1965年《四部叢刊》本），卷36。

陳後山云：「子瞻以詩爲詞，雖工，非本色。今代詞手，唯秦七、黃九耳。」予謂後山以子瞻詞如詩，似矣；而以山谷爲得體，復不可曉。晁無咎云：「東坡詞，多不諧律呂，蓋橫放傑出，曲子中縛不住者。」其評山谷則云：「詞故高妙，然不是當行家語，乃著腔子唱好詩耳。」此言得之。〔註57〕

又云：

晁無咎云：「眉山公之詞短於情，蓋不更此境耳。」陳後山曰：「宋玉不識巫山神女而能賦之，豈待更而後知？」是直以公爲不及於情也。鳴乎！風韻如東坡，而謂不及於情，可乎？彼高人逸士，正當如是。其溢爲小詞，而間及於脂粉之間，所謂滑稽玩戲，聊復爾爾者也。若乃纖豔淫媟，入人骨髓，如田中行、柳耆卿輩，豈公之雅趣也哉？〔註58〕

再云：

陳後山謂「子瞻以詩爲詞」，大是妄論，而世皆信之，獨茆荊產辨其不然，謂公詞爲古今第一。今翰林趙公亦云：「此與人意暗同。」蓋詩詞只是一理，不容異觀。自世之末作，習爲纖艷柔脆，以投流俗之好，高人勝士亦或以是相勝，而日趨於委靡，遂謂其體當然，而不知流弊之至此也。文伯起曰：「先生慮其不幸而溺於彼，故援而止之，特立新意，寓以詩人句法。」是亦不然。公雄文大手，樂府乃其游戲，顧豈與流俗爭勝哉！蓋其天資不凡，辭氣邁往，故落筆皆絕塵耳。〔註59〕

從以上三段引文來看，蘇軾詞在王若虛的心中確實是佔有很重的地位。針對陳後山批評蘇軾詞「以詩爲詞」的說法，王若虛以晁無咎所言「橫放傑出，曲子中縛不住者」來加以駁斥，並認爲「詩詞只是一理，不容異觀」。針對晁無咎認爲蘇軾詞不及情，而陳後山更以宋玉賦巫山神女之事言之，王若虛對此也不以爲然，認爲蘇軾詞乃是融入

〔註57〕〔金〕王若虛：《滹南遺老集》，卷36。
〔註58〕〔金〕王若虛：《滹南遺老集》，卷36。
〔註59〕〔金〕王若虛：《滹南遺老集》，卷36。

了大量的人生思考與個人特質在裡面，絕不會像田中行、柳耆卿這些
人般寫出「纖豔淫媟，入人骨髓」的作品。其實不論是詞如詩也好，
或是以詩為詞的議題，重點乃在於王若虛的心中，蘇軾詞乃是具有「雅
趣」，且「落筆絕塵」的，正如秦觀〈答傅彬老簡〉所云：「蘇氏之道，
最深於性命自得之際；其次則器足以任重，識足以致遠；至於議論文
章，乃其與世周旋至粗者也。」〔註60〕王若虛心中的蘇軾詞正是其人
生體驗所得，而非一般庸俗之輩所寫的艷情。

　　跨越了金元兩朝的元好問，是元代重要的作家兼評論家，其論詞
觀點從〈新軒樂府引〉可以見之，其云：

> 唐歌詞多宮體，又皆極力為之。自東坡一出，情性之外，
> 不知有文字，真有「一洗萬古凡馬空」氣象。雖時作宮體，
> 亦豈可以宮體概之！人有言：樂府本不難作，從東坡放筆
> 後便難作。此殆以工拙論，非知坡者。所以然者，《詩三百》
> 所載小夫賤婦幽憂無聊賴之語，時猝為外物感觸，滿心而
> 發，肆口而成者爾，其初果欲被管絃，諧金石，經聖人手，
> 以與六經並傳乎？小夫賤婦且然，而謂東坡翰墨游戲，乃
> 求與前人角勝負，誤矣。自今觀之，東坡勝處，非有意於
> 文字之為工，不得不然之為工也。坡以來，山谷、晁無咎、
> 陳去非、辛幼安諸公，俱以歌詞取稱，吟詠情性，留連光
> 景，清壯頓挫，能起人妙思。亦有語意拙直，不自緣飾，
> 因病成妍者，皆自坡發之。〔註61〕

從《詩經》的角度來讚許蘇軾詞乃「為外物感觸，滿心而發，肆口而
成者」，是具有劃時代的意義，蘇軾一出，「情性之外，不知有文字」，
真有「一洗萬古凡馬空」之氣象，後世許多詞人都追隨其腳步，包括
黃庭堅（山谷）、晁補之（無咎）、陳與義（去非）、辛棄疾（幼安）
等人都能夠繼承蘇軾之風，可謂影響甚劇。另外藉由友人的說法，更
道出元好問對所謂「本色當行」詞人的貶斥，其《遺山自題樂府引》

〔註60〕〔宋〕秦觀：《淮海集》（台北：台灣商務印書館，1985 年《景印文
　　　　淵閣四庫全書》本），卷30。
〔註61〕見鄒同慶、王宗堂：《蘇軾詞編年校注》，下冊，頁 1022。

云：

> 歲甲午予所錄遺山新樂府成，客有謂予者云：「子故言宋人
> 詩大概不及唐，而樂府歌詞過之。此論殊然。樂府以來，
> 東坡為第一，以後便到辛稼軒。此論亦然。東坡、稼軒即
> 不論，且問遺山得意時，自視秦、晁、賀、晏諸人為如何？」
> 予大笑，拊客背云：「那知許事，且啖蛤蜊。」客亦笑而去。
> 〔註62〕

蘇軾詞在元好問的心中是最棒的，堪稱第一，而對於秦、晁、賀、晏等人所寫的婉約詞則是一笑置之。金代豪放詞當推元好問，其一生飽經戰亂，使其詞走向蘇軾一路，清代況周頤《蕙風詞話》云：「遺山之詞，亦渾雅，亦博大。有骨幹，有氣象。以坡公，得其厚矣，而雄不逮焉。豪而後能雄。遺山所處不能豪，尤不忍豪。……晚歲鼎鑊餘生，栖遲零落，與會何能飆舉。知人論世，以謂遺山即金之坡公，何遽有愧色耶？充類言之，坡公不過逐臣，遺山則遺臣孤臣也。」〔註63〕吳梅《詞學通論》云：「遺山竟是東坡後身，其高處酷似之，非稼軒所可及也。」〔註64〕

再看到蘇軾詞的傳播，元代延祐刊本《東坡樂府》葉曾原序云：

> 今之長短句，古三百篇之遺旨也。自風雅隳散，流為鄭樂
> 侈靡之音，不能復古之淳厚久矣。東坡先生以文名於世，
> 唱詠之餘，樂章數百篇，樂而不淫，哀而不傷，真得六義
> 之體。觀其命意吐詞，飛淺學窺測。好事者或為之注釋，
> 中間穿鑿甚多，為識者所誚。舊板湮沒已久，深有家藏善
> 本，再三校正，一利刻梓，以永布史。先生文章之光焰復
> 盛於明時，不亦幸乎！延祐庚申正月望日，括蒼雲深葉曾
> 刻於雲間南阜書堂。〔註65〕

〔註62〕見鄒同慶、王宗堂：《蘇軾詞編年校注》，下冊，頁1021～1022。

〔註63〕見唐圭璋編：《詞話叢編》，冊五，頁4464。

〔註64〕吳梅：《詞學通論》，頁94～95。

〔註65〕見〔宋〕蘇軾：《東坡樂府》（台北：世界書局，1970年5月景元延
祐本）。

元代葉曾直指長短句乃是古三百篇之遺旨，尤其蘇軾詞「樂而不淫，哀而不傷」，可謂繼承《詩經》六義之精神，將蘇軾之詞視如詩可以言志般，提升了詞體的地位。葉曾也認爲蘇軾詞作內容，並非如柳永等人之作，通俗淺顯易懂，也就是並非如同原先流行於民間的娛樂性音樂文學，而是轉變爲以文字內容爲欣賞對象的文學類型了，故非淺學者可以窺測。又清代趙翼《甌北詩話》云：

> 宋南渡後，北宋人著迷，有流播在金源者，蘇東坡、黄山
> 谷最盛。南宋人詩文，則罕有傳至中原者，疆域所限，固
> 不能及時流通。今就金源諸名人集考之：密國公完顏璹有
> 「只因苦愛東坡老，人道前身趙德麟」之句；張仲經有《移
> 居學東坡》八首；文伯起《小雪堂詩話》載坡詞數十首；
> 孫安常並有東坡詞注。〔註66〕

有喜愛蘇軾而學之者，有收錄蘇軾詞者，亦有爲蘇軾詞作注者，可見金元刊刻、流傳的蘇軾作品是頗多的。

　　不論是王若虛、元好問等人都認爲蘇軾詞之可貴乃在於詞中的精神與性情，因此改變了舊有的詞作風格，在歷史上可謂是意義深重，堪稱第一。從王若虛與元好問的身上可以明顯見到時代的影響，金代乃是女眞族所建，游牧民族的性格剛烈，因此對於蘇軾詞的陽剛之氣自然較能接受，況且蘇軾詞經由南宋漸漸傳至北方，在潛移默化之下，也讓金人對蘇軾詞多所讚賞，且易於接受，陶然的《金元詞通論》中便認爲金朝建國時的政治背景、蘇軾的人格魅力、金元文人的審美觀念等因素都讓蘇學得以盛行的原因。〔註67〕龍沐勛《中國韻文史》云：「自吳激諸人，由南入北，而東坡之學，遂相挾以俱來，其橫放傑出之詞風，亦深合人之性格，發揚滋長。」〔註68〕可見金元等人在蘇軾作品中發掘了符合自己氣質特性的空白與隱在讀者。

〔註66〕〔清〕趙翼：《甌北詩話》（台北：廣文書局，1971 年 5 月），卷十二。
〔註67〕陶然：《金元詞通論》（上海：上海古籍出版社，2001 年 7 月），頁72。
〔註68〕龍沐勛：《中國韻文史》（台北：樂天出版社，1970 年 4 月），頁 160。

其實，元代還有許多類似的看法，如李長翁〈古山樂府序〉云：「詩盛於唐，樂府盛於宋，諸賢名家不少，獨東坡、稼軒傑作，磊落倜儻之氣，溢出豪端，殊非雕脂鏤冰者所可仿佛。」〔註69〕余德陵〈奧屯提刑樂府序〉云：「樂府，古詩之流也。麗者易失之淫，雅者易于拙，其麗以則者鮮矣。自《花間集》後迄宋之世，作者殆數百家，雕鏤組織，牢籠萬態，恩怨爾汝，于于喁喁，佳趣政自不乏，然才有餘德不足，識者病之。獨東坡大老以命世之才，遊戲樂府，其所作者皆雄渾奇偉，不專爲目珠睫鉤之泥，以故昌大䰅庶，如協八音，聽者忘疲。渡江以來，稼軒辛公，其殆庶幾者……疆土既同，乃得見遺山元氏之作，爲之起敬。」〔註70〕王博文〈天籟集序〉：「樂府始於漢，著於唐，盛於宋，大概以情志爲主。秦、晁、賀、晏雖得其體，然哇淫靡曼之聲勝。東坡、稼軒矯之以雄詞英氣，天下之趨向始明。」〔註71〕劉敏中〈江湖長短句引〉：「聲本於言，言本於性情，吟詠性情莫若詩，是以《詩三百》皆被之弦歌。沿襲歷久，而樂府之製出焉，則又詩之遺音餘韻也。逮宋而大盛，其最擅名者東坡蘇氏，辛稼軒次之，近世元遺山又次之。三家體裁各殊，然並傳而不相悖，殆猶四時之氣律不同，而其元化之所以斡旋，未始不同也。」〔註72〕朱晞顏〈跋周氏塤箎樂府引〉：「舊傳唐人《麟角》、《藍畹》、《尊前》、《花間》等集，富艷流麗，動蕩心目，其源蓋出於王建宮詞，而其流則韓偓《香奩》、李義山《西崑》之餘波也。五季之末，若江南李後主、西川孟蜀王，號稱雅製，觀其憂幽隱恨，觸物寓情，亡國之音哀思極矣。洎宋歐、蘇出而一掃衰世之陋，有不以文章而直得造化之妙者，抑豈輕薄兒、紈綺子游詞浪語而爲誨淫之具者哉！其後稼軒、清眞各立門戶，或以清

〔註69〕施蟄存主編：《詞籍序跋萃編》（北京：中國社會科學出版社，1994年12月），頁488。

〔註70〕曾棗莊：《蘇詞匯評》（成都：四川文藝出版社，2000年），頁283。

〔註71〕施蟄存主編：《詞籍序跋萃編》，頁463。

〔註72〕〔元〕劉敏中《中庵集》（台北：台灣商務印書館，1985年《景印文淵閣四庫全書》本），卷9。

曠爲高，或以纖巧爲美，正如桑葉食蠶，不知中邊之味爲如何耳。最晚姜白石堯章以音律之學爲宋稱首，其遣詞綴譜迴出塵俗，眞有『一洗萬古凡馬空』之氣。」〔註 73〕這些元代的評論者和元好問都是站在相同立場立論的。

　　從金元時期受到蘇軾詞影響的狀況來看，金李冶《敬齋古今黈》云：「東坡〈水調歌頭〉：『我欲乘風歸去，……何似在人間。』一時詞手，多用此格。……近世閑閑老（趙秉文）亦云：『我亦騎鯨歸去，只恐神仙官府，嫌我醉時眞。笑拍群仙手，幾度夢中身。』」〔註 74〕清代馮金伯《詞苑萃編》云：「趙上書秉文，……其所製樂府，大旨不出蘇、黃之外。」〔註 75〕又云：「趙閒閒，……尚書法，有辭藻，嘗見擘窠書自作和東坡赤壁詞，雄壯震動，有渴驥怒貌之勢。元好問爲之題跋，而詞亦壯偉不羈，視『大江東去』，信在伯仲之間，可謂詞翰兩絕者。」〔註 76〕金人學蘇，清代沈雄《古今詞話》引《中州樂府》曰：「宇文太學虛中、蔡丞相伯堅、蔡太常珪、黨承旨懷英、趙上書秉文、王內翰廷筠，其所製樂府，大旨不出蘇黃之外。」〔註 77〕

　　元代北曲盛行，異族統治者的宰制高壓，人民喪亂流離，皆使詩詞衰頹，龍沐勛《中國韻文史》云：「元代文人處於異族宰制之下，典雅派歌曲既不復重被管絃，激昂悲憤之詞風，又多所避忌，不能如量發洩。凌夷至於明代，而詞幾於歇絕矣！」〔註 78〕因此元代詞壇作家甚稀，屬豪放派者更罕見，僅有劉因、虞集生、薩都剌、倪瓚諸人堪稱大家，至於詞話論及學蘇者，爲虞集生、薩都剌二人。

　　事實上，元朝除了元好問之外，蘇軾詞接受並沒有出現值得討論

〔註 73〕〔元〕朱晞顏：《瓢泉吟稿》（台北：台灣商務印書館，1985 年《景印文淵閣四庫全書》本），卷 5。

〔註 74〕〔金〕李冶：《敬齋古今黈》（台北：台灣商務印書館，1985 年《景印文淵閣四庫全書》本），卷 8。

〔註 75〕見唐圭璋編：《詞話叢編》，冊二，頁 1975。

〔註 76〕見唐圭璋編：《詞話叢編》，冊二，頁 1894。

〔註 77〕見唐圭璋編：《詞話叢編》，冊一，頁 787。

〔註 78〕龍沐勛：《中國韻文史》，頁 184。

的人及言論。元人雖然也是北方游牧民族，然而他們與宋朝的關係並未如女眞族有長期的接觸，再者，元人統治中原地區不到百年，更別提所謂的潛移默化，因此元人對於文學上的貢獻亦是乏善可陳，且元曲的勃興，也讓詞體失去了原有的地位。那麼上述諸人的言論又如何理解呢？他們不過是追隨元好問的腳步罷了。元好問在元代是具有舉足輕重的地位，因此其言論自然會影響其它人，所謂一呼而百諾，然而在元好問之後呢？蘇軾詞的地位也就不再了。

第五節　朱明時期：正變衝突

　　朱明時期，詞學衰微，蘇軾詞的接受情況也呈現衰微的趨勢。明代由於市民階層的興起，於是俗文學得到蓬勃的發展，詩文則走向沒落，這種審美方向的轉變，也影響到了士人階層。另一方面，陽明心學的盛行，促使文學家、思想家開始對世俗個人情慾的追求給予肯定，結果便造就了明代世俗性的審美風氣。

　　明代的蘇軾詞失去了過去深受推崇的地位，成爲了一個流派，尤侗〈詞苑叢談序〉中云：

> 詞之系宋，猶詩之系唐也。唐詩有初盛中晚，宋詞亦有之。
> 唐之詩，由六朝樂府而變，宋之詞，由五代長短句而變。
> 約而次之，小山、安陸，其詞之初乎；淮海、清眞，其詞
> 之盛乎；石帚、夢窗，似得其中；碧山、玉田，風斯晚矣。
> 唐詩以李杜爲宗，而宋詞蘇、陸、辛、劉，有太白之風；
> 秦、黃、周、柳，得少陵之體。此又劃疆而理，聯騎而馳
> 者也。〔註79〕

俞彥《爰園詞話》云：

> 唐詩三變欲下，宋詞殊不然。歐、蘇、秦、黃，足當高、
> 岑、王、李。南渡以後，矯矯陡健，即不得稱中宋、晚宋
> 也。〔註80〕

〔註79〕〔清〕徐釚：《詞苑叢談》（台北：木鐸出版社，1982年2月），頁3。
〔註80〕見唐圭璋編：《詞話叢編》，冊一，頁401。

王世貞《藝苑巵言》云：

> 詞至稼軒而變，其源實自蘇長公，至劉改之諸公極矣。〔註81〕

由以上諸人所言可知，明人漸漸的開始對過去的時代做一個統整的認識，並開始把某些文體與時代做比附，甚至將兩個朝代的文學做比照，如將蘇軾詞比之於唐代李白，而蘇軾與辛棄疾也往往被歸類在一起。在這種情況之下，蘇軾在明代人的眼中不過是宋詞中的一個派別罷了。

明代開始有了正變之說，張綖《詩餘圖譜‧凡例》中云：

> 詞體大略有二：一體婉約，一體豪放。婉約者欲其詞情蘊藉，豪放者欲其氣象恢弘。蓋亦存乎其人。如秦少游之作，多是婉約；蘇子瞻之作，多是豪放。大抵詞體以婉約爲正。故東坡稱少游爲今之詞手，後山評東坡詞如教坊雷大使之舞，雖極天下之工，要非本色。〔註82〕

張綖此種說法一出，造成了所謂正變之說，豪放的蘇軾詞成了詞中的變體，又其《草堂詩餘後集別錄》云：「詞體本欲精工醞藉，所謂富麗如登金張之堂，妖冶如攬嬙施之袪者，故以秦淮海、張子野諸公稱首。六一翁雖尚疏暢自然，而溫雅富麗猶本體也。至東坡，以許大胸襟爲之，遂不屑繩墨。後來諸老，競相效之，至多用『也』、『者』、『之』、『呼』字樣。」〔註83〕雖然沒有直接說明蘇軾詞爲變體，但卻表明了詞體應有的風格應該是以秦淮海、張子野等人的作品爲主的婉約風格。這種說法之後更多，如王世貞《藝苑巵言》中云：

> 花間以小語致巧，世說靡也。草堂以麗字取妍，六朝隃也。即詞號稱詩餘，然而詩人不爲也。何者？其婉孌而近情也，足以移情而奪嗜。其柔靡而近俗也，詩嘽緩而就之，而不知其下也。之詩而詞，非詞也。之詞而詩，非詩也。言其業，李氏、晏氏父子、耆卿、子野、美成、少游、易安至也，詞

〔註81〕見唐圭璋編：《詞話叢編》，冊一，頁391。
〔註82〕見鄒同慶、王宗堂：《蘇軾詞編年校注》，下冊，頁1025。
〔註83〕見鄒同慶、王宗堂：《蘇軾詞編年校注》，下冊，頁1022。

之正宗也。溫韋豔而促，黃九精而險，長公（案：即東坡）
麗而壯，幼安辯而奇，又其次也，詞之變體也。〔註84〕

又云：

故詞須婉轉綿麗，淺至環俏，挾春月煙花於閨幨內奏之，
一語之豔，令人魂絕，一字之工，令人色飛，乃爲貴耳。
至於慷慨磊落，縱橫豪爽，抑亦其次，不作可耳。作則寧
爲大雅罪人，勿儒冠而胡服也。〔註85〕

徐師曾《文體明辨序說》云：

至論其詞，則有婉約者，有豪放者。婉約者欲其辭情醞藉，
豪放者欲其氣象恢弘，蓋雖各因其質，而詞貴感人，要當
以婉約爲正。否則雖極精工，終乖本色，非有識之所取也。

〔註86〕

對王世貞、徐師曾等人而言，詞體本身應該是屬於婉約風格，明代的
時代風氣造成其注重婉約的詞風，因此不論再怎麼豔麗的詞都無妨，
「一語之豔，令人魂絕，一字之工，令人色飛」，它是屬於詞原該有
的樣貌，至於蘇軾詞等人的豪放詞風：「慷慨磊落，縱橫豪爽」，應該
屬於詩歌所有，他甚至認爲不可將此風格納入詞作中，作了無異是「大
雅罪人」。

　　從《草堂詩餘》的傳布亦可窺見明人深受婉約之風的影響。其影
響延及明代，明代毛晉〈草堂詩餘跋〉云：「宋元間詞林選本，幾屈
百指，惟《草堂》一編飛馳。幾百年來，凡歌欄酒榭，絲而竹之者，
無不附髀雀躍，幾至寒窗腐儒，挑燈閑看，亦未嘗欠伸魚睨，不知何
以動人，一至此也！」〔註87〕許多人仍然陶醉於《草堂詩餘》的魅力
當中「挑燈閑看」。明代何良俊〈草堂詩餘序〉云：

夫詩餘者，古樂府之流而後世歌曲之濫觴也……。然作者

〔註84〕見唐圭璋編：《詞話叢編》，冊一，頁385。
〔註85〕見唐圭璋編：《詞話叢編》，冊一，頁385。
〔註86〕〔明〕徐師曾：《文體明辨序說》（台北：長安出版社，1978年12月），
　　　　頁165。
〔註87〕見金啓華等編：《唐宋詞集序跋匯編》，頁393。

既多，中間不無昧於音節。如蘇長公者，人猶以鐵綽板唱
「大江東去」譏之，他或何言耶？由是詩餘復不行，而金、
元始爲歌曲……。詩餘以婉麗流暢爲美，如周清眞、張子
野、秦少游、晁叔原諸人之作，柔情曼聲，摹寫殆盡，正
辭家所謂當行，所謂本色者也。〔註88〕

在明人的觀念裡，仍以唐、五代之詞風爲主，故對於蘇軾這種別於前
人詞作風格的觀念不表贊同。然而所謂「正變」的產生，主要是由「史」
的角度來看，而優劣與是非的分別乃在於「文學批評」的角度，若是
把文學史和文學批評的的問題混爲一談是不正確的。詞的發展，由婉
約到豪放，由正而變，是文學發展自然的演變，兩派各有特色，如何
定其優劣呢？明代孟稱舜〈古今詞統序〉云：「蓋詞與詩曲，體格雖
異，而本於作者之情。古來才人豪客，淑姝名媛，悲者喜者，怨者慕
者，懷者想者，寄興不一……作者極情盡態，而聽者洞心聳耳。如逝
者皆爲當行，皆爲本色。……故幽思曲想，張柳之詞工矣，然其失則
俗而膩也……傷時弔古，蘇辛之詞工矣，然其失則莽而俚也。……兩
家各有其美，亦各有其病，然達其情而不以詞掩，則皆塡詞之所蹤，
不可以優劣言也。」〔註89〕田同之《西圃詞說》亦云：「塡詞亦各見
其性情，豪放者強作婉約語，畢竟豪氣未除；性情婉約者強作豪放與，
不覺晚態自露。故婉約自是本色，豪放亦未嘗非本色也。」〔註90〕可
見不論是婉約或豪放，只要能表現得當，都是「本色」之作。

　　然而明代人是充滿「矛盾」的，雖然一方面極力提倡詞的婉約風
格，並認爲蘇軾詞等豪放風格是詞體中的變格，但一方面他們卻是對
蘇軾詞極爲欣賞，王世貞《藝苑卮言》中云：

子瞻「與誰同坐，明月清風我」，「明月幾時有，把酒問青
天」，快語也；「大江東去，浪淘盡，千古風流人物」，壯語
也；「杏花疏影裡，吹笛到天明」，又「高情已逐曉雲空，

〔註88〕見金啓華等編：《唐宋詞集序跋匯編》，頁 392。
〔註89〕見金啓華等編：《唐宋詞集序跋匯編》，頁 403。
〔註90〕見唐圭璋編：《詞話叢編》，冊二，頁 1455。

不與梨花同夢」，爽語也。其詞濃與淡之間也。〔註91〕

蘇軾詞裡有的是快語、壯語、爽語各種風格，各盡其妙，可謂在濃與淡之間，恰到好處，王世貞對此深表肯定。又云：

> 讀子瞻文，見才矣，然似不讀書者；讀子瞻詩，見學矣，然似絕無才者。懶倦欲睡時，誦子瞻小文及小詞，亦覺神王。〔註92〕

雖然是在睏倦時才想起讀蘇軾小詞，但卻依然令人心神嚮往。歷史上俞文豹《吹劍錄》裡所提到的幕士之評也引起明人廣大的討論，王世貞《藝苑卮言》便認為：

> 昔人謂銅將軍鐵綽板，唱蘇學士大江東去，十八九歲好女子唱柳屯田楊柳岸曉風殘月，為詞家三昧。然學士此詞，亦自雄壯，感慨千古。果令銅將軍於大江奏之，必能使江波鼎沸。至咏楊花〈水龍吟慢〉，又進柳妙處一塵矣。〔註93〕

極力讚揚〈念奴嬌〉詞的雄壯氣勢，使人感慨千古，並以誇張說法「果令銅將軍於大江奏之，必能使江波鼎沸」說明蘇軾詞的震撼人心，而後來的〈水龍吟慢〉比之於柳永詞則是更加絕妙了。同樣讚揚蘇軾詞的尚有俞彥《爰園詞話》中所云：

> 子瞻詞無一語著人間煙火，此自大羅天上一種，不必與少游、易安輩較量體裁也。其豪放亦只大江東去一詞。何物袁絢，妄加品隲，後代奉為美談，似欲以概子瞻生平。不知萬頃波濤，來自萬里，吞天浴日，古豪杰英爽都在，使屯田此際操觚，果可以「楊柳岸曉風殘月」命句否？且柳詞只此佳句，餘者未稱。而亦所本，祖魏承班〈漁歌子〉「窗外曉鶯殘月」，第改二字增一字耳。〔註94〕

俞彥對於蘇軾的詞給予高度評價，認為蘇軾詞已經超越了人間的俗事世情，乃是「大羅天上一種」，是屬於天上超塵脫俗的作品，柳永的

〔註91〕見唐圭璋編：《詞話叢編》，冊一，頁388。

〔註92〕見鄒同慶、王宗堂：《蘇軾詞編年校注》，下冊，頁1023。

〔註93〕見唐圭璋編：《詞話叢編》，冊一，頁387。

〔註94〕見唐圭璋編：《詞話叢編》，冊一，頁402。

詞怎麼可以與之相比呢？孟稱舜〈古今詞統序〉則是對於批評蘇軾詞不入格的說法表示了不滿，其云：

> 樂府以嫩逕揚厲爲工，詩餘以流麗婉轉爲美。故作詞者率取柔音曼聲，如張三影、柳三變之屬。而蘇子瞻、辛稼軒之清俊雄放，皆以爲豪而不入於格。宋伶人所評〈雨霖鈴〉與〈醉江月〉之優劣，遂爲後世塡詞者定律矣。余竊以爲不然。〔註95〕

人們總是將「流麗婉轉」作爲詞風的依據，因而推崇張三影、柳三變等人，而蘇軾、辛棄疾等「清俊雄放」的風格卻是不入格，這種風氣與現象，孟稱舜是非常不以爲然的。

　　明代是個充滿「矛盾」的時代，由於程朱理學的絕對統治地位大大地壓抑了人性，明朝士人的思想更多集中於打破思想束縛，解放人性上，因此明代文學一方面有著倫理道德的外衣，但更深層的部份乃在於生活情趣與人性慾望的展現，這種時代風氣也表現時人評詞的態度上。劉子庚《詞史》云：「明人小詞，其工者僅似南曲，間爲北曲，已不足觀，引近慢詞，率意而作，繪圖製譜，自誤誤人，自度各腔，去古愈遠。」〔註96〕又因爲八股取士，理學盛行，詞爲人輕視，文士不屑爲之，同時明代崇尚輕綺側艷詞風，如楊愼作詞多取六朝麗藻，王世貞《藝苑卮言》「詞須宛轉綿麗，淺至儇俏」，〔註97〕所以蘇軾豪放詞風對明人的影響甚微，不見於宋至清代詞話評論。

　　從詞的刊刻與詞選的角度來看，明代的詞選比前代更多，明代任良俊〈詞林萬選序〉云：「升庵太史公家藏有唐宋五百家詞，頗爲全備，暇日取其尤綺練者四卷，名約《詞林萬選》，皆《草堂詩餘》之所未收者也……」，〔註98〕《詞林萬選》雖是擴增《草堂詩餘》的內容，但其選取的標準與之不盡相同：「張于湖、李冠之〈六州歌頭〉、

〔註95〕見金啓華等編：《唐宋詞集序跋匯編》，頁403。

〔註96〕劉子庚：《詞史》（台北：台灣學生書局，1972年4月），頁135。

〔註97〕見唐圭璋編：《詞話叢編》，冊一，頁385。

〔註98〕見金啓華等編：《唐宋詞集序跋匯編》，頁405。

辛稼軒之〈永遇樂〉，岳忠武之〈小重山〉，雖謂古之雅詩可也。填詞者不可廢者以此」，〔註99〕可見《詞林萬選》不僅選錄婉約之作，亦收有蘇軾詞 12 闋，辛棄疾詞 7 闋。但代表性詞選應該是延續《草堂詩餘》而來的《花草粹編》，其統合了《花間》、《草堂》之集，明代陳耀文〈花草粹編序〉云：

> 自昔選次者眾矣，唐則有《花間集》，宋則《草堂詩餘》。詩盛於唐而衰於晚葉。至夫詞調，獨妙絕無倫。然世之《草堂》盛行而《花間》不顯，故知宣情易感，含思難諧者矣。余自牽拙多暇，嘗欲銓粹二集，以備一代典章。顧以紀輯天中，因循有未果者，嗣以漂泊東南，納交素友，淮陰吳生承恩，姑蘇吳生岫，皆耽樂藝文，藏書甚富。余每得之假閱，輒隨筆位序之。久之，遂成六卷。移疾歸來，游息竹素，綜綴正業之餘，因復蓋以諸人之本集，各家之選本，記錄之所附載，翰墨之所遺留，上溯開天，下迄宋末，曲調不載於舊刻者，元詞間亦與焉。〔註100〕

從「銓粹二集，以備一代典章」來看，可見其選詞乃參考《花間》與《草堂》之所選，所收錄的詞作仍未跳脫這個框架，故雖收錄蘇軾詞 61 闋，然比之於柳永詞 155 闋、周邦彥 104 闋、晏幾道 102 闋，則是少了兩倍之多。

明代刊刻蘇軾詞較為特殊的是明代焦竑刊刻《東坡二妙集》，其卷首云：

> 坡公言語妙天下，與韓、柳、歐並列四大家。今學士傳誦者，獨其論策序記之文，而坡公之妙，不盡於此。其流為駢語、佛偈、稗雜、諧謔，莫不矢口霏玉，動墨散珠。而至於思表纖旨，文外致，則無如簡牘、詩餘，出言入筆，義味騰躍而生，辭雜叢雜而至……弇州少與歷下嘐嘐修古，每厭薄四家文，晚乃酷嗜坡公叢爾小言，為《外紀》，至比之山胕海錯。余得秘閣藏本，獨綴書、詞二種，揭其妙處，以示同志，

〔註99〕見金啟華等編：《唐宋詞集序跋匯編》，頁 405。
〔註100〕見金啟華等編：《唐宋詞集序跋匯編》，頁 406。

> 見坡公之妙，不盡於論策序記，有能盡其妙者，即與《外紀》
> 並絕韋編可也。戊午九日澹園老人竑題。〔註101〕

焦竑「與李贄交游甚密，論文力反七子擬古之病」，對於蘇軾這種具
創意的作品，自然頗感興趣。

蘇軾詞漸漸受到重視要到明代末年了，明末毛晉汲古閣刻《宋六
十名家詞》本跋云：

> 東坡詩文不啻千億刻，獨長短句罕見。近有金陵本子，人
> 爭喜其詳備，多混入歐黃秦柳作。〔註102〕

在毛晉之前，單本詞集的刊刻僅有明吳訥唐宋名賢百家詞本《東坡
詞》、明焦竑所編《蘇長公二妙集》中的《東坡先生詩餘》、明代海陽
黃嘉惠長吉父校刊本的《東坡小詞》和毛晉約只相差十年的時間。明
代蘇軾詞集的單冊刊刻，僅在明初及明末之時方有書坊刊刻。元代上
有葉曾對蘇軾詞的推崇與刊行，而從明初到明末約二百年當中，並無
蘇軾詞集的單冊刊行，直至明末，才開始又有人對其有興趣：「近有
金陵本子，人爭喜其詳備，多混入歐黃秦柳作。」可見到了明末蘇軾
詞又逐漸受到重視，人們期待能夠閱讀它，才會有金陵本子一出，大
家爭相讀之的情況。而明代詞選有別於《草堂詩餘》者，即是《古今
詞統》，明代孟稱舜〈古今詞統序〉云：

> 樂府以曒逷揚屬為工，詩餘以婉麗流暢為美……予竊以為
> 不然。蓋詞與詩、曲，體格雖異，而詞本於作者之情。古
> 來才人豪客，淑姝名媛，悲者喜者，怨者慕者，懷者想者，
> 寄興不一。……作者極情盡態而聽者洞心聳耳，如是者皆
> 為當行，皆為本色。……兩家各有其美，亦各有其病，然
> 達其情而不以詞掩，則皆填詞者之所蹤，不可以優劣言
> 也。……詞無定格，要以摹寫情態，令人一展卷而魂動魄
> 化者為上，他雖素膾炙人口者弗錄也。〔註103〕

〔註101〕 四川大學中文系唐宋文學研究室：《蘇軾資料彙編》，上編三，頁1020
～1021。
〔註102〕 施蟄存主編：《詞籍序跋萃編》，頁61。
〔註103〕 見金啓華等編：《唐宋詞集序跋匯編》，頁403。

《古今詞統》選詞標準不同於《花草粹編》以婉約風格作品爲主，而是認爲「兩家各有其美，亦各有其病，然達其情而不以詞掩，則皆塡詞者之所蹤」，因此必須以「摹寫情態，令人一展卷而魂動魄化者」爲上，依此標準，其選錄蘇軾詞多達 48 闋，而辛棄疾更高達 140 闋，至於婉約正宗之作周邦彥入選只有 44 闋。

綜觀整個明代對蘇軾詞的接受，受到整個時代風氣影響十分的大，也因而影響到明人的期待視野，明代是個極爲矛盾的時代，表面的狀態無法顯示其內心的狀況。基本上蘇軾詞在明代是處於受到壓抑的狀態，只有少數人能夠脫離過去的枷鎖，給予蘇軾詞合理的地位。

第六節　滿清時期：統合思維

進入清朝以後，詞學流派紛呈，陽羨派強調以心寫詞，頗得蘇軾的創作精神；浙西詞派論詞研究「醇雅」，祖紹姜夔、張炎，蘇軾詞頗受冷落；常州詞派注重比興，蘇軾詞地位開始有所回升，但仍然沒有得到應有的評價。

清初的詞壇依然保有明代對情感的崇尚風氣，王士禎《花草蒙拾》云：

> 枝上柳綿，恐屯田緣情綺靡未必能過。孰謂坡但解作大江東去耶？髯直是軼倫絕群。〔註104〕

又云：

> 名家當行。固有二派。蘇公自云：「吾醉後作草書，覺酒氣拂拂，從十指間出。」讀坡詞當作如是觀。瑣瑣與柳七較錙銖，無乃爲髯公所笑。〔註105〕

賀裳《皺水軒詞筌》云：

> 蘇子瞻有銅皮鐵板之譏，然其《浣溪紗・春閨》曰：「彩索身輕長趁燕，紅窗睡重不聞鶯」，如此風調，令十七八女郎

〔註104〕見唐圭璋編：《詞話叢編》，冊一，頁 680。
〔註105〕見唐圭璋編：《詞話叢編》，冊一，頁 681。

歌之，豈在「曉風殘月」之下？〔註106〕

清代徐釚《詞苑叢談》引《詩餘圖譜》云：

> 李氏、晏氏父子、耆卿、美成、子野、少卿、易安至矣，
> 詞之正宗也。溫韋艷而促，黃九精而刻，長公麗而壯，幼
> 安辨而奇，又其次也，詞之變體也。詞體大略有二：一體
> 婉約，一體豪放。婉約者欲其詞調蘊藉，豪放者欲其氣象
> 恢宏。然亦在乎其人，如秦少游之作多是婉約，蘇子瞻之
> 作多是豪放。大約詞體以婉約爲正，故東坡稱少游爲今之
> 詞手；後山評東坡，如教坊雷大使舞，雖極天下之工，要
> 非本色。〔註107〕

從王士禎、賀裳與徐釚等人的說法看來，清初的人仍然保有明代對婉
約詞風崇尚的風氣，與後來的詞學觀是不太相同的。

　　清代是個大一統的時代，且融合了各種文化，在這種大時代裡，
許多人會試著總結或以較爲折衷的觀點來看待文學，如《四書全書總
目提要》便折中各種意見，認爲蘇軾詞開創一代新風，與花間一派並
行，是詞中變調。其云：

> 詞至晚唐五代以來，以清切婉麗爲宗，至柳永而一變，如
> 詩家之有白居易；至軾而又一變，如詩家之有韓愈，遂開
> 南宋辛棄疾等一派，尋源溯流，不能不謂之別格，然謂之
> 不工則不可。故至今日尚與《花間》一派並行而不能偏廢。
> 〔註108〕

從詞體發展的源流來看，蘇軾詞是屬於創新改變的一個階段，因此必
須稱之爲「別格」，但不能因此否定了他的地位，或是將它降爲變體，
應該視爲與《花間》平等的地位。與《四書全書總目提要》說法相同
的，如王時翔〈莫荊琰詞序〉云：

〔註106〕　見唐圭璋編：《詞話叢編》，冊一，頁696～697。

〔註107〕　〔清〕徐釚：《詞苑叢談》，頁25。

〔註108〕　〔清〕永瑢等撰：《合印四庫全書總目提要及四庫未收書目禁燬書
　　　　　目》（台北：台灣商務印書館，1971年7月），〈東坡詞一卷提要〉，
　　　　　冊五，頁4422。

> 詞自晚唐，溫、韋主於柔婉，五季之末，李後主以哀艷之
> 詞唱於上，而下皆靡然從之。入宋號爲極盛，然歐陽、秦、
> 黃諸君子且不免相沿襲，周、柳之徒無論已。獨蘇長公能
> 盤硬語與時異，趨而復失之粗。南渡後得辛稼軒，寄情於
> 豪宕之中，其所制，往往蒼涼悲壯，在古樂府當與魏武埒。
> 斯可語于詩之變雅矣。〔註109〕

楊希閔〈詞軌・序〉云：

> 以溫、韋爲宗，二晏、賀、秦爲嫡裔。歐、蘇、黃則如光
> 武崛起，別爲世廣。〔註110〕

蔣兆蘭《詞說》云：

> 宋代詞家，源出於唐五代，皆以婉約爲宗。自東坡以浩瀚
> 之氣行之，遂開豪邁一派。南宋辛稼軒，運深沈之思於雄
> 杰之中，遂以蘇辛並稱。〔註111〕

又沈謙《塡詞雜說》中亦云：

> 詞不在大小深淺，貴於移情。「曉風殘月」、「大江東去」，
> 體制雖殊，讀之皆若身歷其境，惝怳迷離，不能自主，文
> 之至也。〔註112〕

王時翔「獨蘇長公能盤硬語與時異，趨而復失之粗」、楊希閔「如光
武崛起，別爲世廣」，都說明了蘇軾詞別開生面的創新風格，於是開
創了豪放風格，而沈謙更從一個客觀的角度來看待柳永詞與蘇軾詞，
認爲不論是婉約風格的「曉風殘月」，亦或是豪放風格的「大江東去」，
只要讀了以後能夠讓人感到「身歷其境，惝怳迷離，不能自主」，便
是好的作品，以此肯定兩種風格都是值得欣賞的。

　　清代是個大一統的時代，因此許多詞家慢慢地梳理出詞學的源
流，將蘇軾詞作了定位，如汪懋麟〈棠村詞序〉云：

〔註109〕　〔清〕王時翔：《小山詩文文稿》（台南：莊嚴文化事業公司，1997
　　　　　年《四庫全書存目叢書》），〈文稿〉，卷三。
〔註110〕　仲冬梅：《蘇詞接受史研究》（上海：華東師範大學博士班論文，2003
　　　　　年4月），頁26。
〔註111〕　見唐圭璋編：《詞話叢編》，冊五，頁4632。
〔註112〕　見唐圭璋編：《詞話叢編》，冊一，頁629。

予嘗論宋詞有三派：歐、晏正其始，秦、黃、周、柳、
姜、史、李清照之徒備其盛，東坡、稼軒放乎其言之矣。
其餘子，非無單詞隻句，可喜可誦，苟求其繼，難矣哉。
〔註113〕

顧咸三〈湖海樓詞序〉云：

宋名家詞最盛，體非一格。蘇、辛之雄放豪宕，秦、柳之
嫵媚風流，判然分途，各極其妙。而姜白石、張叔夏輩，
以沖淡秀潔得詞之中正。〔註114〕

沈祥龍《論辭隨筆》云：

唐人詞，風氣初開，已分二派。太白一派，傳爲東坡，諸
家以氣格勝，於詩近西江。飛卿一派，傳爲屯田，諸家以
才華勝，於詩近西崑。〔註115〕

王士禎〈倚聲集序〉云：

詩餘者，古詩之苗裔也。語其正，則南唐二主爲之主，至
漱玉、淮海而極盛，高、史其嗣響也。語其變，則眉山導
其源，至稼軒、放翁而盡變，陳、劉其餘波也。有詩人之
詞，唐、蜀、五代諸人是也；有文人之詞，晏、歐、秦、
李諸君子是也；有詞人之詞，柳永、周美成、康與之之屬
是也；有英雄之詞，蘇、陸、辛、劉是也。〔註116〕

又其《分甘餘話》云：

凡爲詩文，貴有節制，即詞曲亦然。正調至秦少游、李易
安爲極致，若柳耆卿則靡矣。變調至東坡爲極致，辛稼軒
豪於東坡而不免稍過，若劉改之則惡道矣。學者不可以不
辨。〔註117〕

〔註113〕　楊家駱主編：《清詞別集百三十四種》（台北：鼎文書局，1976 年 8
　　　　　月），冊一，頁 565～566。
〔註114〕　〔清〕陳維崧：《湖海樓詞集》（台北：台灣中華書局，1971 年），序。
〔註115〕　見唐圭璋編：《詞話叢編》，冊五，頁 4049。
〔註116〕　〔清〕王士禎：《漁洋山人文略》（台北：新文豐出版公司，1996
　　　　　年《叢書集成三編》本），卷三。
〔註117〕　〔清〕王士禎：《分甘餘話》（台北：新文豐出版公司，1989 年《叢
　　　　　書集成續編》本），卷二。

清代評論家開始將各家各派作分類，包括風格的分類「蘇、辛之雄放豪宕」、「英雄之詞」，流派的區別、源流「太白一派，傳爲東坡」、「語其變，則眉山導其源」，可見清代已經開始做統整梳理的工作。

　　清朝的許多學者依然承襲著明人對於婉約、豪放的區分作了說明，但受到時代風氣的影響，清人對於兩種風格的態度顯然與明人有顯著的差異。沈祥龍《論詞隨筆》云：

> 詞有婉約，有豪放，二者不可偏廢，在施之各當耳。房中之奏，出以豪放，則情致絕少纏綿。塞下之曲，行以婉約，則氣象何能恢拓？蘇、辛與秦、柳，貴各集其長也。〔註118〕

江順詒《詞學集成》云：

> 蔡小石（宗茂）拜石詞序云：「詞盛於宋，自姜、張以格勝，蘇、辛以氣勝，秦、柳以情勝，而其派乃分。然幽深宵眇，語巧則纖，縱橫跌宕，語粗則淺，異曲同工，要在各造其極。」詒案：此以蘇、辛、秦、柳與姜、張並論，究之格勝者，氣與情不能逮。〔註119〕

孫兆溎《片玉山房詞話》云：

> 詞以蘊蓄纏綿、波折俏麗爲工，故以南宋爲詞宗。然如東坡之「大江東去」，忠武之「怒髮衝冠」，令人增長意氣，似乎兩宗不可偏廢。是在各人筆致相近，不必勉強定學石帚、耆卿也。今人談詞家，動以蘇、辛爲不足學，抑知檀板紅牙不可無銅琶鐵撥，各得其宜，始爲持平之論。〔註120〕

田同之《西圃詞說》云：

> 魏塘曹學士云：「詞之爲體如美人，而詩則壯士也；如春華，而詩則秋實也；如天桃繁杏，而詩則勁松貞柏也。」罕譬最爲明快。然詞中亦有壯士，蘇、辛也；亦有秋實，黃、陸也；亦有勁松貞柏，岳鵬舉、文文山也。選詞者兼收並採，斯爲大觀。若專尚柔媚，豈勁松貞柏，反不如天桃繁

〔註118〕見唐圭璋編：《詞話叢編》，冊五，頁4049。
〔註119〕見唐圭璋編：《詞話叢編》，冊四，頁3272。
〔註120〕見唐圭璋編：《詞話叢編》，冊二，頁1673～1674。

杳乎。〔註121〕

陳眉公曰：「幽思曲想，張、柳之詞工矣，然其失則俗而膩
也。傷時弔古，蘇、辛之詞工矣，然其失則莽而俚也。兩
家各有其美，亦各有其病。」斯爲詞論之至公。〔註122〕

沈祥龍認爲「詞有婉約，有豪放，二者不可偏廢，在施之各當耳」，「貴
各集其長也」，否則房中之樂以豪放風格奏出，塞下之曲以婉約風格
寫出，兩者都非最恰當的作法；江順詒引蔡小石言「姜、張以格勝，
蘇、辛以氣勝，秦、柳以情勝」雖然風格迥異，然而「異曲同工，要
在各造其極而已」；孫兆溎亦認爲「兩宗不可偏廢」，「各得其宜，始
爲持平之論」；田同之認爲詞中有所謂的「壯士」、「秋實」與「勁松
貞柏」，選詞者應兼收並採，不宜有所偏，其又引陳眉公所言「兩家
各有其美，亦各有其病」，如此之批評才不至於失去公允。可見清代
雖仍然承襲明代之分派，但採取中庸之道，不應有偏。另外卓回採另
一種方式表達各家各派各有其宜，其《詞匯・凡例》云：

夫衿奇負氣，捨稼軒、坡老安仿？纏綿溫麗，捨清眞、花
庵奚歸？然蘇、辛未嘗乏纏綿溫麗之篇，黃、周時亦露衿
奇負氣之句。大要不失「絕妙好辭」四字宗旨耳。〔註123〕

提到「衿奇負氣」風格，必然以「稼軒、坡老」爲代表；若是「纏綿
溫麗」風格，則勢必以「清眞、花庵」爲依歸，但蘇、辛亦有纏綿溫
麗之篇，黃、周也往往出現衿奇負氣之句，因此評詞標準應該以「絕
妙好辭」四字爲宗旨，才不至於有所偏頗。

明代張綖將詞體分爲婉約與豪放，並以婉約爲正，將蘇軾等人之
豪放風格定位爲變體，到了清代這種觀念有所變化，謝章鋌《賭棋山
莊詞話》卷一：「弇州謂蘇、黃、稼軒爲詞之變體，是也。謂溫、韋
爲詞之變體，非也。謂之正始則可，謂之變體則不可。」〔註124〕由

〔註121〕　見唐圭璋編：《詞話叢編》，冊二，頁1450。
〔註122〕　見唐圭璋編：《詞話叢編》，冊二，頁1456。
〔註123〕　仲冬梅：《蘇詞接受史研究》，頁27。
〔註124〕　見唐圭璋編：《詞話叢編》，冊四，頁3323。

於清朝大一統的局勢，使得各種文學呈現雜然紛陳的狀況，也因而使人更能夠接受不同的風格，以更為「寬廣」的接受視野去審視各種風格的作品，於是清人融合了婉約與豪放風格，認為兩種風格各有所長，應皆加以重視。

　　即使是詞作的解釋上，清人也較為中立，清代沈際飛《草堂詩餘正集》採取較為中立的說法：「凡作事或具深衷，或即時事，工與不工，則作手之本色，自莫可掩。〈賀新郎〉一詞，苕溪正之誠然，而為秀蘭非為秀蘭，不必論也。兩家紛然，子瞻在泉，不笑其多事耶？」〔註125〕謝章鋌《賭棋山莊詞話續編》卷一云：「東坡〈卜算子〉云：（詞略）時東坡在黃州，故不無淪落天涯之感。而鮦陽居士所釋，自箋句解，果誰語而誰知之？雖作者未必無此意，而作者亦未必定有此意，可神會而不可言傳。斷章取義，則是刻舟求劍，則大非矣。」〔註126〕看來即使是詞作的解釋上，清人也採取了更客觀的角度去理解。

　　清代的大一統與接受西方文化的刺激，確實使清人的視野更加開闊了，然而清代是由滿族人所統治，各種的打壓與不公平對待，使得居住在中原的漢人遭遇到前所未有的苦難，先有慘烈的文字獄，後有西方船堅炮利的入侵，整個中國可以說是在動盪不安之中，在這種時代底下的士人，自然會發出不同的聲音，包括對故國的哀思、國家命運的憂心、慷慨激昂的控訴等等，於是，有一部分的士人對豪放風格有了認同之感，蘇軾的地位也因而提升了，如董士錫《餐華吟館詞敘》云：

　　昔柳耆卿、康伯可未嘗學問，乃以其鄙嫚之辭緣飾音律以投時好，而詞品以壞。姜白石、張玉田出，力矯其弊為清雅之制，而詞品以尊。雖然，不合五代、全宋以觀之，不能極詞之變也；不讀秦少游、周美成、蘇子瞻、辛幼安之別集，不能撷詞之盛也。元明至今，姜、張盛行而秦、周、蘇、辛之傳幾絕，則以浙西六家獨尊姜、張之故。蓋嘗論之，秦之長，清以和；周之長，清以折；而同趨於麗。蘇、

────────────────────
〔註125〕見鄒同慶、王宗堂：《蘇軾詞編年校注》，中冊，頁773。
〔註126〕見唐圭璋編：《詞話叢編》，冊四，頁3486。

辛之長，清以雄；姜、張之長，清以逸；而蘇、辛不自調
律，但以文辭相高，以成一格，此其異也。六子者，兩宋
諸家皆不能過焉。然學秦病平，學周病澀，學蘇病疏，學
辛病縱，學姜、張病，蓋取其麗與雄與逸而遺其清，則五
病雜見，而三長亦漸以失。〔註127〕

陸鎣《問花樓詞話》云：

詞家言蘇辛、周柳，猶詩歌稱李杜，駢體舉徐庾，以爲標
幟云耳。〔註128〕

謝章鋌《賭棋山莊詞話》云：

晏、秦之妙麗，源於李太白、溫飛卿。姜、史之清眞，源
於張志和、白香山。惟蘇、辛在詞中，則藩籬獨僻矣，讀
蘇、辛詞，知詞中有人，詞中有品，不敢自爲菲薄。然辛
以畢生精力注之，比蘇尤爲橫出。吳子律曰：「辛之於蘇，
猶詩中山谷之視東坡也。東坡之大，殆不可以學而致。」
此論或不盡然，蘇風格自高。蘇風格自高，然性情頗歉，
辛卻纏綿悱惻。且辛之造語俊於蘇。若僅以大論也，則室
之大不如堂，而以堂爲室，可乎？〔註129〕

張德瀛《詞徵》卷五：

同叔之詞溫潤，東坡之詞軒驍，美成之詞精邃，少游之詞
幽艷，無咎之詞雄邈，北宋惟五子可稱大家。〔註130〕

董士錫聲稱「不讀秦少游、周美成、蘇子瞻、辛幼安之別集，不能擷
詞之盛也」，對於蘇辛那種清以雄的風格是極爲肯定的；陸鎣將蘇辛
之詞與詩歌之李杜、駢體之徐庾相比較，將之視爲詞體的一個重要標
誌；謝章鋌則認爲蘇、辛在詞中，乃是「藩籬獨僻」，肯定其價值；
張德瀛稱蘇軾詞「軒驍」，乃是北宋可稱大家的五人之一，由此可見
蘇軾詞地位的提升。

〔註127〕　〔清〕董士錫：《齊物論齋集》（台北：新文豐出版公司，1989年《叢
　　　　　書集成續編》本），卷二。
〔註128〕　見唐圭璋編：《詞話叢編》，冊三，頁2544。
〔註129〕　見唐圭璋編：《詞話叢編》，冊四，頁3444。
〔註130〕　見唐圭璋編：《詞話叢編》，冊五，頁4153。

　　隨著晚清國勢的急遽變化，詞學家的思想也發生了重大的變化，在劉熙載、陳廷焯、鄭文焯等人都對蘇軾詞有著很高的評價，晚清王鵬運《半塘未刊稿》云：「北宋詞人，……皆可橅擬得其彷彿。唯蘇文忠之清雄，敻乎軼塵絕跡，令人無從步趨。蓋霄壤相懸，寧止才華而已？其性情，其學問，其襟抱，舉非恆流所能見。詞家蘇辛並稱，其實辛猶人境也，蘇其殆仙乎！」〔註131〕蘇軾至此已經成爲了「仙」，其作品的境界已經使人「無從步趨」了。而王國維《人間詞話》對蘇軾的評價則代表著蘇詞接受始進入了一個新的時期。蘇軾在詞壇爲一流作家的地位至此已經很穩固了。

　　由詞集的刊刻與選集來看：清代興起一股詞學之風，清初詞人有豪放、婉約之分，之後又有浙西詞派、常州詞派之分，然清人刊刻較多者，應是有關詞論之作，故東坡詞至清代僅在光緒、宣統年間才有汪氏、王氏、朱氏加以刊刻。民國以來各家、各書局，對於東坡詞的印行則不勝枚舉。清代是個總結的時代，許多詞派林立，各家詞派編有選集，朱彝尊的浙西詞派有《詞綜》，汪森的〈詞綜序〉希望此書能夠「一洗《草堂》之陋，而倚聲者知所宗矣」，〔註132〕張惠言的常州詞派則有《詞選》，張惠言〈詞選序〉云：「溫庭筠最高，其言深美閎約……然張先、蘇軾、秦觀、周邦彥、辛棄疾、姜夔、王沂孫、張炎，淵淵乎有其質焉」，〔註133〕對宋代具代表性的詞人，都讚美其詞。

　　清代是個大一統的時代，因此許多層面上呈現出兼容並蓄的狀態，詞學流派紛陳，也出現了一些總結性的書籍，蘇軾詞在這種時代氛圍中，自然不免受到影響，於是評論者往往採取較爲「寬廣」的期待視野來理解；然在極權統治的壓迫下，內憂外患的侵擾中，許多人發出屬於自己的怨怒之聲，此時蘇軾詞反而變成一股強而有力的力量，於是蘇軾的地位因而提升。

〔註131〕　見鄒同慶、王宗堂：《蘇軾詞編年校注》，下冊，頁1039。
〔註132〕　〔清〕朱彝尊編：《台北：世界書局，1980年5月》，頁2。
〔註133〕　見金啓華等編：《唐宋詞集序跋匯編》，頁423。

第四章　個人經驗中的蘇軾詞接受

　　個人思維與觀念深受文化傳統、時代氛圍影響，然每個個體的生活經驗、成長背景亦不相同，具有個別的獨特性，這個部分有時是超越了文化傳統與時代氛圍影響，而自成一家，獨樹一幟。

　　詞論家爲數不少，體系龐雜，且某些詞論家是站在文化傳統角度，或深受時代背景影響而提出的評論，因考慮論文整體性，除專評蘇軾或對蘇軾針對性較強的評論外，其它部份筆者不予列入，另外亦針對個別、獨特性較大、成一家之言的評論作探討。本章乃爲求論文整體性而進行探究，但各家詞論體系龐大，各有各的理論見解，欲完成各家對蘇軾詞評論的詳細研究，非筆者能力所及，故筆者僅能作初步性的討論，更深入之研究有待其他研究者的努力，或日後再加以深入探究。

第一節　〔宋〕蘇軾門人對蘇軾詞的接受

　　蘇軾論詞是以詩歌的標準來衡量，要求詞和詩一樣能言我心中之所欲言，改變詞因爲多唱於尊前花下而形成的綺靡風格。蘇軾對於詞體的思想，影響了同時代的某些詞人，並獲得他們的響應，其中最爲密切的莫過於他的幾位弟子，人稱「蘇門四學士」的黃庭堅（1045～1105）、秦觀（1049～1100）、張耒（1054～1114）、晁補之（1053～1110）。

　　黃庭堅十分推崇蘇軾的作品，評蘇軾〈卜算子〉（缺月掛疏桐）：
「語意高妙，似非吃煙火食人語，非胸中有萬卷書，筆下無一點塵俗
氣，孰能至此？」〔註1〕東坡自寫在黃州的寂寞，在寂寞之中不悲嘆、
不怨尤，將精神化爲鴻鳥，故黃庭堅謂其不食人間煙火。又評〈醉翁
操〉（琅然）：「人謂東坡作此文，因難以見巧。余則以爲不然。彼其
老於文章，故落筆皆超逸絕塵耳。」〔註2〕融合了滁州山水、醉翁形
象與蘇軾對老師的敬愛與深切懷念，此種作品有了靈魂與精神貫串於
其中，讀來自然是「超逸絕塵」。兩闋詞作在黃庭堅的評論裡用語不
同，但表達的意念卻是相同的，這絕非偶然，而是在黃庭堅的眼中，
蘇軾的詞作已經將其精神情感完全的寄託在其中，此種精神境界是超
塵脫俗的。

　　從黃庭堅的作品也可窺見一斑，一次偶然的機會中，在張寬夫庭
園作了〈念奴嬌〉（斷虹霽雨），並以爲此闋作品可繼承蘇軾赤壁之歌
精神，〔註3〕可見其對於能夠作出繼蘇軾赤壁之歌的作品引以爲豪，
除此之外，他又仿蘇軾〈水調歌頭〉（明月幾時有）詞格，寫出了一
闋自己的〈水調歌頭〉：「我欲穿花尋路，直入白雲深處，浩氣展虹霓。
只恐花深裡，紅露濕人衣」。〔註4〕另外和蘇軾相同的地方，他也常在

〔註1〕〔宋〕黃庭堅：《豫章黃先生文集》（台北：台灣商務印書館，1965
　　　年《四部叢刊》本），卷二十六，〈跋東坡樂府〉。
〔註2〕〔宋〕黃庭堅：《豫章黃先生文集》，卷二十六，〈跋子瞻醉翁操〉。
〔註3〕〈念奴嬌〉（八月十七日，同諸甥步自永安城樓，過張寬夫園待月。
　　　偶有名酒，因以金荷酌眾客，客有孫彥立，善吹曲。援筆作樂府長
　　　短句，文不加點）「斷虹霽雨，淨秋空，山染修眉新綠。桂影扶疏，
　　　誰便道，今夕清輝不足。萬里青天，姮娥何處，駕此一輪玉。寒光
　　　零亂，爲誰偏照醽醁。　　年少從我追遊，晚涼幽徑，繞張園森木。
　　　共倒金荷家萬里，歡得尊前相屬。老子平生，江南江北，最愛臨風
　　　曲。孫郎微笑，坐來聲噴霜竹。」見唐圭璋：《全宋詞》（台北：世
　　　界書局，1976年10月），頁385。
〔註4〕〔金〕李冶：《敬齋古今黈》卷八：「東坡〈水調歌頭〉：『我欲乘風
　　　歸去，只恐瓊樓玉宇，高處不勝寒。起舞弄清影，何似在人間。』
　　　一時詞手，多用此格。如魯直云：『我欲穿花尋路，直入白雲深處，
　　　浩氣展虹霓。只恐花深裡，紅露濕人衣。』蓋效坡語也。」

詞裡表現其桀傲的人格精神，如〈定風波〉：「萬里黔中一漏天。屋居終日似乘船。及至重陽天也霽。催醉。鬼門關外蜀江前。　　莫笑老翁猶氣岸。君看。幾人黃菊上華顛。戲馬台南追兩謝。馳射。風流猶拍古人肩。」〔註5〕寫來多麼氣宇軒昂、豪氣干雲，此種風格正與蘇軾相同。另外尚有櫽括技巧的學習，宋代吳曾《能改齋漫錄》云：「張志和〈漁父詞〉云：『西塞山邊白鷺飛，桃花流水鱖魚肥。輕篛笠，綠簑衣，斜風細雨不須歸。』顧況〈漁父詞〉：『新婦磯邊月明，女兒浦口潮平，沙頭鷺宿魚驚。』東坡云：『元真語極清麗，恨其曲度不傳。』加數語以〈浣溪沙〉歌之云：『西塞山邊白鷺飛，散花洲外片帆微，桃花流水鱖魚肥。自庇一身青篛笠，相隨到處綠簑衣，斜風細雨不須歸。』山谷見之，擊節稱賞。且云：『惜乎『散花』與『桃花』字重疊，又漁舟少有使帆者。』乃取張、顧二詞合為〈浣溪沙〉云：『新婦磯邊眉黛愁，女兒浦口眼波秋，驚魚錯認月沉鉤。青篛笠前無限事，綠簑衣底一時休，斜風細雨轉船頭。』」〔註6〕清代沈雄《古今詞話‧詞品》云：「東坡櫽括〈歸去來辭〉，山谷櫽括〈醉翁亭記〉，兩人固是好手。」〔註7〕可見黃庭堅不僅對蘇軾詞頗讚賞，還有意地學習蘇軾詞的創作方式與風格。

　　黃庭堅對於蘇軾的繼承，主要表現在兩者對於詞學的態度是相似的，蘇軾論詞往往採取評詩的角度，其認為各種門類之間的精神都是相通關聯的，其〈寄張子野文〉：「清詩絕俗，甚典而麗，搜研物情，刮發幽翳。微詞婉轉，蓋詩之裔。」〔註8〕在這一點上，黃庭堅與他是不謀而合，其為好友晏幾道的詞集寫序言時，就認為晏幾道的小詞是其內心不平之氣「憤而吐之」的結果，亦指出晏幾道所作小詞採用了作詩的手法「乃獨戲弄於樂府之餘，而寓以詩人之句法，清壯頓挫，

〔註5〕　見唐圭璋：《全宋詞》，頁389。

〔註6〕　〔宋〕吳曾：《能改齋漫錄》（台北：木鐸出版社，1982年5月），卷十六，頁473。

〔註7〕　見唐圭璋編：《詞話叢編》，冊一，頁845。

〔註8〕　〔宋〕蘇軾：《蘇東坡全集‧前集》，卷35。

能動搖人心」。〔註9〕眾所周知，黃庭堅十分強調「隨人作計終後人，
自成一家始逼真」，正因爲其對於藝術的獨特見解，因此才能另闢蹊
徑，開創了江西詩派，也正因如此，王灼認爲其學東坡能得東坡韻制
之七八，〔註10〕元好問也將其列爲東坡一派，〈新軒樂府引〉云：「坡
以來，山谷、晁無咎、陳去非、辛幼安諸公，俱以歌詞取稱，吟咏情
性，留連光景，清壯頓挫，能起人妙思。亦有語意拙直，不自緣飾，
因病成妍者，皆自坡發之。」〔註11〕從這個角度來看，便可了解黃庭
堅與蘇軾爲何會如此契合，當思考模式相似、心思有所共鳴，自然會
使兩人相知相惜，進而以對方爲榜樣，或學習的對象，黃庭堅與蘇軾
的師徒之情，或許正是由這種相知相惜的情感所建立而成。

　　晁無咎對詞的看法表現在其《評本朝樂章》中，其評論了近世以
來的作者，對眾人皆數其長，唯獨對黃庭堅提出批評，而對後人批評
蘇軾不諧律的說法提出看法，認爲蘇軾詞不諧律的原因乃是不願束縛
於音律而犧牲詞的意義與內容，肯定蘇軾詞的「橫放傑出」。從詞的
風格來看，他的作品是與蘇軾最爲相近的，因此王灼、元好問等人都
將他歸類爲蘇軾一派的詞人，而劉熙載亦云：「東坡詞，在當時鮮與
同調。不獨秦七、黃九別成兩派也。晁無咎坦蕩之懷，磊落之氣，差
堪驂靳，然懸崖撒手處，無咎莫能追躡矣。」〔註12〕《四庫全書總目
提要》亦云：「神姿高秀，與軾實可肩隨。」〔註13〕張爾田〈忍寒詞
序〉：「學東坡者，必自無咎始，……此北宋之正軌也。」〔註14〕清代
吳梅《詞學通論》：「無咎詞酷似東坡，不獨此作（案指〈摸魚兒〉「買

〔註9〕黃庭堅：〈小山詞序〉，見張惠民編：《宋代詞學資料匯編》，頁194。
〔註10〕〔宋〕王灼《碧雞漫志》云：「晁無咎（補之）、黃魯直（庭堅），皆
　　　　學東坡，韻製得七八，黃晚年閒放於狹邪，故有少疏蕩處。」
〔註11〕見張惠民編：《宋代詞學資料匯編》，頁245。
〔註12〕見唐圭璋編：《詞話叢編》，冊四，頁3692。
〔註13〕〔清〕紀昀《四庫全書總目提要》云：「補之爲蘇門四學士之一，集
　　　　中如〈洞仙歌〉第二首，填盧仝詩之類，未免效蘇軾檃括〈歸去來
　　　　辭〉之顰。然其詞神姿高秀，與軾實可肩隨。」
〔註14〕吳梅：《詞學通論》，頁63。

陂塘」一首）然也。如〈滿江紅〉之『東武城南』，〈永遇樂〉之『松菊堂深』，皆直摩子瞻之壘，而靈氣往來，自有天之秀。」〔註15〕看來後人公認蘇門弟子中，最能夠代表蘇軾豪放詞風的，正是晁無咎，其「坦蕩之懷，磊落之氣」都與蘇軾相似，而吳梅更指出作品如〈摸魚兒〉、〈滿江紅〉、〈永遇樂〉等，皆「直摩子瞻之壘」，可謂承繼蘇軾的衣缽。

張耒對於詞的看法展現在其爲賀鑄所寫的序言中：「滿心而發，肆口而成，雖欲已焉而不得者。若其粉澤之工，則其才之所至，亦不自知也。」〔註16〕張耒以爲賀鑄所作之詞乃是其心血凝聚而成，與文章、詩歌一樣，都是對自己情感的抒發，這一點與蘇軾是不謀而合的。

黃庭堅、晁無咎、張耒等人乃人稱「蘇門四學士」者，其受到蘇軾影響自不在話下，除了秦觀之外，〔註17〕其他三人都或多或少受到蘇軾的影響，並且對其詞作多所讚賞，甚至不惜爲之辯護，而在詞作上，即使是後世公認爲婉約一派的黃庭堅，亦有學習蘇軾創作豪放作品的意向，而晁無咎的風格更是清楚地步趨蘇軾，由此可知，蘇軾門人的期待視野深受蘇軾思想、詞學觀念、詞作風格的影響。

第二節　〔宋〕李清照〈詞論〉

李清照（1084～1115？），號易安居士，山東濟南人，散文家李格非之女；丈夫爲趙明誠，金石學家，晚年流寓於浙江金華、紹興。李清照對蘇軾詞的期待視野與其特殊性格、獨特生活遭遇與社會關係背景有關，表現在其〈詞論〉（收錄於《魏慶之詞話》）中，可見其重

〔註15〕吳梅：《詞學通論》，頁 63。
〔註16〕張耒〈東山詞序〉，見張惠民編《宋代詞學資料匯編》，頁 206。
〔註17〕〔明〕張綖《詩餘圖譜》凡例：「詞體大略有二，一婉約，一豪放，蓋詞情蘊藉，氣象恢宏之謂耳。然亦在乎其人，如少游多婉約，東坡多豪放，東坡稱少游爲今之詞手，大抵以婉約爲正也。所以後山評東坡，如教坊雷大使舞，雖極天下之工，要非本色。」見鄒同慶、王宗堂：《蘇軾詞編年校注》，下冊，頁 1025。

視詞體的音律、情致等問題，並以詞「別是一家」爲其評詞重要特點。
其批評蘇軾云：

> 至晏元獻、歐陽永叔、蘇子瞻，學際天人，作爲小歌詞，
> 直如酌蠡水於大海，然皆句讀不葺之詩爾。〔註18〕

李易安肯定蘇軾的學問涵養，但就作詞而言，她認爲東坡以豐富的學
養應付小詞直如「酌蠡水於大海」，無關痛癢，然而寫作出來的作品，
卻都只是「句讀不葺之詩」，往往不諧音律。李清照之所以批評蘇詞，
相信並非出於作品的好壞問題，而是針對其以詩法寫詞、不協律等方
面的缺失。針對蘇詞不協律的問題，李清照提出自己的看法：

> 又往往不協音律者，何耶。蓋詩文分平側，而歌詞分五音，
> 又分五聲，又分六律，又分清濁輕重。且如近世所謂〈聲
> 聲慢〉、〈雨中花〉、〈喜遷鶯〉，既押平聲韻，又押入聲韻。
> 〈玉樓春〉本押平聲韻，又押上去聲，又押入聲。本押仄
> 聲韻，如押上聲則協，如押入聲則不可歌矣。〔註19〕

詞作爲一種音樂文學，要求合韻乃在於便於歌唱。與詩不同的地方，
詞在押韻的要求上更爲嚴苛。而李清照〈詞論〉的另一主要觀點爲「重
情致」，只有在「嚴聲律和重情致及內容與形式完美的統一者才具備
詞的內部特徵，不失爲本色當行。」〔註20〕

關於李清照的期待視野的形成，朱崇才《詞話史》認爲有幾項因
素，李清照生活背景中的人物，影響其觀念，包括父親李格非爲蘇門
後四學士之身分，以及身爲蘇門六君子的親戚陳師道，蘇軾的獨特思
維、鋒芒外露與陳師道獨立不羈性格，對李清照而言絕對都有潛移默
化的效果，於是家世背景、生活環境造就了李清照倔強自負、獨立不
羈、不同流俗的性格，也影響了她〈詞論〉的堅決態度、一貫立場。

〔註18〕〔宋〕魏慶之：《魏慶之詞話》，見唐圭璋編《詞話叢編》，冊一，頁202。
〔註19〕〔宋〕魏慶之：《魏慶之詞話》，見唐圭璋編《詞話叢編》，冊一，頁202。
〔註20〕邱世友：《詞論史論稿》（北京：人民文學出版社，2002年1月），頁16。

〔註21〕李清照「別是一家」與蘇軾「自是一家」的說法，看來似乎互相牴觸、互不相容，然事實上，兩人的個性之相似從此處便可得知，「別是一家」的李清照乃堅持詞的婉約特性，反觀「自是一家」的蘇軾則是堅持自己獨特創作所形成的一家風格，兩者皆是堅持自己的路數，這種倔強堅決的個性與堅持，根本如出一轍，因此李清照對蘇軾的批評自然是意料之中的事。

第三節　〔宋〕胡仔《苕溪漁隱叢話》

　　胡仔字元任，徽州績溪（今屬安徽）人，南渡後在世。以蔭授迪功郎、兩浙轉運司幹辦公事，遷奉議郎，知常州晉陵縣，後卜居湖州苕溪，自號苕溪漁隱。從胡仔所著《苕溪漁隱叢話》中可見其詞評標準乃是尚雅黜俗，對於淫艷綺靡之風，則多所貶抑，呈現一面倒的狀態，因此針對前人對於蘇軾詞的負面批評，其總是大方地站出來替蘇軾辯護，並且毫不留情地還擊，如胡仔對於陳師道論蘇軾「以詩爲詞」的觀點提出了看法：

> 《後山詩話》謂：「退之以文爲詩，子瞻以詩爲詞，如教坊雷大使之舞，雖極天下之工，要非本色。」余謂後山之言過矣，子瞻佳詞最多，其間傑出者，如「大江東去，浪淘盡、千古風流人物」赤壁詞；「明月幾時有，把酒問青天」中秋詞；「落日繡簾捲，庭下水連空」快哉亭詞；「乳燕飛華屋，悄無人、桐陰轉午」初夏詞；「明月如霜，好風如水，清景無限」夜登燕子樓詞；「楚山修竹如雲，異材秀出千林表」詠笛詞；「玉骨那愁瘴霧，冰肌自有仙風」詠梅詞；「東武南城，新堤固、漣漪初溢」宴流杯亭詞；「冰肌玉骨，自清涼無汗」夏夜詞；「有情風、萬里捲潮來，無情送潮歸」別參寥詞；「缺月掛疏桐，漏斷人初靜」秋夜詞；「霜降水痕收，淺碧鱗鱗露遠洲」九日詞。凡此十餘詞，皆絕去筆墨畦徑間，直造古人不到處，眞可使人一唱而三歎。若謂

〔註21〕朱崇才：《詞話史》（北京：中華書局，2006年），頁64～65。

以詩為詞，是大不然。子瞻自言，平生不善唱曲，故間有
不入腔處，非盡如此。後山乃比之教坊司雷大使舞，是何
每況愈下？蓋其謬耳。〔註22〕

蘇軾詞或許確有「間有不入腔處」，但並非完全如此，更何況蘇軾的
佳詞甚多，如以上所列的詞，都是「絕去筆墨畦徑間，直造古人不到
處」，超越了前人，另闢蹊徑，將其精神貫穿於整闋詞當中，讓人讀
了以後「一唱而三歎」。胡仔針對陳師道的評論尚稱合理，但面對李
清照的評論，他可不留情面了，他說：「易安歷評諸公歌詞，皆摘其
短，無一免者，此論未公，無不憑也。其意蓋自謂能擅其長，以樂府
名家者。退之詩云：『不知羣兒愚，那用故謗傷。蚍蜉撼大樹，可笑
不自量。』正為此輩發也。」〔註23〕對於李清照的評論，胡仔毫不留
情的批評，並以「羣兒愚」、「蚍蜉撼大樹，可笑不自量」等尖酸的詞
彙加以諷刺，可見其對於李清照評論之不認同。

　　胡仔對蘇軾詞的期待主要在於「語意高妙」，其云：「東坡大江東
去赤壁詞，語意高妙。真古今絕唱。」〔註24〕又云：「揀盡寒枝不肯棲
之句，或云：『鴻雁未嘗棲宿樹枝，惟在田野葦叢間，此亦語病也。』
此詞本詠夜景，至換頭但只說鴻。正如賀新郎詞『乳燕飛華屋』，本詠
夏景，至換頭但只說榴花，蓋其文章之妙，語意到處即為之，不可限以
繩墨也。」〔註25〕胡仔肯定蘇軾〈念奴嬌〉、〈卜算子〉、〈賀新郎〉等含
有深刻意義的作品，甚至用此期待觀點來當作考證的理由，其又云：

野哉，楊湜之言，真可入《笑林》。東坡此詞，冠絕古今，
托意高遠，審為一娼而發耶？「簾外誰來推繡戶，枉教人，
夢斷瑤臺曲，又却是，風敲竹。」用古詩「捲簾風動竹，
疑是故人來」之意。今乃云：「忽有人叩門聲急，起而問之，
乃樂營將催督。」此可笑者一也。「石榴半吐紅巾蹙。待浮

〔註22〕〔宋〕胡仔：《苕溪漁隱叢話》（台北：長安出版社，1978 年 12 月），
　　　　後集，卷 26，頁 192～193。
〔註23〕〔宋〕胡仔：《苕溪漁隱叢話》，後集，卷 33，頁 255。
〔註24〕〔宋〕胡仔：《苕溪漁隱叢話》，前集，卷 59，頁 411。
〔註25〕〔宋〕胡仔：《苕溪漁隱叢話》，前集，卷 39，頁 268。

花浪蕊都盡，伴君幽獨。穠豔一枝細看取，芳心千重似束。」
蓋初夏之時，千花事退，榴花獨芳，因以寫幽閨之情。今
乃云：「是時榴花盛開，秀蘭以一枝藉手告倅，其怒愈盛。」
此可笑者二也。此詞腔調寄〈賀新郎〉，乃古名曲也，今乃
云：「取其沐浴新涼，曲名〈賀新涼〉，後人不知之，誤爲
〈賀新郎〉。」此可笑者三也。詞話中可笑者甚眾，姑舉其
尤者，第束坡此詞，深爲不幸，橫遭點汙，吾不可無一言
雪其恥。〔註26〕

乍看之下，似乎頗有道理，然仔細觀之，胡仔並未提出可靠的證據，
只是一味地認爲蘇軾詞應該是雅正的，「托意高遠」的，怎可爲了一
個女子而發呢？這種缺乏證據的評論方式，確實是有疑義的。

胡仔肯定蘇軾詞，如前所提到的「皆絕去筆墨畦徑間，直造古人
不到處，眞可使人一唱而三歎。」「眞古今絕唱」、「冠絕古今」，以及
肯定「中秋詞自東坡〈水調歌頭〉一出，餘詞盡廢」〔註27〕等，皆一
面倒地將蘇軾詞的成就推至最頂端，究其原因，見其舉例的詞作包括
「大江東去，浪淘盡、千古風流人物」赤壁詞、「明月幾時有，把酒問
青天」中秋詞、「落日繡簾捲，庭下水連空」快哉亭詞、「乳燕飛華屋，
悄無人、桐陰轉午」初夏詞、「明月如霜，好風如水，清景無限」夜登
燕子樓詞、「楚山修竹如雲，異材秀出千林表」詠笛詞、「玉骨那愁障
霧，冰肌自有仙風」詠梅詞、「東武南城，新堤固、漣漪初溢」宴流杯
亭詞、「冰肌玉骨，自清涼無汗」夏夜詞、「有情風、萬裏捲潮來，無
情送潮歸」別參寥詞、「缺月掛疏桐，漏斷人初靜」秋夜詞、「霜降水
痕收，淺碧鱗鱗露遠洲」九日詞等作品，這些作品的特點包括了「典
雅」、「創新」、「詠物寄託」等；再者，胡仔身處南渡之後，胸中自有
如陸游、辛棄疾等人的慷慨激昂，對於蘇軾豪放詞風，自然深表讚許，
由以上兩點便造就了胡仔對蘇軾詞作的期待視野：極端的認同與襃揚。

〔註26〕〔宋〕胡仔：《苕溪漁隱叢話》，後集，卷39，頁328。
〔註27〕〔宋〕胡仔：《苕溪漁隱叢話》，後集，卷39，頁321。

第四節 〔宋〕王灼《碧雞漫志》

王灼之生卒年不詳，字晦叔，號頤堂，又號小溪，字署覃思峘，遂寧（今屬四川）人，紹興中曾為幕官。其所著《碧雞漫志》共三部份，卷一考所自三代至當代的歷代歌曲源流演變；卷二品評唐五代以來六十餘位重要詞人；卷三至卷五考述曲調之源流演變。從《碧雞漫志》可以明顯地看出生當南宋初期的王灼對蘇軾的詞可說是讚譽有加，其《碧雞漫志》裡的言論十分有見地的道出了蘇軾詞的歷史性意義：

> 長短句雖至本朝盛，而前人自立與真情衰矣。東坡先生非心醉於音律者，偶爾作歌，指出向上一路，新天下耳目，弄筆者始知自振。今少年妄謂東坡移詩律作長短句，十有八九不學柳耆卿，則學曹元寵，雖可笑，亦毋用笑也。〔註28〕

王灼以為蘇軾所作的詞讓天下人耳目一新，讓那些執迷的人有了依循的方向，此乃難能可貴的，他又針對「以詩為詞」的看法提出意見：

> 東坡先生以餘事作詩，溢而作詞曲，高處出神入天，平處尚臨鏡笑春，不顧儕輩；或曰長短句中詩也，為此論者，乃是遭柳永野狐涎之毒。詩與樂府同出，豈當分異？若從柳氏家法，正自不分異耳。〔註29〕

詩與樂府本是同源，如此一來，又何必有所謂的「長短句中詩」呢？王灼認為那些批評蘇軾的人是受了柳永作詞風氣的影響過深，才會語出此言。由此可知王灼對於蘇軾詞的歷史地位是完全的肯定與讚賞的。

蘇軾詞在南渡之後，由於蘇黃文字的完全解禁，整個社會產生了狂熱的追捧，自北宋末元佑黨禁以來的蘇軾豪放詞，此時開始得到相當高的評價，而王灼是這股風氣的先行者，此乃與其對詞學作品的觀點有關，其從音樂的角度論述了雅、正之分，但事實上，這種雅正、中正之聲的觀點，乃是一種道德評價的風格論述，於是王灼在蘇軾詞裡找到了引發其共鳴的隱在讀者，於是以先行者的位置對蘇軾豪放詞提出了高度評價。

〔註28〕見唐圭璋編：《詞話叢編》，冊一，頁83。
〔註29〕見唐圭璋編：《詞話叢編》，冊一，頁83。

第五節　〔宋〕張炎《詞源》

　　張炎（1248～1314之後），字叔夏，號玉田，又號樂笑翁，本西秦人，南渡後，家臨安。生於宋理宗淳祐八年（1248），宋亡不仕，隱居落魄，自放於山水間，鬱鬱以終，時在元仁宗元祐六、七年間，得年七十餘。工長短句，以春水詞得名，人稱張春水，又以孤雁詞得名，人稱張孤雁，著作有《山中白雲詞》、《詞源》。張炎的《詞源》乃是公認第一部比較全面探討研究詞學理論的專著，其從樂律、風格、題材、主題、創作技巧、用詞造句、作家、作品等方面提出原則、方法、技巧等。其詞學的觀念主要由於家世背景，張炎爲循王張俊後裔，詞學家張鎡曾孫，祖父與父親皆能詞，且工音律，在這種背景之下，張炎對於音律方面的造詣與觀念自然根深柢固。

　　張炎論詞主要以雅正爲主，宗姜夔，對於蘇軾則是有褒有貶。其詞學理論以「清空」之說，最爲人所樂道。其《詞源》云：

　　　　詞要清空，不要質實。清空則古雅峭拔，質實則凝澀晦昧。
　　　　姜白石詞如野雲孤飛，去留無迹。吳夢窗詞如七寶樓臺，
　　　　眩人眼目，碎拆下來，不成片段。〔註30〕

清空相對於質實而言；古雅峭拔則相對於凝澀晦昧而言。「質實」意指「質的實在」，就某些方面而言是正面的，但若是詞，表示太過死板生硬，堆砌過多的典故辭藻；相反地，若能夠講求意境，製造一種清新空靈的感受，如此的詞作方能有靈動之氣。具有靈動意境的詞作，所具備的風格是古雅峭拔的，高古、騷雅、剛勁與超拔，正如姜白石的詞像野外雲朵獨自飛過，完全不留痕跡，引人遐思；若過於死板的堆砌，反而造成凝重、晦澀的情形，如吳夢窗的詞，像美麗的樓臺，讓人眼目昏眩，但仔細一看，徒有其表罷了。所謂的清空並非脫離現實，向壁虛造，而是將生活的坎坷、心中的幽怨、世俗的情感，經過藝術的淘濾，化爲一泓清泉，一方晴空，才稱得上所謂的清空之

〔註30〕見唐圭璋編：《詞話叢編》，冊一，頁259。

境。〔註31〕張炎的創作宗姜夔的傾向是十分明顯的，但他也同時學習過史達祖、吳文英的寫作風格，最後他仍有所偏好，可見其詞學觀點的主觀趨向。

　　張炎身處南宋末年，歷經動亂，相信這段歷經變局的慘痛經驗讓他有著很深的感觸，有鑒於南宋末年詞壇風氣向形式靠攏，他卻能具有獨特識見，誠屬不易。南宋末年的蘇軾詞接受度不高，但張炎卻能夠發掘蘇軾詞的某些獨特風采，其論說意趣之時說：

> 詞以意趣為主，不要蹈襲前人語意。如東坡中秋〈水調歌頭〉云：「明月幾時有，把酒問青天。不知天上宮闕，今夕是何年。我欲乘風歸去，又恐瓊樓玉宇，高處不勝寒。起舞弄清影，何似在人間。　轉朱閣，低綺戶，照孤眠。不應有恨，何事長向別時圓。人有悲歡離合，月有陰晴圓缺，此事古難全。但願人長久，千里共嬋娟。」夏夜〈洞仙歌〉云：「冰肌玉骨，自清涼無汗。水殿風來暗香滿。繡簾開、一點明月窺人，人未寢，欹枕釵橫鬢亂。起來攜素手，庭戶無聲，時見疏星渡河漢。試問夜如何，夜已三更，金波淡、玉繩低轉。但屈指、西風幾時來，又不道流年、暗中偷換。」……此數詞皆清空中有意趣，無筆力者未易到。〔註32〕

張炎對意趣下了定義：「不要蹈襲前人語意」，即要寫出自己的心意與新意，勿模仿他人想法，有了「意」才能夠產生特別的「趣」──某種韻味。東坡〈水調歌頭〉，後人或以為「愛君」，或以為「兄弟之情」，皆無妨。重要的是，蘇軾用一種「空靈蘊藉」的方式表現出來，且感情之深刻，用意之懇切，都讓人不由得產生了情感的共鳴。而〈洞仙歌〉亦是如此，有感而發、意有所指。

　　另一方面在寫作手法上，張炎肯定蘇軾「句法」、「用事」、「和韻」、「隱括」等手法，其云：

> 詞中句法，要平妥精粹。一曲之中，安能句句高妙，只要拍搭襯副得去，於好發揮筆力處，極要用功，不可輕易放

────────────
〔註31〕朱崇才：《詞話學》，頁402。
〔註32〕〔宋〕張炎：《詞源》，見唐圭璋編：《詞話叢編》，冊一，頁260。

過，讀之使人擊節可也。如東坡楊花詞云：「似花還似非花，也無人惜從教墜」。又云：「春色三分，二分塵土，一分流水。」〔註33〕（句法）

詞用事最難，要體認著題，融化不澀。如東坡〈永遇樂〉云：「燕子樓空，佳人何在，空鎖樓中燕。」用張建封事。……此皆用事，不爲事所使。〔註34〕（用事）

詞不宜強和人韻，若倡者之曲韻寬平，庶可賡歌；倘險韻，又爲人所先，則必牽強賡和，句意安能融貫？徒費苦思，未見有全章妥溜者。東坡次章質夫楊花水龍吟韻，機鋒相摩，起句便合讓東坡出一頭地。後片愈出愈奇，眞是壓倒古今。〔註35〕（和韻）

東坡詞如〈水龍吟〉詠楊花、詠聞笛，又如〈過秦樓〉、〈洞仙歌〉、〈卜算子〉等作，皆清麗舒徐，高出人表。〈哨遍〉一曲，檃括〈歸去來辭〉，更是精妙，周、秦諸人所不到。
〔註36〕（檃括）

句法應求平穩妥切、精當純粹，東坡〈水龍吟〉形容楊花「似花還似非花」，又以擬人化說其「無人惜從教墜」，不但形容得當，且活化了楊花，末句以春色三分化爲塵土的二分與流水的一分，更是搭配的非常精當，句法的運用十分的巧妙；用事方面，舉東坡〈永遇樂〉以關盼盼守節故事，說明古今如夢，唯有眞情永存之理，引用得宜，且體認甚深；檃括方面，推崇東坡〈哨遍〉檃括〈歸去來辭〉的精妙，而〈水龍吟〉的詠楊花、詠聞笛，以及〈過秦樓〉、〈洞仙歌〉、〈卜算子〉等作品，也是張炎十分肯定的作品。

張炎《詞源》所宗乃是姜夔，此與其家學深厚的淵源有關，再加上經歷動盪時代所造成的深沉思考，使其對清空、意趣等風格有了較大的關注，因此其能客觀地對蘇軾詞予以中肯的評論，不致於偏頗。

〔註33〕〔宋〕張炎：《詞源》，見唐圭璋編：《詞話叢編》，冊一，頁258。
〔註34〕〔宋〕張炎：《詞源》，見唐圭璋編：《詞話叢編》，冊一，頁261。
〔註35〕見唐圭璋編：《詞話叢編》，冊一，頁265。
〔註36〕見唐圭璋編：《詞話叢編》，冊一，頁267。

第六節　〔清〕周濟《介存齋論詞雜著》

周濟（1781～1839），自保緒，一字介存，號止庵，荊溪（今江蘇宜興）人。嘉慶十年（1805）進士，官淮安府學教授，後退隱南京，專心著述。著有《晉略》、《介存齋集》等，詞集《味雋齋詞》，編選《詞辨》、《宋四家詞選》，其中《詞辨》爲前期所選，前附《介存齋論詞雜著》。《介存齋論詞雜著》一至七則論之特質功能及學詞方法，八至三十一則爲作家作品論。

周濟論詞與其留心經世之學、身處常州詞派與時代背影有關，周濟認爲詞的特質功能不在於應歌應社，而在感慨盛衰，學詞則以用心爲主，貴在比興寄託。其《介存齋論詞雜著》云：

> 感慨所寄，不過盛衰，或綢繆未雨，或太息厝薪，或己溺己飢，或獨清獨醒，隨其人之性情學問境地，莫不有由衷之言。見事多，識理透，可爲後人論世之資。詩有史，詞亦有史，庶乎自樹一幟矣。〔註37〕

《宋四家詞選目錄序論》提出「寄託有無出入」說，其云：

> 夫詞，非寄托不入，專寄託不出。一物一事，引而伸之，觸類多通。驅心若游絲之飛英，含毫如郢斤之斲蠅翼，以無厚入有間。即習已，意感偶生，假類畢達，閱載千百，馨欬弗遠，斯入矣。賦情獨深，逐境必寤，醞釀日久，冥發妄中。雖鋪敍平淡，摹續淺近，而萬感橫集，五中無主。讀其篇者，臨淵窺魚，意爲魴鯉，中有驚電，周識東西。赤子隨母笑啼，鄉人緣劇喜怒，抑可謂能出矣。〔註38〕

其「寄託出入」是在張惠言「意內言外」、「風雅比興」基礎上提出，注重詞的言志功能，特別是表達政治內容的部份。周濟評：「北宋有無謂之詞以應歌，南宋有無謂之詞以應社。然美成〈蘭陵王〉、東坡〈賀新涼〉當筵命筆，冠絕一時。……故知雷雨鬱蒸，是生芝菌；荊榛蔽芾，亦產蕙蘭。」〔註39〕或許正是因爲能夠有所寄託之因，否則

〔註37〕見唐圭璋編：《詞話叢編》，冊二，頁 1630。
〔註38〕見唐圭璋編：《詞話叢編》，冊二，頁 1643。
〔註39〕見唐圭璋編：《詞話叢編》，冊二，頁 1629。

類似這種應歌應社之詞，對周濟而言都是無足輕重的。

　　周濟繼承張惠言家法，推花間詞及以溫庭筠爲宗主，對浙西派之尊姜、張給予批評，但不同於張惠言的地方，乃在於其又推崇周邦彥「思力獨絕千古」〔註40〕與辛棄疾「南北兩朝實無其匹」。〔註41〕其重點乃在於「渾化」，所謂的渾化乃渾然造化、渾然天成之意，是比興寄託的藝術形式與雅正思想內容的統一，也就是其所認爲詞學最高的境界，在這個部份，其所推崇者乃是辛棄疾，而蘇軾反而不是其所重視的，其《介存齋論詞雜著》云：

> 世以蘇、辛並稱，蘇之自在處，辛偶能到。辛之當行處，蘇必不能到。二公之詞，不可同日語也。〔註42〕

又云：

> 蘇、辛並稱，東坡天趣獨到處，殆成絕詣，而苦不經意，完璧甚少。稼軒則沉著痛快，有轍可循。南宋諸公，無不傳其衣缽，固未可同年而語也。〔註43〕

蘇軾與辛棄疾皆是豪放詞風代表者，但周濟認爲辛棄疾：「辛之當行處，蘇必不能到」、「沉著痛快，有轍可循」，皆能夠將自己所預言者，暢快說出，反觀蘇軾：「東坡每事俱不十分用力，古人、書、畫皆爾，詞亦爾」，因此其認爲兩人不可同日而語，辛實勝於蘇，當然他也指出蘇軾較好的作品：「人賞東坡粗豪，吾賞東坡韶秀。韶秀是東坡佳處，粗豪則病也。」〔註44〕可見能夠寄託，且用心寫出來的作品，在周濟的眼中才是有機會成爲高境界之作。

　　另外，由於周濟留心經世之學，早年曾與李兆洛、包世臣往來切磋，研究兵家方略，學習騎射擊刺之術，後又參與緝捕私鹽、圍剿白蓮教等事，故重務實、重考證。

〔註40〕見唐圭璋編：《詞話叢編》，冊二，頁1632。
〔註41〕見唐圭璋編：《詞話叢編》，冊二，頁1633。
〔註42〕見唐圭璋編：《詞話叢編》，冊二，頁1633。
〔註43〕見唐圭璋編：《詞話叢編》，冊二，頁1643～1644。
〔註44〕見唐圭璋編：《詞話叢編》，冊二，頁1633。

　　從以上所言，周濟所欣賞之人並非蘇軾，而是周邦彥、辛棄疾等人，尤其是辛棄疾的地位是完全地超越蘇軾的，究其原因，周濟因留心經世之學，對乾隆以後危機四伏、風雨欲來的社會形勢，有深切的感受和體會，因此期待如辛棄疾等人寫出寄託慷慨激昂或幽怨悲鬱之聲。雖然蘇軾的作品也具備周濟論詞的「寄託比興」，然而比之於辛，終究無法得到周濟的共鳴。

第七節　〔清〕謝章鋌《賭棋山莊詞話》

　　謝章鋌，字枚如，長樂（今屬福建）人，光緒三年（1877）年進士，官內閣中書，聘致用書院山長。其《賭棋山莊詞話》泛論古今詞事詞藝，自成一家之說，其主旨有三，包括性情：「蓋古來忠孝節義之事，大抵發於情，情本於性……故凡托興男女者，和動之音，性情之始，非盡男女之事也。得此意以讀詞，則閨房瑣屑之事，皆可作忠孝節義之事觀。」〔註45〕音律：「推究音律，倚聲家之最上乘也。」〔註46〕雅趣：「詞宜雅矣，而尤貴得趣。雅而不趣，是古樂府；趣而不雅，是南北曲。李唐、五代多雅趣並擅之作。」〔註47〕

　　針對以上三點主旨，對於蘇軾的評論還頗客觀，針對蘇辛一派，其整體的評價如《賭棋山莊詞話》卷七云：

> 御卜（即黃甌）又謂，詞體如美人含嬌掩媚，秋波微轉，正視之一態，旁觀之又一態，近窺之一態，遠窺之又一態。數語頗俊，然此亦謂溫、李、晏、秦耳，若蘇、辛、劉、蔣，則如素娥之視虢妃，尚嫌臨波作態。〔註48〕

又卷九云：

> 又按弋陽腔又曰亂彈，南方謂之下江調。甘肅腔即琴腔，又名西秦腔，胡琴為主，月琴為副，工尺咿唔如語。道光

〔註45〕見唐圭璋編：《詞話叢編》，冊四，頁3466。
〔註46〕見唐圭璋編：《詞話叢編》，冊四，頁3360。
〔註47〕見唐圭璋編：《詞話叢編》，冊四，頁3461。
〔註48〕見唐圭璋編：《詞話叢編》，冊四，頁3408。

三年御史奏禁，今所謂西皮調也。又有句調，則山西腔也。
此擷英小譜所未詳，不揣固陋，衍而論之。余嘗謂稽之宋
詞，秦、柳，其南曲崑山腔乎。蘇、辛，其北曲秦腔乎。
此即教坊大使對東坡之說也。〔註49〕

將婉約詞派與豪放詞派相比，「如素娥之視處妃，尚嫌臨波作態」，而
比之於腔調「蘇、辛，其北曲秦腔乎」，明朝人把南北曲做了個比較，
說北曲是字多調促，即北曲的字密而行腔少；南曲是字少調慢。還有
一種說法叫北曲是詞情多聲情少，亦即曲文的意思多，而旋律就貧弱
一些；南曲卻是聲情多詞情少，就是說以曲調旋律為主，至於唱的是
什麼字，則不易聽懂，因他唱半天才唱一個字。〔註50〕可見雖兩者皆
具性情，但豪放風格始終被認為缺乏情感。將豪放詞派蘇、辛相比，
辛猶勝於蘇，其《賭棋山莊詞話》卷九云：

晏、秦之妙麗，源於李太白。溫飛卿。姜、史之清真，源
於張志和、白香山。惟蘇、辛在詞中，則藩籬獨闢矣。讀
蘇、辛詞，知詞中有人，詞中有品，不敢自為菲薄，然辛
以畢生精力注之，比蘇尤為橫出。吳子律曰：「辛之於蘇，
猶詩中山谷之視東坡也，東坡之大，殆不可以學而至。」
此論或不盡然，蘇風格自高，而性情頗歉；辛卻纏綿悱惻，
且辛之造語俊於蘇。若僅以大論也，則室之大不如堂，而
以堂為室，可乎？〔註51〕

謝章鋌雖然也對蘇軾讚譽有加，「蘇、辛在詞中，則藩籬獨闢」、「讀
蘇、辛詞，知詞中有人，詞中有品」，甚至還推舉蘇軾「提倡風雅，
為一代斗山」，〔註52〕然將蘇軾與辛棄疾二人相比，「辛以畢生精力注

〔註49〕見唐圭璋編：《詞話叢編》，冊四，頁3439～3440。
〔註50〕見張庚：《戲曲藝術論》（台北：丹青圖書公司，1987年6月），頁104。
〔註51〕見唐圭璋編：《詞話叢編》，冊四，頁3444。
〔註52〕謝章鋌：《賭棋山莊詞話》卷九：「有宋熙、豐間，詞學稱極盛，蘇
　　　　長公提倡風雅，為一代斗山。黃山谷、秦少游、晁无咎皆長公之客
　　　　也，山谷、无咎皆工倚聲，體格於長公為近，唯少游自闢蹊徑，卓
　　　　然名家，蓋其天分高，故能抽祕騁妍於尋常濡染之外，而其所以契
　　　　合長公者尤深。……王晦叔《碧雞漫志》云：『黃、晁二家詞皆學坡

之，比蘇尤爲橫出」、「蘇風格自高，而性情頗歉；辛卻纏綿俳惻，且辛之造語俊於蘇」，可見謝章鋌對於性情這方面的要求頗爲重視，從兩者的作品比較中，見到辛棄疾強烈、滿溢的情感。

另外，筆者也從謝章鋌的評論中，發現其樂於比較，具有「史」的觀念，且能夠以客觀的立場，尊重各家各派的創作，其詞評中有不少這類的言論，《賭棋山莊詞話》卷一云：

> 弇州謂蘇、黃、稼軒爲詞之變體，是也。謂溫、韋爲詞之變體，非也。謂之正始則可，謂之變體則不可。〔註53〕

卷十二云：

> 北宋多工短調，南宋多工長調。北宋多工軟語，南宋多工硬語。然二者偏至，終非全才。歐陽、晏、秦，北宋之正宗也。柳耆卿失之濫，黃魯直失之傖。白石、高、史，南宋之正宗也。吳夢窗失之澀，蔣竹山失之流。若蘇、辛自立一宗，不當儕於諸家派別之中。〔註54〕

續編卷三引張維屛語云：

> 詞家蘇、辛、秦、柳，各有攸宜，軌範雖殊，不容偏廢。
> 〔註55〕

續編卷三引凌廷堪論詞云：

> 詞者，詩之餘也，昉於唐，沿於五代，具於北宋，盛於南宋，衰於元，亡於明。以詩譬之，慢詞如七言，小令如五言。慢詞北宋爲初唐，秦、柳、蘇、黃如沈宋，體格雖具，風骨未遒。片玉則如拾遺，駸駸有盛唐之風矣。……小令唐如漢，五代如魏、晉，北宋歐、蘇以上如齊、梁，周、柳以下如陳、隋，南渡如唐。雖才力有餘而古氣無矣。〔註56〕

續編卷四引王鳴盛語云：

公，得其七八。』而於少游，獨稱其後逸精妙，與張子野並論，不言其學坡公，可謂知少游者矣。」

〔註53〕見唐圭璋編：《詞話叢編》，冊四，頁3323。
〔註54〕見唐圭璋編：《詞話叢編》，冊四，頁3470。
〔註55〕見唐圭璋編：《詞話叢編》，冊四，頁3517。
〔註56〕見唐圭璋編：《詞話叢編》，冊四，頁3510。

> 詞之爲道最深，以爲小技者乃不知妄談，大約只一細字盡
> 之，細者非必掃盡豔與豪兩派也。北宋詞人原只有豔冶、豪
> 蕩兩派。自姜夔、張炎、周密、王沂孫方開清空一派，五百
> 年來，以此爲正宗。然《金荃》、《握蘭》本屬國風苗裔。即
> 東坡、稼軒英雄本色語，何嘗不令人欲歌欲泣。文章能感人，
> 便是可傳，何必淨洗豔粉香脂與銅琵鐵板乎。〔註57〕

謝章鋌具有史的觀念，將詞史與詩史相比，並列說其源流，另外將蘇、
辛列爲一派，「謂之正始則可，謂之變體則不可」，可謂是客觀中允之
言，又將婉約、豪放互相比較，認爲「各有攸宜，軌範雖殊，不容偏
廢」、「東坡、稼軒英雄本色語，何嘗不令人欲歌欲泣。文章能感人，
便是可傳，何必淨洗豔粉香脂與銅琵鐵板乎」，這些說法極爲客觀。

　　由以上所言可知，謝章鋌頗重性情，然如周濟《介存齋論詞雜著》
的觀點，雖亦讚賞蘇軾之作，但比之於辛，辛棄疾的性情乃是蘇軾無
與匹敵的；另外，謝章鋌以客觀角度來看詞史上的婉約、豪放之爭，
或許也正與其重視性情的觀念有關：「文章能感人，便是可傳」，由此
可見其期待視野的絕對立場。

第八節　〔清〕沈祥龍《論詞隨筆》

　　沈祥龍《論詞隨筆》，論述詞的風格、流派、作法、格律等，不錄
詞作及本事，故以理論爲主。沈祥龍論詞本之於詩，因此對於蘇軾詞
以詩爲詞是肯定的，將其詞與杜甫詩相比，〔註58〕其《論詞隨筆》云：

> 詞導源於詩，詩言志，詞亦貴乎言志。淫蕩之志可言乎哉？
> 「瓊樓玉宇」，識其忠愛；「缺月疏桐」，歎其高妙，由於志之
> 正也。若綺羅香澤之態，所在多有，則其志可知矣。〔註59〕

〔註57〕見唐圭璋編：《詞話叢編》，冊四，頁3549。
〔註58〕沈祥龍：《論詞隨筆》：「唐人詞，風氣初開，已分二派。太白一派，
　　　　傳爲東坡，諸家以氣格勝，於詩近西江。飛卿一派，傳爲屯田，諸
　　　　家以才華勝，於詩近西崑。後雖迭變，總不越此二者。」見唐圭璋
　　　　編：《詞話叢編》，冊五，頁4049。
〔註59〕見唐圭璋編：《詞話叢編》，冊五，頁4047。

由於沈祥龍將詞與詩畫上等號：「詞導源於詩，詩言志，詞亦貴乎言志」、「詞有與風詩意義相近者」，因此重視其言志、諷諭功能，包括〈水調歌頭〉「瓊樓玉宇」寄寓著忠愛之心與〈卜算子〉「缺月疏桐」的高妙寄託，而這些作品心志皆是純正的。另一方面，沈祥龍亦重視「意餘於辭」，《論詞隨筆》云：

> 詞當意餘於辭，不可辭餘於意。東坡謂少游「小樓連苑橫空，下窺繡轂雕鞍驟」二句只說得車馬樓下過耳，以其辭餘於意也。若意餘於辭，如東坡「燕子樓空，佳人何在？空鎖樓中燕。」用張建封事，白石「猶記深宮舊事，那人正睡裏，飛近蛾綠。」用壽陽事，皆為玉田所稱，蓋辭簡而餘意悠然不盡也。〔註60〕

其認為〈永遇樂〉「燕子樓空，佳人何在？空鎖樓中燕」句雖簡短，卻寄託了張建封的故事，乃是「意餘於辭」、「辭簡而餘意悠然不盡」，給人深刻的感受。

沈祥龍論詞本於詩，因此對蘇軾作品絕對是肯定的，然而沈祥龍受到常州詞派的影響，以〈離騷〉香草美人、驚采絕艷為主旨，以《莊子》之超曠空靈、嚴滄浪之妙悟補屈子之纏綿俳惻，其《論詞隨筆》便提到蘇軾〈洞仙歌〉帶給人的「口吻俱香」感受，但卻不致於艷麗，其云：

> 詞韶麗處，不在塗脂抹粉也。謂東坡「冰肌玉骨，自清涼無汗，水殿風來暗香滿」句。自覺口吻俱香。悲慨處，不在歎逝傷離也。誦者卿「漸霜風凄緊，關河冷落，殘照當樓」句，自覺神魂欲斷。蓋皆在神不在跡也。〔註61〕

針對蘇軾〈洞仙歌〉，沈祥龍給予不錯的評價：「口吻俱香」、「悲慨處，不在歎逝傷離也」，此乃因發於性情，「在神不在跡」。

由此可知，不論是婉約或豪放風格，沈祥龍認為兩者不可偏廢，故《論詞隨筆》云：「詞有婉約，有豪放，二者不可偏廢，在施之各

〔註60〕見唐圭璋編：《詞話叢編》，冊五，頁4053。
〔註61〕見唐圭璋編：《詞話叢編》，冊五，頁4055。

當耳。房中之奏，出以豪放，則情致絕少纏綿。塞下之曲，行以婉約，則氣象何能恢拓。蘇、辛與秦、柳，貴集其長也。」〔註62〕

第九節　〔清〕張德瀛《詞徵》

張德瀛，字禺麓。所作《詞徵》共六卷，卷一本「意內言外」之旨，探源述流，上溯三百篇，下涉歷代詞人詞作；卷二、三記載宮調音律；卷四詳列自五代至明詞別集、選集、圖譜、詞話專著目錄，下著版別；卷五評唐宋詞；卷六評金元明清詞。

張德瀛將詞體風格，以各種方式來做類比，對蘇辛採肯定態度，《詞徵》卷一云：

> 釋皎然《詩式》謂詩有六至：至險而不僻，至奇而不差，至麗而自然，至苦而無跡，至近而意遠，至放而不迂。以詞衡之，……至放而不迂者子瞻也。〔註63〕

卷五云：

> 同叔之詞溫潤，東坡之詞軒驍，美成之詞精邃，少游之詞幽豔，無咎之詞雄邈，北宋惟五子可稱大家。若柳耆卿、張子野，則又當時所翕然歎服者也。〔註64〕

卷六云：

> 汪蛟門謂宋詞有三派，歐、晏正其始，秦、黃、周、柳、姜、史之徒極其盛，東坡、稼軒放乎其言之矣。〔註65〕

張德瀛將詩所謂六至：「至險而不僻，至奇而不差，至麗而自然，至苦而無跡，至近而意遠，至放而不迂」，用來說明詞學的風格，針對蘇軾個人言之，其風格乃具「至放而不迂」、「軒驍」等特色。從張德瀛的角度而言，蘇軾的豪放風格與其它派別是可以互相媲美的，因此將蘇軾一派列為「大家」，贊同汪蛟門所言，將蘇軾列為宋代三派之一。後人稱蘇軾此種風格的詞為詞詩、詞論，張德瀛《詞徵》卷五則

〔註62〕見唐圭璋編：《詞話叢編》，冊五，頁4049。
〔註63〕見唐圭璋編：《詞話叢編》，冊五，頁4079～4080。
〔註64〕見唐圭璋編：《詞話叢編》，冊五，頁4153。
〔註65〕見唐圭璋編：《詞話叢編》，冊五，頁4186。

認為：「蘇、辛二家，昔人名之曰詞詩、詞論。愚以古詞衡之曰，不用之時全體在，用即拈來，萬象周沙界。」〔註66〕可見其對於蘇辛豪放詞風的氣象肯定有加。

另外，張德瀛針對蘇軾詞的單闋作品也是相當肯定的，《詞徵》卷五舉長樂陳翼論蘇軾赤壁之詞與哨遍之詞云：

> 宋牧仲謂宋詩多沈僿，近少陵；元詩多輕揚，近太白。然詞之沈僿，無過子瞻。長樂陳翼論其詞云：「歌赤壁之詞，使人抵掌激昂，而有擊楫中流之心。歌〈哨遍〉之詞，使人甘心澹泊，而有種菊東籬之興。」可謂知言。〔註67〕

陳翼所言〈念奴嬌〉赤壁之詞，使人「抵掌激昂，而有擊楫中流之心」，與〈哨遍〉能使人「甘心澹泊，而有種菊東籬之興」，皆是因為詞作有了「意內言外」之旨，而使人心中產生深沉的感動，張德瀛在蘇軾詞中發掘了與之相合的隱在讀者。在《詞徵》卷一中更提出了〈哨遍〉與《詩經》篇中有相似之處，其云：

> 詞有與風詩意義相近者。自唐迄宋，前人鉅製，多寓微旨。如……蘇子瞻「睡起畫堂」，〈山樞〉勸飲食也。〔註68〕

蘇軾〈哨遍〉與《詩經·山有樞》勸飲食之意相同，可見其對於蘇軾作品具有「詩言志」功能的肯定。

觀其評詞角度仍以客觀的角度為主，歷述詞學源流，但對蘇辛風格特別重視，此乃由其「意內言外」之期待視野得以理解之。

第十節　〔清〕劉熙載《藝概·詞概》

劉熙載（1813～1881），字伯簡，一字融齋，興化（今屬江蘇）人，道光二十四年（1844）進士，授編修，曾官廣東提學使。治經習道，潔身修行。其《藝概·詞概》共六卷，一百一十五則，前五則論詞之起源、本質，依六義之旨，以「音內言外」、「意內言外」說詞，

〔註66〕見唐圭璋編：《詞話叢編》，冊五，頁4158。
〔註67〕見唐圭璋編：《詞話叢編》，冊五，頁4158。
〔註68〕見唐圭璋編：《詞話叢編》，冊五，頁4079。

定詞為「聲學」，次四十八則評歷代詞人詞作，餘六十二則論詞之結構、風格、境界、音律等論題。

劉熙載論詞乃依六義，並以「音內言外」、「意內言外」說詞，而蘇軾的作品正符合這個標準，因此其《藝概·詞概》便云：「蘇、辛皆至情至性人，故其詞瀟灑卓犖，悉出於溫柔敦厚。世或以粗獷託蘇、辛，固宜有視蘇、辛為別調者哉！」〔註69〕這種溫柔敦厚的風格便是繼承《詩經》六義之傳統。從劉熙載評蘇軾單闋詞更可清楚見此特點，其《藝概·詞概》評〈水龍吟〉云：

> 東坡〈水龍吟〉起云：「似花還似非花。」此句可作全詞評語，蓋不離不即也。時有舉史梅溪〈雙雙燕〉詠燕、姜白石〈齊天樂〉賦蟋蟀，令作評語者，亦曰「似花還似非花」。
> 〔註70〕

評〈雨中花慢〉云：

> 詞有尚風，有尚骨。歐公〈朝中措〉云：「手種堂前楊柳，別來幾度春風。」東坡〈雨中花慢〉云：「高會聊追短景，清商不假餘妍。」孰風孰骨可辨。〔註71〕

評〈卜算子〉云：

> 黃魯直跋東坡〈卜算子〉（缺月掛疏桐）一闋云：「語意高妙，似非喫煙火食人語，非胸中有萬卷書，筆下無一點塵俗氣，孰能至此！」余案：詞之大要，不外厚而清。厚，包諸所有；清，空諸所有也。」〔註72〕

評〈水調歌頭〉云：

> 詞以不犯本位為高。東坡〈滿庭芳〉：「老去君恩未報，空回首彈鋏悲歌。」語誠慷慨，然不若〈水調歌頭〉：「我欲乘風歸去，又恐瓊樓玉宇，高處不勝寒。」尤覺空靈蘊藉。
> 〔註73〕

〔註69〕見唐圭璋編：《詞話叢編》，冊四，頁3693。
〔註70〕見唐圭璋編：《詞話叢編》，冊四，頁3704～3705。
〔註71〕見唐圭璋編：《詞話叢編》，冊四，頁3705。
〔註72〕見唐圭璋編：《詞話叢編》，冊四，頁3707。
〔註73〕見唐圭璋編：《詞話叢編》，冊四，頁3708。

劉熙載評〈水龍吟〉「似花還似非花」句可作全詞評語：「不離不即」；
評〈雨中花慢〉「高會聊追短景，清商不假餘妍」具有骨氣；評〈卜
算子〉「厚而清」；評〈水調歌頭〉「我欲乘風歸去，又恐瓊樓玉宇，
高處不勝寒」句：「空靈蘊藉」，雖然評語不同，然皆具備了「意內言
外」的旨趣，使人感到餘味無窮。

　　正因爲劉熙載在蘇軾詞中找到了完全相應的期待視野，因此給予
整體的評論也同樣很高，《藝概·詞概》利用他人的說法，來評論蘇
軾詞：

> 王敬美論詩云：「河下輿隸須驅遣，另換正身。」胡明仲稱
> 眉山蘇氏詞「一洗綺羅香澤之態，擺脫綢繆宛轉之度，使
> 人登高望遠，舉首高歌，而逸懷浩氣，超乎塵埃之表。」
> 此殆所謂「正身」者耶？〔註74〕

劉熙載以爲王敬美論詩所謂的「正身」，猶如胡明仲稱蘇軾詞之「一
洗綺羅香澤之態，擺脫綢繆宛轉之度」，即改變了整個風氣，轉換
了另一種寫作風格。這種創新對劉熙載而言是肯定的，於是針對後
人的批評，其採用另一種角度，提出了看法，《藝概·詞概》云：

> 太白〈憶秦娥〉，聲情悲壯；晚唐五代，惟趨婉麗；至東坡
> 始能復古。後世論詞者或轉以東坡爲變調，不知晚唐五代
> 乃變調也。〔註75〕

針對後人以蘇軾詞爲變調，其以太白〈憶秦娥〉爲源流，認爲蘇軾乃
是「復古」，而非變調來加以反駁。於是名正言順的，蘇軾與李白的
作品間有了共通點，其《藝概·詞概》將其與李白互相比附：

> 東坡詞頗似老杜詩，以其無意不可入，無事不可言也。若
> 其豪放之致，則時與太白爲近。〔註76〕

又云：

> 詞品喻諸詩，東坡、稼軒，李、杜也；耆卿，香山也；夢
> 窗，義山也；白石、玉田，大曆十子也。其有似韋蘇州者，

〔註74〕見唐圭璋編：《詞話叢編》，冊四，頁3705～3706。
〔註75〕見唐圭璋編：《詞話叢編》，冊四，頁3690。
〔註76〕見唐圭璋編：《詞話叢編》，冊四，頁3690。

張子野當之。〔註77〕

蘇軾詞與唐代大詩人李白、杜甫自此有了關係，尤其是與李白的豪放風格，成了後人普遍性的說法，這種具備了「神仙出世之姿」〔註78〕的作品，後人是難以學習、模仿的。

　　除了豪放風格的肯定，劉熙載亦認爲蘇、辛詞亦有如「魏玄成之嫵媚」〔註79〕的作品，當然也有一些並非十分完美的作品，如其曾經將張志和〈漁歌子〉成句，放入〈鷓鴣天〉、〈浣溪沙〉中，然不如原詞來的妙通造化。〔註80〕

　　另外，劉熙載也對蘇軾一派相關問題作了說明與評論，其《藝概·詞概》云：

> 東坡〈與鮮于子駿書〉云：「近卻頗作小詞，雖無柳七郎風味，亦自成一家。」一似欲爲耆卿之詞而不能者。然坡嘗譏秦少游〈滿庭芳〉詞學柳七句法，則意可知矣。〔註81〕

從蘇軾自謙「雖無柳七郎風味，亦自成一家」說法，與「譏秦少游〈滿庭芳〉詞學柳七句法」來看，對於自己作詞風格乃是頗有信心的。而對於蘇軾門人與繼承蘇軾風格者，劉熙載亦有提及，如對蘇軾得意門生秦觀的肯定：「秦少游詞得《花間》、《尊前》遺韻，卻能自出清新。東坡詞雄姿逸氣，高軼古人，且稱少游爲詞手。」〔註82〕對當時學蘇風氣狀況的說明：「東坡詞在當時鮮與同調，不獨秦七、黃九，別成

〔註77〕見唐圭璋編：《詞話叢編》，冊四，頁3697。

〔註78〕劉熙載：《藝概·詞概》：「東坡詞具神仙出世之姿，方外白玉蟾諸家，惜未詣此。」見唐圭璋編：《詞話叢編》，冊四，頁3691。

〔註79〕劉熙載：《藝概·詞概》：「蘇、辛詞似魏玄成之嫵媚，劉靜修詞似邵康節之風流，倘泛泛然以橫放瘦澹名之，過矣。」見唐圭璋編：《詞話叢編》，冊四，頁3697。

〔註80〕劉熙載：《藝概·詞概》：「張志和〈漁歌子〉「西塞山前白鷺飛」一闋，風流千古。東坡嘗以其成句用入〈鷓鴣天〉，又用於〈浣溪沙〉，然其所足成之句，猶未若原詞之妙通造化也。黃山谷亦嘗以其詞增爲〈浣溪沙〉，且誦之有矜色焉。」見唐圭璋編：《詞話叢編》，冊四，頁3688。

〔註81〕見唐圭璋編：《詞話叢編》，冊四，頁3690。

〔註82〕見唐圭璋編：《詞話叢編》，冊四，頁3691。

兩派也。」〔註83〕對其子湛所作〈卜算子〉的看法:「少游〈水龍吟〉:
『小樓連苑橫空,下窺繡轂雕鞍驟。』東坡譏之云:『十三箇字只說
得一箇人騎馬樓前過。』語極解頤。其子湛作〈卜算子〉云:『極目
煙中百尺樓,人在樓中否?』言外無盡,似勝乃翁,未識東坡見之云
何?」〔註84〕金元時期擅長蘇軾風格的後學:「虞伯生、薩天錫兩家
詞,皆兼擅蘇、秦之勝。」〔註85〕以及教導後學如何抓取蘇軾詞句中
的精髓:「東坡〈定風波〉云:『尙餘孤瘦雪霜姿。』〈荷華媚〉云:『天
然地別是風流標格。』『雪霜姿』、『風流標格』,學坡詞者,便可從此
領取。」〔註86〕

　　劉熙載論詞有自己的獨特標準,對於蘇軾創新之作給予高度的肯
定,亦對少數婉約作品給予正面評價,其標準乃在於依六義之旨,以
「音內言外」、「意內言外」說詞,但對於蘇軾瑕疵之作也給予批評,
這種客觀的品評方式與其個性有關,因此朱崇才《詞話學》稱其爲「近
代論詞者不傍門戶而自成一家者」。〔註87〕

第十一節　〔清〕陳廷焯《詞壇叢話》、《雲韶集》、《白雨齋詞話》

　　陳廷焯(1853～1892),字亦烽,丹徒(今江蘇鎮江)人,光緒十
四年(1888)舉人,早年編選歷代詞成《雲韶集》,在此基礎上寫成《詞
壇叢話》,綜評《雲韶集》所選部分名家詞作,論詞主旨爲「一以雅正
爲宗」、「其一切淫詞濫語,及應酬無聊之作,概不入選」,〔註88〕偏向
浙西詞派。晚年作《白雨齋詞話》由浙西轉入常州詞派,遵奉晚唐五
代詞學觀,以溫庭筠詞爲代表,重視風雅正宗地位,其《白雨齋詞話》

〔註83〕見唐圭璋編:《詞話叢編》,冊四,頁 3692。
〔註84〕見唐圭璋編:《詞話叢編》,冊四,頁 3691。
〔註85〕見唐圭璋編:《詞話叢編》,冊四,頁 3697。
〔註86〕見唐圭璋編:《詞話叢編》,冊四,頁 3690。
〔註87〕朱崇才:《詞話學》,頁 167。
〔註88〕見唐圭璋編:《詞話叢編》,冊四,頁 3738～3739。

自序云：「飛卿端己，首發其端，周姜史張王，曲竟其緒，而要皆發源
於風雅，推本於騷辯」〔註89〕

　　依照陳廷焯論詞的原則，蘇軾詞若能進入陳廷焯的肯定之列中，
勢必與「溫、韋發其端」的「風雅正宗」脫離不了關係，於是蘇軾詞
也就在這種關係中，得到陳廷焯的認同與讚譽，《白雨齋詞話》卷八
云：

> 溫、韋創古者也。晏、歐繼溫、韋之後，面目未改，神理
> 全非，異乎溫、韋者也。蘇、辛、周、秦之於溫、韋，貌
> 變而神不變，聲色大開，本原則一。〔註90〕

> 唐宋名家，流派不同，本原則一。論其派別，大約溫飛卿
> 為一體（皇甫子奇、南唐二主附之），為端己為一體（牛松
> 卿附之），馮正中為一體（唐、五代諸詞人以暨北宋晏、歐、
> 小山等附之），張子野為一體，秦淮海為一體（柳詞高者附
> 之），蘇東坡為一體，賀才回為一體（毛澤民、晁具茨高者
> 附之），周美成為一體（竹屋、草窗附之），辛稼軒為一體
> （張、陸、劉、蔣、陳、杜合者附之），姜白石為一體，史
> 梅溪為一體，吳夢窗為一體，王碧山為一體（黃公度、陳
> 西麓附之），張玉田為一體。其間惟飛卿、端己、正中、淮
> 海、美成、梅溪、碧山七家殊途同歸，餘則各樹一幟，而
> 皆不失其正，東坡、白石尤為矯矯。〔註91〕

> 詞有表裏俱佳，文質適中者，溫飛卿、秦少游、周美成、
> 黃公度、姜白石、史梅溪、吳夢窗、陳西麓、王碧山、張
> 玉田、莊中白是也，詞中之上乘也。有質過於文者，韋端
> 己、馮正中、張子野、蘇東坡、賀方回、辛稼軒、張皋文
> 是也，亦詞中之上乘也。〔註92〕

〔註89〕〔清〕陳廷焯：《白雨齋詞話》（台北：河洛圖書出版社，1978 年 1
　　　　月），自序，頁1。
〔註90〕見唐圭璋編：《詞話叢編》，冊四，頁3965。
〔註91〕見唐圭璋編：《詞話叢編》，冊四，頁3962。
〔註92〕見唐圭璋編：《詞話叢編》，冊四，頁3968。

陳廷焯不僅對歷來的詞學做派別的分析，甚至還分出體制，然蘇軾詞總是其所謂「上乘」、「矯矯」之作，此乃因蘇軾詞乃繼承了溫、韋風雅正宗之風格，雖然「貌變而神不變」、「流派不同，本原則一」，因此陳廷焯稱許張惠言《詞選》以蘇、辛詞爲正聲，〔註93〕甚至還將其提升至崇高地位，認爲蘇軾詞乃「仙品」、「神品」。〔註94〕

除了派別之分，陳廷焯也喜歡以比較的方式來看蘇軾詞，似乎在整個中國歷史上無人可與之比擬，只有少數幾闋詞尚能逼近而已，如《白雨齋詞話》卷一：「陳簡齋《無住詞》，未臻高境。惟〈臨江仙〉云：『憶昔午橋橋上飲，坐中都是豪英。長溝流月去無聲。杏花疏影裏，吹笛到天明。二十餘年成一夢，此身雖在堪驚。閒登小閣眺新晴。古今多少事，漁唱起三更。』筆意超曠，逼近大蘇。」〔註95〕又卷六云：

> 竹垞謂正伯詞有與坡仙相亂者。余謂兩人詞一洪一纖，一深一淺，如冰炭之不相入，無俟辨而可明，何慮其相亂也。
> 〔註96〕

> 程正伯與子瞻爲中表兄弟，有《書舟雅詞》一卷。余觀其詞，淺薄者多，高者筆意尚閒雅，去坡仙何止萬里。〔註97〕

對陳廷焯而言，蘇軾詞根本不會與其他人的作品相混淆，因爲「一洪一纖，一深一淺，如冰炭之不相入」，又怎會分辨不出呢？這些人的作品「去坡仙何止萬里」，綜觀整個中國歷史，可以與之匹敵的大概只有「李白」了，其《白雨齋詞話》卷八：「詩有詩境，詞有詞境，

〔註93〕《白雨齋詞話》卷二所云：「張皋文《詞選》，獨不收夢窗詞，以蘇、辛爲正聲，卻有巨識。」見唐圭璋編：《詞話叢編》，冊四，頁3802。
〔註94〕陳廷焯《白雨齋詞話》卷八：「白石仙品也；東坡神品也，亦仙品也；夢窗逸品也；玉田雋品也；稼軒豪品也；然皆不離於正，故與溫、韋、周、秦、梅溪、碧山同一大雅，而無傲而不理之誚。後人徒恃聰明，不窮正始，終非至詣。」見唐圭璋編：《詞話叢編》，冊四，頁3961～3962。
〔註95〕見唐圭璋編：《詞話叢編》，冊四，頁3790。
〔註96〕見唐圭璋編：《詞話叢編》，冊四，頁3926。
〔註97〕見唐圭璋編：《詞話叢編》，冊四，頁3926。

詩詞一理也。……太白之詩，東坡詞可以敵之。」〔註98〕

　　蘇軾詞在陳廷焯眼中不僅無敵，還無法學，〔註99〕此乃因才氣的關係，《白雨齋詞話》卷七：「熟讀溫、韋詞，則意境自厚；熟讀周、秦詞，則韻味自深；熟讀蘇、辛詞，則才氣自旺；熟讀姜、張詞，則格調自高；熟讀碧山詞，則本原自正、規模自遠。」〔註100〕蘇軾因個性、才氣，再加上宦途、人生上的遭遇，使之作品迥異於前代、不同於他人，陳廷焯在這部份的評論非常的多，包括豪放詞、曠達、寄託等。關於其豪放作品的評論很多，如《詞壇叢話》云：

　　　　東坡詞，獨樹一幟，妙絕古今，雖非正聲，然自是曲子內
　　　　縛不住者。不獨耆卿、少游不及，即求之美成、白石，亦
　　　　難以繩尺律之，吾不知海上三山，彼亦能以丈尺計之否耶。
　　〔註101〕

〔註98〕見唐圭璋編：《詞話叢編》，冊四，頁3977。

〔註99〕《白雨齋詞話》卷一：「太白之詩，東坡之詞，皆是異樣出色。只是人不能學。烏得議其非正聲？」（見唐圭璋編：《詞話叢編》，冊四，頁3783。）《白雨齋詞話》卷六：「東坡心地光明磊落，忠愛根於生性，故詞極超曠，而意極和平。稼軒有吞吐八荒之概，而機會不來。正則可以為郭、李，為岳、韓，變則即桓溫之流亞，故詞極豪雄，而意極悲鬱。蘇、辛兩家，各自不同。後人無東坡胸襟，又無稼軒氣概，漫為規模，適形粗鄙耳。」（見唐圭璋編《詞話叢編》，冊四，頁3925。）《白雨齋詞話》卷六：「宋詞有不能學者，蘇、辛是也。國朝詞有不能學者，陳、朱是也。然蘇、辛自是正聲，人苦學不到耳；陳、朱則異是矣。」（見唐圭璋編《詞話叢編》，冊四，頁3930。）《白雨齋詞話》卷六：「學周、秦、姜、史不成，尚無害為雅正；學蘇、辛不成，則入於魔道矣。發軔之始，不可不慎。」（見唐圭璋編《詞話叢編》，冊四，頁3930。）《白雨齋詞話》卷八：「稼軒求勝於東坡，豪壯或過之，而遜其清超，遜其忠厚。玉田追蹤於白石，格調亦近之，而遜其空靈，遜其渾雅。故知東坡、白石具有天授，非人力所可到。」（見唐圭璋編《詞話叢編》，冊四，頁3969。）《白雨齋詞話》卷八：「東坡一派，無人能繼。」（見唐圭璋編《詞話叢編》，冊四，頁3962。）《白雨齋詞話》卷八：「黃公度《知稼翁詞》，氣格高遠，語意渾厚，直合東坡、碧山為一手。所傳不多，卓乎不可企及。」（見唐圭璋編《詞話叢編》，冊四，頁3965。）

〔註100〕見唐圭璋編：《詞話叢編》，冊四，頁3953。

〔註101〕見唐圭璋編：《詞話叢編》，冊四，頁3721。

《雲韶集》卷二云：

> 東坡詞擺脫羈縛，獨往獨來，雖有一二與調不合處，而飛
> 揚跋扈自足推倒一時豪傑。〔註102〕

> 北宋晏、歐、王、范諸家，規模前輩，益以才思。東坡出，
> 而縱橫排宕，掃盡纖浮。〔註103〕

《白雨齋詞話》卷三云：

> 東坡詞豪宕感激，忠厚纏綿，後人學之，徒形粗魯。故東
> 坡詞不能學，亦不必學。惟梅村高者有與老坡神似處，可
> 作此翁後勁。如〈滿江紅〉諸闋，頗爲暗合。「松梧凌寒」、
> 「滿目山川」、「沽酒南徐」三篇，尤見筆意。即閑情之作，
> 如〈臨江仙（逢舊）〉結句云：「姑蘇城外月黃昏，綠窗人
> 去住，紅粉淚縱橫。」哀艷而超脫，直是坡仙化境。迦陵
> 學蘇、辛，畢竟不似。〔註104〕

蘇軾詞最大的貢獻與衝擊屬豪放風格的詞作，作品「氣體之高」〔註105〕
使人震撼，「飛揚跋扈自足推倒一時豪傑」、「縱橫排宕，掃盡纖浮」，
但最爲人所稱道的應該是能「寄伊鬱於豪宕」的作品，其《白雨齋詞
話》卷七：「東坡〈八聲甘州・寄參寥子〉結數語云：『算詩人相得，
如我與君稀。約他年東還海道，願謝公雅志莫相違。西州路，不應回
首，爲我沾衣。』寄伊鬱於豪宕，坡老所以爲高。」〔註106〕可見豪放
作品若能夠以「伊鬱」的方式表達出來，則境界將更高。

　　蘇軾詞的宦途不順，命運乖舛，將情感寄託於詞作中，「寄慨無
端」是陳廷焯常提及的用語，《詞壇叢話》云：

〔註102〕見鄒同慶、王宗堂：《蘇軾詞編年校注》，下冊，頁1033。
〔註103〕見鄒同慶、王宗堂：《蘇軾詞編年校注》，下冊，頁1033。
〔註104〕見唐圭璋編：《詞話叢編》，冊四，頁3826。
〔註105〕陳廷焯《白雨齋詞話》卷一：「蘇、辛並稱，然兩人絕不相似。
　　　　魄力之大，蘇不如辛，氣體之高，辛不逮蘇遠矣。東坡詞寓意高
　　　　遠，運筆空靈，措語忠厚。其獨至處，美成、白石亦不能到。昔
　　　　人謂東坡詞非正聲，此特拘於音調言之，而不究其本原之所在，
　　　　眼光如豆，不足與之辯也。」見唐圭璋編：《詞話叢編》，冊四，
　　　　頁3783。
〔註106〕見唐圭璋編：《詞話叢編》，冊四，頁3975。

> 東坡詞，一片去國流離之思，哀而不傷，怨而不怒，寄慨
> 無端，別有天地。〔註107〕

《白雨齋詞話》卷一云：

> 詞至東坡，一洗綺羅香澤之態，寄慨無端，別有天地。〈水
> 調歌頭〉、〈卜算子・雁〉、〈賀新郎〉、〈水龍吟〉諸篇，尤
> 為絕搆。〔註108〕

又云：

> 蘇、辛並稱，然兩人絕不相似。魄力之大，蘇不如辛，氣
> 體之高，辛不逮蘇遠矣。東坡詞寓意高遠，運筆空靈，措
> 語忠厚。其獨至處，美成、白石亦不能到。昔人謂東坡詞
> 非正聲，此特拘於音調言之，而不究其本原之所在，眼光
> 如豆，不足與之辯也。〔註109〕

蘇軾詞表達出深刻的情感，然而這種情感是靠寄託而來，「哀而不傷，
怨而不怒」，符合陳廷焯論詞的標準「雅正」。同樣都是詠物詞，但卻
是無法相較，《白雨齋詞話》卷一云：「放翁詞惟〈鵲橋仙（夜聞杜鵑）〉
一章，借物寓言，較他作為合乎古。然以東坡〈卜算子・雁〉較之，
相去殆不可道里計矣。」〔註110〕蘇軾詞的情感之所以動人，除了是寄
託外，乃因符合王道，含蓄蘊藉，溫柔敦厚，《白雨齋詞話》卷八云：

> 東坡詞全是王道，稼軒詞則兼有霸氣，然猶不悖於王也。
>
> 〔註111〕

卷一云：

> 蔡伯世云：「子瞻辭勝乎情，耆卿情勝乎辭，辭情相稱者，惟
> 少游而已。」此論陋極。東坡之詞，純以情勝。情之至者詞
> 亦至，只是情得其正，不似耆卿之喁喁兒女私情耳。論古人
> 詞，不辨是非，不別邪正，妄為褒貶，吾不謂然。〔註112〕

〔註107〕　見唐圭璋編：《詞話叢編》，冊四，頁3721。
〔註108〕　見唐圭璋編：《詞話叢編》，冊四，頁3783。
〔註109〕　見唐圭璋編：《詞話叢編》，冊四，頁3783。
〔註110〕　見唐圭璋編：《詞話叢編》，冊四，頁3796。
〔註111〕　見唐圭璋編：《詞話叢編》，冊四，頁3957。
〔註112〕　見唐圭璋編：《詞話叢編》，冊四，頁3784。

卷七云：

> 東坡不可及處，全是去國流離之思，卻又哀而不傷，怨而
> 不怒，所以為高。〔註113〕

突破過去婉約詞的婉麗、艷情，蘇軾詞的情感內蘊而溫柔敦厚，此乃源於「忠厚」、「超逸」，此正是蘇軾詞能夠受人推崇主因，《白雨齋詞話》卷八云：

> 人知東坡古詩古文，卓絕百代，不知東坡之詞，尤出詩文
> 之右。蓋仿九品論字之例，東坡詩文，縱列上品，亦不過
> 為上之中下，（原注：七言古為東坡擅長，然於清絕之中，
> 雜以淺俗語，沈鬱處亦未能盡致。古文才氣縱橫，而不免
> 霸氣，總不及詞之超逸而忠厚也。）若詞則幾為上之上矣。
> 此老生平第一絕詣，惜所傳不多也。〔註114〕
>
> 稼軒求勝於東坡，豪壯或過之，而遜其清超，遜其忠厚。
> 玉田追蹤於白石，格調亦近之，而遜其空靈，遜其渾雅。
> 故知東坡、白石具有天授，非人力所可到。〔註115〕

忠厚之心讓蘇軾詞流露出眞誠，《白雨齋詞話》卷一：「少游〈滿庭芳〉諸闋，大半被放後作，戀戀故國，不勝熱中。其用心不逮東坡之忠厚，而寄情之遠，措語之工，則各有千古。」〔註116〕「張綖云：『少游多婉約，子瞻多豪放，當以婉約為主。』亦此似是而非，不關痛癢語也。誠能本諸忠厚，而出以沈鬱，豪放亦可，婉約亦可。否則豪放嫌其粗魯，婉約又病其纖弱矣。」〔註117〕不管是婉約、豪放，只要能夠以忠厚之心寫作，必能扣人心弦，蘇軾之作便是如此。

蘇軾一生奔波，經歷了如此多的事以後，其心境變得曠達，《白雨齋詞話》卷六云：

> 東坡心地光明磊落，忠愛根於生性，故詞極超曠，而意極

〔註113〕見唐圭璋編：《詞話叢編》，冊四，頁3944。
〔註114〕見唐圭璋編：《詞話叢編》，冊四，頁3937。
〔註115〕見唐圭璋編：《詞話叢編》，冊四，頁3969。
〔註116〕見唐圭璋編：《詞話叢編》，冊四，頁3785。
〔註117〕見唐圭璋編：《詞話叢編》，冊四，頁3785。

和平。稼軒有吞吐八荒之概，而機會不來。正則可以爲郭、李，爲岳、韓，變則即桓溫之流亞，故詞極豪雄，而意極悲鬱。蘇、辛兩家，各自不同。後人無東坡胸襟，又無稼軒氣概，漫爲規模，適形粗鄙耳。〔註118〕

卷五云：

《蓮子居詞話》云：「蘇之大，張之秀，柳之豔，秦之韻，周之圓融，南宋諸老，何以尚茲。」此論殊屬淺陋，謂北宋不讓南宋則可，而以秀豔等字尊北宋則不可。如徒曰「秀、豔、圓融」而已，則北宋豈但不及南宋，並不及金元矣。至以耆卿與蘇、張、周、秦並稱，而不數方回，亦爲無識。又以「秀」字目子野，「韻」字目少游，「圓融」字目美成，皆屬不切。即以「大」字目東坡，「豔」字目耆卿，亦不甚確。……子野詞，於古雋中見深厚。東坡詞，則超然物外，別有天地。而江南賀老，寄興無端，變化莫測，亦豈出諸人下哉。此北宋之雋，南宋不能過也。若耆卿詞，不過長於言情，語多淒秀，尚不及晏小山，更何能超越方回，而與周、秦、蘇、章並峙千古也。〔註119〕

蘇軾「心地光明磊落，忠愛根於生性」，所以所作之詞極爲「超曠」、「超然物外，別有天地」，《白雨齋詞話》卷六云：「東坡〈西江月〉云：『休言萬事轉頭空，未轉頭時皆夢。』追進一層，喚醒癡愚不少。』〔註120〕讀來確實讓人有了超曠之感，無怪乎能夠「喚醒癡愚不少」。而蘇軾超曠風格之難能可貴乃在於其中含有忠厚之意，其《白雨齋詞話》卷六云：「和婉中見忠厚易，超曠中見忠厚難，此坡仙所以獨絕千古也。」〔註121〕

　　陳廷焯盛讚蘇軾的貢獻與成就，其在〈浣溪沙〉中看到了這點，《白雨齋詞話》卷六：「東坡〈浣溪沙・遊蘄水清泉寺〉云：『誰道人

〔註118〕 見唐圭璋編：《詞話叢編》，冊四，頁3925。
〔註119〕 見唐圭璋編：《詞話叢編》，冊四，頁3890。
〔註120〕 見唐圭璋編：《詞話叢編》，冊四，頁3912。
〔註121〕 見唐圭璋編：《詞話叢編》，冊四，頁3912。

生難再少,君看流水尚能西。休將白髮唱黃雞。』愈悲鬱,愈豪放,愈忠厚,令我神往。」〔註 122〕所謂的本原、風騷、雅正、沉鬱、忠厚等說法,其實不過是詩教精神不同側面的體現罷了,所謂「本諸風騷,正其情性;溫厚以爲體,沉鬱以爲用」。〔註 123〕陳廷焯在蘇軾的作品中找到了塡補空白的地方,一拍即合。

第十二節 〔清〕王國維《人間詞話》

王國維(1877～1927),字靜安,號永觀,晚號觀堂,海寧(屬浙江)人。其《人間詞話》六十四則,前九則闡釋其自創的「境界說」,後五十五則以「境界說」與「眞情論」爲價值標準,品評歷代詞人。

對王國維而言,性情乃是詞作重要的因素之一,因此不論是豪放或婉約,只要具有眞情,王國維都喜愛,其《人間詞話・附錄一》云:

> 予於詞,五代喜李後主、馮正中,而不喜《花間》。宋喜同叔、永叔、子瞻、少游,而不喜美成。南宋只愛稼軒一人,而最惡夢窗、玉田。〔註 124〕

視其所愛,乃偏眞性情者。對王國維而言,蘇軾乃屬豪者、狂者、曠者,《人間詞話》云:「蘇、辛,詞中之狂。白石猶不失爲狷。若夢窗、梅溪、玉田、草窗、西麓輩,面目不同,同歸於鄉愿而已。」〔註 125〕比之於詩,王國維認爲蘇軾如李白,其《人間詞話・附錄一》云:「以宋詞比唐詩,則東坡似李白,歐、秦似摩詰,耆卿似樂天,方回、叔原,則大曆十子之流。南宋惟一稼軒可比昌黎。而詞中老杜,則非(周清眞)先生不可。昔人以耆卿比少陵,猶爲未當也。」〔註 126〕另外,王國維對於詞作的整體似乎也特別重視,其《人間詞話刪稿》云:「唐五代之詞,有句而無篇。南宋名家之詞,有篇而無句。有篇有句,唯

〔註 122〕 見唐圭璋編:《詞話叢編》,冊四,頁 3912。
〔註 123〕 見唐圭璋編:《詞話叢編》,冊四,頁 3751。
〔註 124〕 見唐圭璋編:《詞話叢編》,冊五,頁 4274。
〔註 125〕 見唐圭璋編:《詞話叢編》,冊五,頁 4250。
〔註 126〕 見唐圭璋編:《詞話叢編》,冊五,頁 4271。

李後主降宋後之作，及永叔、子瞻、少游、美成、稼軒數人而已。」
〔註127〕

　　對王國維而言，蘇軾的精神、才學、胸襟是構成其作品境界的主
要原因，其《人間詞話刪稿》云：

　　　東坡之曠在神，白石之曠在貌。〔註128〕

又其《人間詞話》云：

　　　東坡之詞曠，稼軒之詞豪。無二人之胸襟而學其詞，猶東
　　　施效顰捧心也。〔註129〕

又云：

　　　讀東坡、稼軒詞，須觀其雅量高致，有伯夷、柳下惠之風。
　　　白石雖似蟬蛻塵埃，然終不免局促轅下。〔註130〕

卷上又云：

　　　東坡〈水龍吟〉詠楊花，和韻而似原唱；章質夫詞，原唱
　　　而似和韻，才之不可強也如是！〔註131〕

蘇軾曠達詞風在於「神」，在於「胸襟」；觀其詞作需看其「雅量高致」；
而從單闋詞〈水龍吟〉來看，蘇軾之才更在章質夫之上，可見王國維
對蘇軾詞的肯定。

　　王國維的境界說對古典文學或詞學而言都是一個重要的里程
碑，短短的六十四則中，品評蘇軾的比例還不算少，可見在王國維的
眼中，蘇軾的地位是很重要的，而其評論蘇軾的重點乃在於豪放與曠
達二種詞風，此乃因王國維所認為的蘇軾性情在此二種詞風中，最能
夠表現出來，因此也只有這兩種詞風足以代表蘇軾詞作達到應有的境
界。

〔註127〕　見唐圭璋編：《詞話叢編》，冊五，頁4265。
〔註128〕　見唐圭璋編：《詞話叢編》，冊五，頁4266。
〔註129〕　見唐圭璋編：《詞話叢編》，冊五，頁4250。
〔註130〕　見唐圭璋編：《詞話叢編》，冊五，頁4250。
〔註131〕　見唐圭璋編：《詞話叢編》，冊五，頁4247。

第五章　蘇軾詞的影響──審美感受與精神治療

　　一部文學作品帶領讀者進入其世界時，勢必引發許多的效應，包括了美感體驗與治療效果，這兩者之間並無法截然區分，因為當作品進入讀者的閱讀時，除了讀者與作品產生共鳴的美的感受外，同時也產生了心靈的感動，帶有治療的作用。然而本文為了研究之便，故區分兩者間的關係，將審美感受定位為客觀的美感體驗，即對詠物詞的審美感受，而文學治療效果方面，則排除詠物作品的美感經驗，專指其他作品的治療效果。

第一節　審美感受

　　「美」究竟是什麼？這是一個既清楚卻又模糊的問題，使古往今來的學者傷透腦筋，但可以確定的是：「審美感受」會出現的絕大部分原因，都是因為人的內心受到了外在世界的引發或感染，因此黃凱鋒《審美價值論》便提到，所謂的美感等於「直覺＋形象」。〔註 1〕劉勰《文心雕龍・明詩》云：

　　　　人稟七情，因物斯感；感物吟志，莫非自然。〔註2〕

〔註 1〕黃凱鋒：《審美價值論》（昆明：雲南人民出版社，2005 年），頁 26。
〔註 2〕范文瀾：《文心雕龍注》（台北：學海出版社，1988 年），卷二，頁 65。

劉勰以爲人有七情，因爲外在事物的接觸，有所感受，包括了詩歌言志的產生也是因爲對外物有所感受產生的。此種看法，鍾嶸也頗贊同，其《詩品》云：「氣之動物，物之感人，故搖蕩性情……斯四候之感諸詩者也。」〔註3〕甚至是宋代大儒朱熹也是這麼認爲，其《詩集傳》云：「人生而靜，天之性也；感於物而動，性之欲也。夫既有欲矣，則不能無思；既有思矣，則不能無言；既有言矣，則言之所不能盡，而發於咨嗟詠歎之餘者，必有自然之音響節族而不能已焉。此詩之所以作也。」〔註4〕可見人往往因爲外物的刺激，引發心底美的感受，張雙英《文學概論》曾云：

> 人在接觸（包括閱讀與聆聽）「文學作品」之後，經由它字裡行間所透露出來訊息，而瞭解到它的美妙、新奇、以及動人之處，於是内心乃深深被其感動和吸引住，也因而產生「美的感覺」。〔註5〕

文學作品也是外物的一種，當讀者進入文學作品的世界時，常常感受到其「美妙、新奇、以及動人之處」，於是心靈被觸動、感動，產生「美的感覺」。美的感受範圍很廣，但此處筆者所要討論的是針對外在事物觸動心靈的感受，即針對詠物、寫物或寫人之詞所作的討論。

蘇軾的詠物詞常被評論者譽爲「寓意深遠」，其中最著名的，最能夠引發人感動之情的是〈水龍吟〉楊花詞，重點在於蘇軾將楊花之「神」寫的淋漓盡致，清代沈際飛《草堂詩餘正集》卷五云：

> 「隨風萬里尋郎」，悉楊花神魂。〔註6〕

黃蘇《蓼園詞選》云：

> 首四句是寫花形態。「縈損」以下六句是寫望楊花人之情緒。
> 二闋用議論，情景交融，筆墨入化，有神無跡矣。〔註7〕

〔註3〕 楊祖聿：《詩品校注》（台北：文史哲出版社，1981年），頁1。
〔註4〕 〔宋〕朱熹：《詩集傳》（台北：藝文印書館，1974年），序言。
〔註5〕 張雙英：《文學概論》（台北：文史哲出版社，2004年1月），頁55。
〔註6〕 見鄒同慶、王宗堂：《蘇軾詞編年校注》，上冊，頁320。
〔註7〕 〔清〕黃蘇：《蓼園詞選》（濟南：齊魯書社，1988年9月《清人選評詞集三種》），頁112。

清先著《詞潔》云：

　　……「曉來」以下，真是化工神品。〔註8〕

近人唐圭璋《唐宋詞簡釋》云：

　　「縈損」三句，摹寫楊花之神，惜其忽飛忽墜也。「夢隨風」
　　三句，攝出楊花之魂，惜其忽往忽還也。〔註9〕

蘇軾〈水龍吟〉（次韻章質夫楊花詞）：「似花還似非花，也無人惜從教墜。拋家傍路，思量卻是，無情有思。縈損柔腸，困酣嬌眼，欲開還閉。夢隨風萬里，尋郎去處，又還被、鶯呼起。　　不恨此花飛盡，恨西園、落紅難綴。曉來雨過，遺蹤何在，一池萍碎。春色三分，二分塵土，一分流水。細看來，不是楊花。點點是、離人淚。」〔註10〕楊花的神情在蘇軾的筆下活了起來，「縈損柔腸，困酣嬌眼，欲開還閉」描寫楊花之神情，嬌婉動人；「夢隨風萬里，尋郎去處，又還被、鶯呼起」則將楊花化為魂魄、精神的狀態描寫得淋漓盡致；下闋則是將情與景完全地融合在一起「曉來雨過，遺蹤何在，一池萍碎」、「細看來，不是楊花。點點是、離人淚」，使人不僅看到楊花的神態，更感到楊花的情感，因此劉熙載《詞概》云：「『似花還似非花』，此句可作全詞評語，蓋不即不離也。」〔註11〕而清代沈際飛《草堂詩餘正集》卷五更認為：「讀他文字，精靈尚在文字裡面。坡老只見精靈，不見文字。」〔註12〕確實不僅僅感受到楊花之神，同時也感受到作者之精神亦貫穿於其中，使人同時感受到楊花的美感與情感。

　　〈賀新郎〉也是歷來引起許多爭議與討論的作品，在文化傳統的期待視野一章，曾經將此闋詞定位成情感期待視野的作品，將其詠物的對象認定為為歌妓所作或為表達自己的抱負所作，此處單就美感來

〔註8〕見唐圭璋編：《詞話叢編》，冊二，頁1365。
〔註9〕唐圭璋選釋：《唐宋詞簡釋》（台北：木鐸出版社，1982年3月），頁90。
〔註10〕見鄒同慶、王宗堂：《蘇軾詞編年校注》，上冊，頁314。
〔註11〕「東坡《水龍吟》起云：『似花還似非花』，此句可作全詞評語，蓋不即不離也。」見唐圭璋編：《詞話叢編》，冊四，頁3704。
〔註12〕見鄒同慶、王宗堂：《蘇軾詞編年校注》，上冊，頁320。

看，黃蓼園《蓼園詞評》引沈際飛云：

> 本詠夏景，至換頭，單說榴花。高手作文，語意到處即爲
> 之，不當限以繩墨。又曰：榴花開、榴花謝，似芳心，「共
> 粉淚」，想像詠物妙境。〔註13〕

黃蓼園《蓼園詞評》云：

> 末四句是花是人，婉曲纏綿，耐人尋味不盡。〔註14〕

〈賀新郎〉上闋描寫場景與女子的動作，到了下闋，開始描摹榴花的
情態：「石榴半吐紅巾蹙。待浮花浪蕊都盡，伴君幽獨。」尤其最後
幾句，讓榴花化爲人般有了情感：「穠艷一枝細看取，芳心千重似束。
又恐被秋風驚綠。若待得君來向此，花前對酒不忍觸。共粉淚，兩簌
簌。」不僅將榴花的整體形象完全表現出來，還加入了人的感性體驗，
於是「婉曲纏綿，耐人尋味不盡」，使人感受到前所未有的美感體驗。

　　〈卜算子〉歷來評論者多將它定位於文化傳統的期待視野，包括
蘇軾寄託對君王的忠貞或對自身抱負的暗示，當然也有如黃庭堅對其
高度的肯定，另外，亦有情感期待的說法，將其定位爲男女之情的期
待，包括稱蘇軾乃爲王氏女或溫監女所作，對此清代鄭文焯《大鶴山
人詞話》有不同看法：

> 〈卜算子〉，黃州定慧院寓居作云：（詞略）此亦有所感觸，
> 不必赴會溫監女故事，自成馨逸。〔註15〕

看來詠物詞依然得回到詠物的本質，「驚起却回頭，有恨無人省。揀
盡寒枝不肯棲，寂寞沙洲冷」，回到作品最初的感動，鴻雁形象與人
的情感交融成最深刻的體驗，這種美的感受由心而生，「自成馨逸」，
不必附會一些傳言耳語。

　　笛子能夠吹奏出美麗的聲音，其材料爲竹，而竹子向來被拿來代
指君子的節操。蘇軾〈水龍吟〉詠笛從笛子的材質、狀態、視野、人
物、曲子、聲音，一直描寫到其功用，寫來頗具美感，宋代張端義《貴

〔註13〕見唐圭璋編：《詞話叢編》，冊四，頁3092。
〔註14〕見唐圭璋編：《詞話叢編》，冊四，頁3092。
〔註15〕唐圭璋編：《詞話叢編》，冊五，頁4324。

耳集》卷下云：

> 東坡〈水龍吟〉笛詞八字證，「楚山修竹如雲，異材秀出千
> 林表」，此笛之質也。「龍鬚半剪，鳳膺微張，玉肌勻繞」，
> 此笛之狀也。「木落淮南，雨晴雲夢，月明風嫋」，此笛之
> 時也。「自中郎不見，將軍去後，知孤負，秋多少」，此笛
> 之事也。「聞道嶺南太守，後堂深，綠珠嬌小」，此笛之人
> 也。「倚窗學弄，涼州初試，霓裳未了」，此笛之曲也。「嚼
> 徵含宮，泛商流羽，一聲雲杪」，此笛之音也。「爲使君洗
> 盡，蠻煙瘴雨，作霜天曉」，此笛之功也。五音已用其四，
> 乏一「角」字，「霜天曉」，歇後一「角」字。〔註16〕

將笛子的外在形狀、內在情韻，甚至與人相關的故實，在短短的五十
餘字中描繪清楚，清代黃蓼園《蓼園詞評》引沈際飛語肯定其中的三
句：「笛制取良幹，首存一節。節間留纖枝，剪而束之。節之下，若
膺處則微漲，而全體皆須白淨。『龍鬚』三句，善狀。」〔註17〕將整
個製笛過程寫得精緻生動。且雖用了許多的故事，卻能夠不爲事所
用：「五十餘字，堪與馬賦並傳。修語清遠，馬似不逮。用許多故事，
不爲事用。」〔註18〕與漢賦大家司馬相如的作品比較起來，蘇軾的詠
笛似乎更加的「清遠」，可謂難能可貴，笛子之美在蘇軾的〈水龍吟〉
中展現無遺，不僅表象的美，更使人體驗到聲音、情感之美。

　　〈洞仙歌〉據蘇軾詞題所載，乃是依照眉山朱姓老尼所言：「一
日大熱，蜀主與花蕊夫人夜納涼摩訶池上，作一詞」之事，將所記得
的首兩句，依照洞仙歌曲子鋪衍而成，〔註19〕其詞云：「冰肌玉骨，

〔註16〕〔宋〕張端義：《貴耳集》（台北：木鐸出版社，1982 年 5 月），頁
　　　　65。

〔註17〕見唐圭璋編：《詞話叢編》，冊四，頁 3081。

〔註18〕見唐圭璋編：《詞話叢編》，冊四，頁 3081。

〔註19〕其詞題爲：「余七歲時。見眉山老尼。姓朱，忘其名，年九十歲，自
　　　　言嘗隨其師入蜀主孟昶宮中。一日大熱，蜀主與花蕊夫人夜納涼摩
　　　　訶池上，作一詞。朱具能記之。今四十年，朱已死久矣，人無知此
　　　　詞者。但記其首兩句，暇日尋味，豈洞仙歌令乎，乃爲足之云。」
　　　　見鄒同慶、王宗堂：《蘇軾詞編年校注》，中冊，頁 413。

自清涼無汗。水殿風來暗香滿。繡簾開、一點明月窺人，人未寢，敧枕釵橫鬢亂。　　起來攜素手，庭戶無聲，時見疏星渡河漢。試問夜如何，夜已三更，金波淡、玉繩低轉。但屈指、西風幾時來，又不道流年、暗中偷換。」〔註20〕整闋詞將花蕊夫人的形象寫得柔媚動人，然而卻不會過於綺麗，沈祥龍《論詞隨筆》便云：「詞韶麗處，不再塗脂抹粉也。謂東坡『冰肌玉骨，自清涼無汗，水殿風來暗香滿』句，自覺口吻俱香。……皆在神不在跡也。」〔註21〕詞作表現婉約之美，並非只能「塗脂抹粉」，藉由蘇軾〈洞仙歌〉首句「冰肌玉骨，自清涼無汗，水殿風來暗香滿」發現，即使清麗的寫作方式，同樣可以「口吻俱香」，使人感受到清新婉麗之美。

其他具有美感的作品尚有〈行香子〉、〈阮郎歸〉、〈菩薩蠻〉等，清代先著《詞潔輯評》卷二〈行香子〉條云：

> 末語風致嫣然，便是畫意。〔註22〕

〈行香子〉：「北望平川。野水荒灣。共尋春、飛步屧顏。和風弄袖，香霧縈鬢。正酒酣時，人語笑，白雲間。　　飛鴻落照，相將歸去，澹娟娟、玉宇清閒。何人無事，宴坐空山。望長橋上，燈火亂，使君還。」〔註23〕整闋詞讀來使人感到優遊自在，無官場習氣，只有高曠閒適的坦然，尤其是末句，先著以為「風致嫣然」，如同一幅畫般，使讀者心中升起一種美好的感動。〈阮郎歸〉，明代陳耀文《花草粹編》卷四云：

> 《古今詞話》云：觀者歎服其八句狀八景，音律一同，殊
> 不散亂。人爭寶之，刻之琬琰，掛于堂室間也。〔註24〕

〈阮郎歸〉：「綠槐高柳咽新蟬。薰風初入絃。碧紗窗下水沈煙。棋聲驚晝眠。　　微雨過，小荷翻。榴花開欲然。玉盆纖手弄清泉。瓊珠

〔註20〕見鄒同慶、王宗堂：《蘇軾詞編年校注》，中冊，頁413。
〔註21〕見唐圭璋編：《詞話叢編》，冊五，頁4055。
〔註22〕見唐圭璋編：《詞話叢編》，冊二，頁1350。
〔註23〕見鄒同慶、王宗堂：《蘇軾詞編年校注》，中冊，頁552。
〔註24〕見鄒同慶、王宗堂：《蘇軾詞編年校注》，中冊，頁512。

碎卻圓。」〔註25〕簡單的八句詞句，卻將八種景致寫得如此淋漓盡致，槐柳間的蟬鳴、夏天的風、水面沉煙、棋聲擾人清夢、荷葉風貌、榴花漸開、纖手撥弄清泉、水的狀態，每個景致獨立成句，卻又彼此關聯，構成一幅美麗的圖景，無怪乎《古今詞話》言其八句狀八景卻「音律一同，殊不散亂」，因此眾人皆想要擁有之。〈菩薩蠻〉，葉申薌《本事詞》卷上云：

> 詠美人足之〈菩薩蠻〉，尤覺清麗。詞云：「塗香莫惜蓮承步。……」似此體物繪情，曲盡其妙，又豈皆銅琶鐵板之雄豪歟。〔註26〕

〈菩薩蠻〉詠足：「塗香莫惜蓮承步。長愁羅襪凌波去。只見舞迴風。都無行處蹤。　　偷穿宮樣穩。並立雙趺困。纖妙說應難。須從掌上看。」〔註27〕寫美人的小腳，從形狀、動態等角度來描寫，清麗可人，不至於過於豔麗，使人見文如見其物，「尤覺清麗」。

　　豪放風格，盛大壯麗、慷慨激昂，然而其中卻蘊含著美好的感受，歷來最受矚目的豪放詞〈念奴嬌〉赤壁詞，金人元好問〈題閑閑書赤壁賦後〉云：

> 夏口之戰，古今喜稱道之。東坡赤壁詞，殆戲以周郎自況也。詞纔百許字，而江山人物無復餘蘊，宜其為樂府絕唱。
> 〔註28〕

〈念奴嬌〉乃在歌詠赤壁之戰的故實，將「江山人物」寫得姿態各異，「亂石穿空，驚濤拍岸，捲起千堆雪。江山如畫，一時多少豪傑。」把景物與戰爭場景作了深沉的連結，陡峭的山崖散亂的高插雲霄，洶湧的駭浪猛烈地搏擊著江岸，滔滔的江流捲起千萬堆澎湃的雪浪，給人驚心動魄的感受，景致可說盛況空前，而下闋描寫周瑜的「雄姿英發」、「羽扇綸巾。談笑間，檣櫓灰飛煙滅」，將周瑜年輕的瀟灑豐姿

〔註25〕見鄒同慶、王宗堂：《蘇軾詞編年校注》，中冊，頁510。
〔註26〕見唐圭璋編：《詞話叢編》，冊三，頁2315。
〔註27〕見鄒同慶、王宗堂：《蘇軾詞編年校注》，下冊，頁842。
〔註28〕〔金〕元好問：《遺山集》（台北：台灣商務印書館，1985年《景印文淵閣四庫全書》本），卷四十。

與赤壁之戰時的從容冷靜完全展現無遺，這種美乃是壯美，是能夠激起人激動情緒之美，是震懾人心的感動。

藉由外在景物的觀賞、文學的描寫，得以使內心產生美好的感受，蘇軾詞技巧高超，且寄寓深刻，造成讀者內心的感受勢必更加深沉，包括〈水龍吟〉的楊花之神、楊花之魂，〈賀新郎〉的榴花「芳心共粉淚想像」，〈卜算子〉鴻雁的「自成馨逸」，〈水龍吟〉詠笛的「善狀」，〈洞仙歌〉花蕊夫人的美好體態，〈行香子〉閒適場景的「畫意」，〈阮郎歸〉「八句狀八景」的生動樣貌，〈菩薩蠻〉詠足的「曲盡其妙」，以及〈念奴嬌〉描寫赤壁的「江山人物之勝」，皆使讀者讀其詞如見其物、如見其景、如見其人，使人心底產生美好的感動。

第二節　精神治療

文學作品可以感動讀者、陶冶其性情、深化其體會、引動其想像力。〔註29〕當人觀賞或閱讀完之後，在內心之中被激發出「美的感覺」，並因而開闊了自己的心胸和視野，進而提升了自己的精神層次，以及淨化了自己的心靈。〔註30〕王國維在《三十自序》中說，之所以捨棄哲學而追求文學的原因乃在於「欲於其中求直接慰藉者也。」〔註31〕其甚至認為文學對人的慰藉作用比宗教有更多心理學上的意義，他能解除因不得表現而壓抑的痛苦，給人一種心理上的愉快。〔註32〕

美的治療是不自覺的，但心靈超越的治療是一種理解之後的治療、一種恍然大悟的感受。詞作為一種情感豐富的文學作品，比之於詩更能夠讓作者將其內心的喜、怒、哀、樂寄託在作品之中，田同之《西圃詞說》云：

> 漁洋王司寇云：……詩之為功既窮，而聲音之祕，勢不能
> 無所寄，於是溫、韋升而花間作，李、晏出而草堂興，此

〔註29〕見張雙英：《文學概論》，頁204。
〔註30〕見張雙英：《文學概論》，頁57。
〔註31〕王國維：《王國維先生全集》（台北：大通書局，1976年），頁1899。
〔註32〕王國維：《王國維先生全集》，頁1899。

> 詩之餘，而樂府之變也。語其正，則南唐二主爲之祖，至
> 漱玉、淮海而極盛，高、史其嗣響也。語其變，則眉山導
> 其源，至稼軒、放翁而盡變，陳、劉其餘波也。有詩人之
> 詞，唐、蜀、五代諸人是也。文人之詞，晏、歐、秦、李
> 諸君子是也。有詞人之詞，柳永、周美成、康與之之屬是
> 也。有英雄之詞，蘇、陸、辛、劉是也。至是聲音之道，
> 乃臻極致，而詞之爲功，雖百變而不窮。〔註33〕

田同之列舉詞的源流，並以爲不論是「詩人之詞」、「文人之詞」、「詞
人之詞」、「英雄之詞」對於讀者而言，皆能夠產生很大的效用：「詞
之爲功，雖百變而不窮」。而蘇軾的作品開拓了詞的境界，將各種題
材的表現納入詞體，比之於過去的柔媚婉麗之作，得以使更多的人由
其作品中尋找到人生的答案，獲得心靈的釋放與解脫。以下筆者由後
人的評論，將蘇軾作品對人造成的影響，分爲三種治療，分別爲奮發
積極、豁達沉靜、感同身受等三種情緒產生的治療效果。

一、奮發積極

　　豪放風格的作品給人振奮、積極的感受，使原本低迷的情緒或氛
圍，瞬間變得樂觀、有活力，蘇軾開創豪放風格，於是讓原本低靡的
的風氣爲之一變，胡寅《酒邊集序》便以爲：

> 詞曲者，古樂府之末造也。……唐人爲之最工，耆卿後出，
> 掩眾製而盡其妙，好之者以爲不可復加。及眉山蘇軾，一
> 洗綺羅香澤之態，擺脫綢繆宛轉之度，使人登高望遠，舉
> 首高歌，而逸懷浩氣，超然乎塵垢之外，於是花間爲皂隸，
> 而柳氏爲輿臺矣。〔註34〕

蘇軾的作品得以「使人登高望遠，舉首高歌，而逸懷浩氣，超然乎塵
垢之外」，於是滿懷著盛大之氣，對人生充滿積極的態度。這種感受
猶如清風與天風海雨般，給人當頭棒喝，沈雄《古今詞話·詞品》卷

〔註33〕見唐圭璋編：《詞話叢編》，冊二，頁1451。
〔註34〕〔宋〕胡寅：〈酒邊集序〉，見張惠民編：《宋代詞學資料匯編》，頁
　　　　212。

上云：

> 陳子宏曰：「近日詞，惟周美成，姜堯章，而以東坡爲詞詩，
> 稼軒爲詞論。」此說固當。然詞曲以委曲爲體，徒狃於風
> 情婉戀，則亦易厭。回視蘇、辛所作，豈非萬古一清風哉！
> 〔註35〕

又陸游《老學庵筆記》云：

> 世言東坡不能歌，故所作樂府詞多不協。晁以道云：「紹聖
> 初，與東坡別於汴上，東坡酒酣，自歌〈古陽關〉。」則公
> 非不能歌，但豪放不喜裁剪以就聲律耳。試取東坡詞歌之，
> 曲終覺天風海雨逼人。〔註36〕

取蘇軾豪放詞作來看，給人「萬古一清風」、「天風海雨逼人」的感受，
這是一種震懾人心的感受，也是喚醒人頹靡情緒的方式，使人精神爲
之振奮。

蘇軾豪放詞中最爲人所稱道的莫過於〈念奴嬌〉，宋代李佳《左
庵詞話》卷上云：

> 最愛其〈念奴嬌・赤壁懷古〉云：（詞略）淋漓悲壯，擊碎
> 唾壺，洵爲千古絕唱。〔註37〕

明代王世貞《弇州山人詞評》亦云：

> 昔人謂：銅將軍鐵綽板唱蘇學士「大江東去」，十八九歲好
> 女子唱柳屯田「楊柳外曉風殘月」，爲詞家三昧。然學士此
> 詞亦自雄壯，感慨千古，果令銅將軍於大江奏之，必能江波
> 鼎沸。至詠楊花〈水龍吟慢〉，又進柳妙處一塵矣。〔註38〕

又張德瀛《詞徵》卷五云：

> 宋牧仲謂宋詩多沈僿，近少陵；元詩多輕揚，近太白。然
> 詞之沈僿，無過子瞻。長樂陳翼論其詞云：「歌赤壁之詞，
> 使人抵掌激昂，而有擊楫中流之心。歌哨遍之詞，使人甘

〔註35〕見唐圭璋編：《詞話叢編》，冊一，頁767。
〔註36〕〔宋〕陸游：《老學庵筆記》（台北：木鐸出版社，1982年5月），頁
　　　　66。
〔註37〕見唐圭璋編：《詞話叢編》，冊四，頁3106～3107。
〔註38〕見唐圭璋編：《詞話叢編》，冊一，頁387。

心澹泊，而有種菊東籬之興。」可謂知言。〔註39〕

〈念奴嬌〉赤壁懷古「令銅將軍於大江奏之，必能江波鼎沸」，「使人抵掌激昂，而有擊楫中流之心」，積極奮發之志由此而起，張筱萍《兩宋詞論研究》便云：「東坡謫居黃州時，遊赤壁所作，筆調豪邁，如萬里波濤，競奔眼底，令人心胸開闊，且描述人物，栩栩如生，全詞氣勢，眞如『天風海雨逼人』，誠非東坡不能爲也。」〔註40〕肯定陸游「天風海雨逼人」之言，使人「心胸開闊」。

清代陳廷焯肯定蘇軾〈浣溪沙〉詞，其《白雨齋詞話》卷六云：

> 東坡〈浣溪沙〉云：「誰道人生難再少，君看流水尚能西。休將白髮唱黃雞。」愈悲鬱，愈豪放，愈忠厚，令我神往。
>
> 〔註41〕

〈浣溪沙〉詞題爲「遊蘄水清泉寺。寺臨蘭溪，溪水西流」〔註42〕，從蘭溪的溪水西流現象來鼓勵自己，誰說人生無法再回到年輕時的狀態呢？且看那溪水尚能西流，千萬不能妄自菲薄，不斷地感嘆自己的頭髮已經花白。即使年紀眞的大了，但心境卻能夠永遠年輕，依然可以積極正向、滿腔熱血，因此陳廷焯以爲「愈豪放」越能夠使人心神嚮往之。

無疑地，蘇軾的豪放詞風讓世人眼界一亮，也給予時人或後人滿滿的力量，使頹靡的詞風或低沉的情緒，得以獲得新的生命，繼續勇敢地追求理想。

二、豁達沉靜

蘇軾個性耿直，敢言其所當言，行其所當行。從仁宗嘉祐二年登科入仕後，因爲其敢言的個性，在仕途上遭受到許多的困難，從此宦途坎坷、屢遭貶謫，一生顚沛流離，命運乖舛，於是藉由文學來抒發自己心中的感受。然而蘇軾詞中見不到激烈的抱怨，取而代之的是豁

〔註39〕見唐圭璋編：《詞話叢編》，冊五，頁4158。
〔註40〕張筱萍：《兩宋詞論研究》（台北：台灣師範大學國文研究所碩士論文，1975年），頁111。
〔註41〕見唐圭璋編：《詞話叢編》，冊四，頁3912。
〔註42〕見鄒同慶、王宗堂：《蘇軾詞編年校注》，上冊，頁358。

達與平靜，陳廷焯《白雨齋詞話》卷六云：

> 東坡心地光明磊落，忠愛根於性生，故詞極超曠，而意極
> 和平。稼軒有吞吐八荒之概，而機會不來。正則可以為郭、
> 哩，為岳、韓，變則為桓溫之流亞，故詞極豪雄，而意極
> 悲鬱。蘇、辛兩家，各自不同。〔註43〕
> 和婉中見忠厚易，超曠中見忠厚難，此坡仙所以獨絕千古
> 也。〔註44〕

又吳梅云：

> 余謂公詞豪放縝密，兩擅其長。世人第就豪放處論，遂有鐵
> 板銅琶之誚，不知公婉約處何讓溫韋，⋯⋯要之，公天性豁
> 達，襟抱開朗，雖境遇迍邅，而處之坦然，即去國離鄉，初
> 無羈客遷人之感。惟胸懷坦蕩，詞亦超凡入聖。〔註45〕

因為個性「心地光明磊落，忠愛根於性生」、「天性豁達，襟抱開朗」，
加上生平的遭遇「境遇迍邅」，使蘇軾的作品不同於他人，即使去國
離鄉，也無「羈客遷人之感」，表現在作品上，使人感到「超凡入聖」，
豁達坦蕩。

　　對於自己的遭遇與世間的一切，讓蘇軾感到世事與人生的變幻莫
測，於是發展出一套解釋方式，即對人生如夢的解釋，清代黃蓼園《蓼
園詞評》引沈際飛語云：

> 東坡升沉去住，一生莫定，故開口說夢。如云「人間如夢」，
> 「世事一場大夢」，「未轉頭時皆夢」，「古今如夢，何曾夢
> 覺」，「君臣一夢，今古虛名」，屢讀之，胸中鄙吝，自然消
> 去。〔註46〕

又陳廷焯《白雨齋詞話》卷六云：

> 東坡〈西江月〉云：「休言萬事轉頭空，未轉頭時皆夢。」
> 追進一層，喚醒癡愚不少。〔註47〕

〔註43〕見唐圭璋編：《詞話叢編》，冊四，頁3925。
〔註44〕見唐圭璋編：《詞話叢編》，冊四，頁3912。
〔註45〕吳梅：《詞學通論》，頁55。
〔註46〕見唐圭璋編：《詞話叢編》，冊四，頁3046。
〔註47〕見唐圭璋編：《詞話叢編》，冊四，頁3912。

〈念奴嬌〉赤壁懷古末句云「人間如夢，一尊還酹江月」，〈西江月〉黃州中秋「世事一場大夢，人生幾度新涼」，〈西江月〉平山堂「休言萬事轉頭空，未轉頭時皆夢」，〈永遇樂〉「古今如夢，何曾夢覺」，〈行香子〉過七里灘「君臣一夢，今古虛名」，對於過去的升沉不定，蘇軾以「夢」來加以概括、解釋，以消除心中的掛礙，很顯然地與其思想有關，在《莊子‧齊物論》有一段小故事：

> 夢飲酒者，旦而哭泣；夢哭泣者，旦而田獵。方其夢也，不知其夢也。夢之中又占其夢焉，覺而後知其夢也。且有大覺而後知此其大夢也。〔註48〕

夢之內又有夢境，所謂的覺醒不過是從夢中夢回來罷了，依然是夢，因此陷在夢中的我們若是執迷不悔乃無濟於事，為此蘇軾言夢來拯救自己的執著。另外，蘇軾也從佛家體會到空觀與靜趣，蘇軾由於烏臺詩案，歷經了生死的關卡，被貶至黃州，在黃州結交了許多文人與高僧，進一步從佛理中得到安慰與解脫。「如夢」是大乘十喻之一，是佛家人生觀的表現，佛家的如夢，相較於老莊所言，乃更深一層，指的是「我、法兩空」。這種道出了人生真相的思考，確實讓人有恍然大悟的感覺，無過乎「喚醒癡愚不少」，讓「胸中鄙吝，自然消去」，瞬間有種豁然開朗的感動。除了上述提及的作品外，其他如「萬事到頭都是夢」、「笑勞生一夢」、「身外儻來都是夢」、「一夢江湖費五年」、「十五年間真夢裡」、「夢中身」等等，都是蘇軾用以表現人生如夢的慨歎，讓身陷執著與愁悶的後人靈魂得到了解脫。

　　在蘇軾詞裡，我們看見的並非一種逃避、不負責任的態度，而是超然的體會，這種體認必須經過人生的大風大雨，才有辦法明白的，陳廷焯《白雨齋詞話》卷五便云：「東坡詞，則超然物外，別有天地。」〔註49〕《蘇詩紀事》卷上亦載：「東坡〈滿庭芳〉詞，碑刻遍傳海內。使競進之徒讀之可以解體，恬淡之徒讀之可以娛生」，並有評語「達

〔註48〕沙少海：《莊子集注》（貴陽：貴州人民出版社，1987年9月），頁32。
〔註49〕見唐圭璋編：《詞話叢編》，冊四，頁3890。

人之言，讀之使人心懷暢然」。〔註50〕而明代沈際飛《花草詩餘正集評正》卷三云：

> 月讀一過，身世都忘。〔註51〕

明代李攀龍《新刻題評名賢詞話草堂詩餘》卷四云：

> 細嚼此詞而繹其義，自然胸次廣大，識見高明，居易俟命，而不役于蝸名蠅利間矣。〔註52〕

明代潘游龍《精選古今詩餘醉》卷十五云：

> 坡老此篇專在喚醒俗人，故不著一深語。〔註53〕

觀其〈滿庭芳〉云：「蝸角虛名，蠅頭微利，算來著甚乾忙。事皆前定，誰弱又誰強。且趁閒身未老，須放我、些子疏狂。百年裡，渾教是醉，三萬六千場。　　思量。能幾許，憂愁風雨，一半相妨。又何須抵死。說短論長。幸對清風皓月，苔茵展、雲幕高張。江南好，千鍾美酒，一曲滿庭芳。」〔註54〕此闋詞作於元豐五年，蘇軾四十七歲，已經歷了許多苦難與生離死別，此時在黃州的他在佛學的修持中，有了超然的人生觀，世間的功名利祿不過如同「蝸角虛名，蠅頭微利」，計較了一生，回過頭來才發現十分可笑，不如面對「清風皓月，苔茵展、雲幕高張」，好好享受眼前美酒與歌謠。正如後世評論者所言，讀了此篇作品後，「使競進之徒讀之可以解體，恬淡之徒讀之可以娛生」、「身世都忘」、「胸次廣大，識見高明，居易俟命，而不役于蝸名蠅利間矣」。如此達觀的作品，如果沒有蘇軾的遭遇與經歷，是無法寫出這種作品的，因此清代王國維《人間詞話》便云：「東坡之詞曠，稼軒之詞豪。無二人之胸襟而學其詞，猶東施之效捧心也。」〔註55〕

　　蘇軾一生奔波乖舛，先是上奏反對王安石的變法，自請補外到杭州、密州，後因烏臺詩案出入鬼門關，貶至黃州擔任團練副使，待舊

〔註50〕見鄒同慶、王宗堂：《蘇軾詞編年校注》，中冊，頁461。

〔註51〕見鄒同慶、王宗堂：《蘇軾詞編年校注》，中冊，頁461。

〔註52〕見鄒同慶、王宗堂：《蘇軾詞編年校注》，中冊，頁461。

〔註53〕見鄒同慶、王宗堂：《蘇軾詞編年校注》，中冊，頁461。

〔註54〕見鄒同慶、王宗堂：《蘇軾詞編年校注》，中冊，頁458。

〔註55〕見唐圭璋編：《詞話叢編》，冊五，頁4250。

黨得勢，終於又回到京城，然好景不常，其與當權者的不同意見，使他自求外調自杭州，之後便是一連串的起起伏伏，最遠甚至到了儋耳。由於所見所聞與生平遭遇，使蘇軾對人生有了不同於一般人的思考角度，曠達而超越，這些作品對後人而言無異是珍貴的，尤其是遭遇不平遭遇或面對苦難的人們，給了他們安頓身心的方式。

三、感同身受

　　讀者在閱讀作品時，往往將自己的身分投入其中，成為主角，因而對故事主人翁的經歷有了共鳴。對蘇軾的詞作也是相同的狀況，尤其是與自身的遭遇有相似的情況時，這種狀況更顯而易見。蘇軾創作出不少有名的詞作，並將自己的性格與遭遇，寄託在這些作品之中，由於高超的技巧與濃重的情感，於是使後人產生共鳴，感同身受。謝章鋌《賭棋山莊詞話續編》卷一便云：

> 東坡〈卜算子〉云：（詞略）時東坡在黃州，故不無淪落天涯之感。而銅陽居士所釋，自箋句解，果誰語而誰知之？雖作者未必無此意，而作者亦未必定有此意，可神會而不可言傳。斷章取義，則是刻舟求劍，則大非矣。〔註56〕

由於蘇軾創作〈卜算子〉的時間是在烏臺詩案之後，且詞中流露出濃濃的驚恐、孤獨之感，於是使人體認到「淪落天涯之感」，這種感覺只能靠「神會」，才能夠了解當中的感受。清代沈祥龍《論詞隨筆》云：

> 詞當意餘於辭，不可辭餘於意。東坡謂少游「小樓連苑橫空，下窺繡轂雕鞍驟」二句只說得車馬樓下過耳，以其辭餘於意也。若意餘於辭，如東坡「燕子樓空，佳人何在？空鎖樓中燕。」用張建封事。……蓋辭簡而餘意悠然不盡也。〔註57〕

蘇軾〈永遇樂〉「燕子樓空，佳人何在？空鎖樓中燕」句，若不了解

〔註56〕見唐圭璋編：《詞話叢編》，冊四，頁3486。
〔註57〕見唐圭璋編：《詞話叢編》，冊五，頁4053。

其典故，必然平凡無奇，若能夠知道此乃用張建封典故，〔註58〕便能夠了解燕子樓所埋藏的悲傷與愁怨，便能夠使人感同身受。而陳衍《石遺室詩話》卷二十四亦舉了六闋詞作說明這個道理：

> 其「楊花」、「石榴」、「春事闌珊」、「冰肌玉骨」，以及「寶釵分」、「斜陽煙柳」諸作，纏綿悽惋，驚心動魄，晏、秦、周、柳，無以過之者，獨未之見耶？〔註59〕

詠楊花的〈水龍吟〉、詠石榴的〈賀新郎〉、記人的〈洞仙歌〉、〈翻香令〉等作品，比之於婉約派作品，讓讀者感到「纏綿悽惋，驚心動魄」，可見其蘊含情感對人的影響。

　　蘇軾詞的作用不僅僅使人感受良深，甚至因此而隨之起舞，念念不忘，鄧廷楨《雙硯齋詞話》云：

> 至如〈蝶戀花〉之「枝上柳綿吹又少。天涯何處無芳草」，東坡命朝雲歌之，輒泫然流涕，不能成聲。〈永遇樂〉之「古今如夢，何曾夢覺，但有新歡舊怨」；和章質夫楊花〈水龍吟〉之「曉來雨過，遺蹤何在，半池萍碎。春色三分，二分塵土，一分流水」；〈洞仙歌〉之「試問夜如何，夜已三更，金波澹、玉繩低轉」，皆能籧之揉之，高華沉痛，遂為石帚導師。譬之慧能肇啓南宗，實傳黃梅衣鉢矣。〔註60〕

馮金伯《詞苑萃編》卷十一亦云：

> 東坡製《蝶戀花》詞……常令朝雲歌之。雲唱至「柳綿」句，輒為掩抑惆悵，如不自勝。坡問之，曰：「妾所不能竟者，天涯何處無芳草句也。」〔註61〕

〈蝶戀花〉、〈永遇樂〉、〈水龍吟〉、〈洞仙歌〉等詞作皆高華沉痛，能夠感人至深，尤其〈蝶戀花〉一詞，蘇軾曾經命朝雲歌之，竟然「輒泫然流涕，不能成聲」，試看其詞：「花褪殘紅青杏小。燕子飛

〔註58〕「唐貞元中張愔鎮徐州，築此樓以居家妓盼盼。張死後，盼盼不嫁，居此樓十餘年。」見鄒同慶、王宗堂：《蘇軾詞編年校注》，上冊，頁248。

〔註59〕陳衍：《石遺室詩話》（台北：台灣商務印書館，1961年12月），頁8。

〔註60〕見唐圭璋編：《詞話叢編》，冊三，頁2529。

〔註61〕見唐圭璋編：《詞話叢編》，冊三，頁2008。

時，綠水人家繞。枝上柳綿吹又少。天涯何處無芳草。　　牆裡鞦
韆牆外道。牆外行人，牆裡佳人笑。笑漸不聞聲漸悄。多情卻被無
情惱。」〔註62〕上闋傷春，紅花紛紛落下，柳綿日少，青杏初結，
充滿了繁華易逝之感，而下闋則是含蓄表達被貶官的惆悵、失落之
情。由外在美好景物的消逝，聯想到過去美好的記憶，自然引人傷
悲，這種普遍性的共同經驗，不論是誰都無法承受的起，也是〈蝶
戀花〉受讀者親睞之因。

　　胡仔對蘇軾的喜愛從其評論便可知曉，而箇中的原因與其深受感
動有關，其《苕溪漁隱叢話後集》卷二六舉了「大江東去，浪淘盡、
千古風流人物」赤壁詞、「明月幾時有，把酒問青天」中秋詞、「落日
繡簾捲，庭下水連空」快哉亭詞、「乳燕飛華屋，悄無人、桐陰轉午」
初夏詞、「明月如霜，好風如水，清景無限」夜登燕子樓詞、「楚山修
竹如雲，異材秀出千林表」詠笛詞、「玉骨那愁瘴霧，冰肌自有仙風」
詠梅詞、「東武南城，新堤固、漣漪初溢」宴流杯亭詞、「冰肌玉骨，
自清涼無汗」夏夜詞、「有情風、萬裏捲潮來，無情送潮歸」別參寥
詞、「缺月掛疏桐，漏斷人初靜」秋夜詞、「霜降水痕收，淺碧鱗鱗露
遠洲」九日詞等十闋詞作，說明其能夠造成「一唱而三歎」的作用。
〔註63〕確實如此，這些作品皆是歷來耳熟能詳的作品，且其中蘊含著
深刻的涵義與情感，無怪乎使人「一唱而三歎」念念不忘。

　　由於蘇軾個性、身世、遭遇、思想等種種因素，使其詞作寄寓深
刻的意涵，不論是奮發積極、曠達沉靜，或是情感深刻的作品，都使
後人有了價值、情感的寄託，藉由這些作品，幫助許多人找到了出口，
活出了新的生命，明代王世貞《藝苑巵言》云：「讀子瞻文，見才矣，
然似不讀書者。讀子瞻詩，見學矣，然似絕無才者。懶倦欲睡時，誦
子瞻小文及小詞，亦覺神王。」〔註64〕林語堂指出：「他的一生載歌

〔註62〕見鄒同慶、王宗堂：《蘇軾詞編年校注》，中冊，頁753。
〔註63〕胡仔：《苕溪漁隱叢話》（台北：長安出版社，1978年12月），後集，
　　　　卷26，頁192～193。
〔註64〕見鄒同慶、王宗堂：《蘇軾詞編年校注》，下冊，頁1023。

載舞，深得其樂，憂患來臨，一笑置之。他的這種魔力就是我這魯拙之筆所要盡力描寫的，他的這種魔力也就是使無數中國的讀書人對他所傾倒，所愛慕的。」〔註65〕又楊海明在《唐宋詞與人生》中提到：「蘇軾是中國古代文化所孕育出來的一位智慧人物，他不但爲文學史提供了許多傳世精品，而且在如何對待和處理人生（尤其是人生中的逆境、困境）方面也給以後的無數讀書人以啓迪和榜樣。」〔註66〕

　　從文學中得以獲得美的體驗與治療的效果，尤其是蘇軾的詞更具有這種魔力，本章將所謂的審美經驗界定在詠物的作品上，包括〈水龍吟〉詠楊花、〈卜算子〉詠雁上來看客觀事物所造成的情感之美；而治療層面，依據後人的評論，梳理出奮發積極、豁達沉靜、感同身受三部份，經由作品引發的情緒，使讀者心中產生正向、超越、感動等價值與情感，藉以發掘生命的出口。其實，美感體驗與治療效果可視爲連續性的過程，眞正的美感需要感情的召喚，只能靠心靈去感受。〔註67〕正如張雙英所言「讀者經由閱讀作品而引發心靈震動，進而產生心中的反應，其種類除了前述的喜、怒、哀、樂等情緒外，其實還有許多其他結果，如體會、了悟等。」〔註68〕

〔註65〕見林語堂：《蘇東坡傳》（天津：百花文藝出版社，2000 年 4 月），序言。
〔註66〕見楊海明：《唐宋詞與人生》（石家莊：河北人民出版社，2002 年），頁 103。
〔註67〕陳慶輝：《中國詩學》，頁 195。
〔註68〕見張雙英：《文學概論》，頁 205。

第六章　結　論

　　文學作品唯有通過讀者的閱讀、傳遞過程，作品才進入一種連續性變化的經驗視野之中，而閱讀的過程將造成「接受」與「影響」兩種現象，兩者基本上是緊密相關的，無法單純地將它一分為二的，因為在「接受」的同時，讀者也正在體驗作品所帶來的「影響」。蘇軾作為一位在詞壇歷史上具有強烈「爭議性」的代表作家，無疑地，他是具有受到後人討論、研究的價值與意義的。本論文以讀者為角度，以「接受」與「影響」兩方面為主要架構，展開論述。在接受的方面，共分為三章，分別從傳統文化、時代氛圍、個人因素等三層面來統攝各個時代到今日所形成的蘇軾詞接受的因素與現象。在影響層面，筆者擬從兩個方面探討，分別為超然的美感體驗與實用的治療層面。

　　文化傳統部分，由生活環境、哲學思考、文化傳遞所形成的，圍繞著廣大中國人的實用與感驗期待視野。實用期待視野由傳統詩學觀念所造成，分別為將詩、詞視為同源的期待，儒家詩教精神「風雅」、「溫柔敦厚」、「興寄諷諭」等期待，衍生出「詩言志」的文人傳統期待，與最真實、普遍的情感期待四部份；感驗期待視野依照直覺體驗的差異，包括了影響後世深刻豪放風格展現出來的縱橫豪情之期待，代表蘇軾高超技巧的寄託高遠之期待，困頓遭遇所磨練出來的曠達超越之期待，後人推崇備至的高超境界、開拓貢獻之期待，以及其他情

感用語之期待。對於後人以文化傳統期待視野所得到的蘇軾接受面貌，可以發掘，不論是以實用或感驗期待視野來看，評論者關心的部份以其開拓性的豪放作品為主，不然便是寄託理想、抱負的作品，而情感的部份則是選擇性的忽略，這種狀況與評論者對蘇軾的定位有關；而中國人與西方人的批評用語有著顯著性的不同，所使用的是中國特有的形象化批評方式。

時代氛圍部份，以傳統的時代為斷限，加上世變的關係，分為婉約當道的北宋時期，曇花一現的南宋前期，綺麗再現的南宋後期，光耀北地的金元時期，正變衝突的朱明時期，統合思維的滿清時期。每個時代由於主政者的態度、流行的哲學思潮、改朝換代的世變等因素，造成蘇軾詞地位的起落。

個人經驗部份，針對專評蘇軾或對蘇軾針對性較強的評論，其它部份筆者不予列入，另外亦針對個別、獨特性較大、成一家之言的評論作探討。個人性格有其獨特性，通常會針對蘇軾詞進行評論的作品，包含幾個因素，一、極度推崇蘇軾作品的評論家，這些人的詞學立場或生命特質，往往與蘇軾有著內在之連結；二、否認蘇軾詞作的評論家，由於無法找到相同的連結點，所選詞作與評論的言語相對地也較少；三、藉由蘇軾來鞏固其他作家的地位，這種評論者也不少，通常包含相同性與差異性兩者討論方式。

影響層面，從超然的審美感受與實用的精神治療著手。審美感受的部分是採取狹義性的說法，因此針對外在性事物的美，而將心靈之美屏除在外；至於精神治療則以心靈層面的感受、感動為主。藉由外在景物的觀賞、文學的描寫，得以使內心產生美好的感受，蘇軾詞技巧高超，且寄寓深刻，造成讀者內心的感受勢必更加深沉，使人心底產生美好的感動。由於蘇軾個性、身世、遭遇、思想等種種因素，使其詞作寄寓深刻的意涵，不論是奮發積極、曠達沉靜，或是情感深刻的作品，都使後人有了價值、情感的寄託，藉由這些作品，幫助許多人找到了出口，活出了新的生命。兩者之間基本上是有連結性的，在

審美感動出現之際，往往精神治療也隨之而生。文學得以使人產生美的感動與治療作用，與人情感的作用有著很大的關係，許多作品都具有如此之功用，但由於蘇軾生命遭遇的豐富，也讓他與後世人的情感連結更加廣泛與深刻。

　　由期待視野的角度使我們了解了蘇軾在詞壇不敗地位的原因、在整個歷史上的起伏、以及個人接受蘇軾詞的不同面貌，另外也了解了後人受到蘇軾詞影響的狀況。整個歷史上，蘇軾詞接受原因與樣貌完全展現，然而我們亦須注意到一點，由於讀者接受的角度，使作品呈現在未來的狀況將會不同，這是我們所無法預期的，然而每位讀者或許都得以思考一下，從客觀的角度來選擇蘇軾詞，正如許多評論者所言，「兩家各有其美，亦各有其病」〔註1〕、「婉約自是本色，豪放亦未嘗非本色也」〔註2〕、「各得其宜」，〔註3〕從客觀角度立論，各自選擇適合自己生命特性的作品，如此一來，才是「持平之論」。

〔註1〕　〔明〕孟稱舜《古今詞統序》：「蓋詞與詩曲，體格雖異，而本於作者之情。古來才人豪客，淑姝名媛，悲者喜者，怨者慕者，懷者想者，寄興不一……作者極情盡態，而聽者洞心聳耳。如逝者皆爲當行，皆爲本色。……故幽思曲想，張柳之詞工矣，然其失則俗而膩也……傷時吊古，蘇辛之詞工矣，然其失則莽而俚也。……兩家各有其美，亦各有其病，然達其情而不以詞掩，則皆填詞之所蹤，不可以優劣言也。」見金啓華等編：《唐宋詞集序跋匯編》，頁403。

〔註2〕　〔清〕田同之《西圃詞說》：「填詞亦各見其性情，豪放者強作婉約語，畢竟豪氣未除；性情婉約者強作豪放與，不覺晚態自露。故婉約自是本色，豪放亦未嘗非本色也。」見唐圭璋編：《詞話叢編》，冊二，頁1455。

〔註3〕　〔清〕孫兆溎《片玉山房詞話》：「詞以蘊蓄纏綿、波折俏麗爲工，故以南宗爲詞宗。然如東坡之大江東去，忠武之怒髮衝冠，令人增長意氣，似乎兩宗不可偏廢。是在各人筆致相近，不必勉強定學石帚、耆卿也。今人談詞家，動以蘇、辛爲不足學，抑知檀板紅牙不可無銅琵鐵撥，各得其宜，始爲持平之論。」見唐圭璋編：《詞話叢編》，冊二，頁1673～1674。

參考文獻

一、書　籍（先依時代，次依出版時間排序）

（一）蘇軾相關研究書籍

1. 《東坡樂府》，〔宋〕蘇軾，台北，世界書局，1970 年 5 月景元延祐本。

2. 《蘇東坡全集》，〔宋〕蘇軾，台北，河洛圖書出版社，1975 年 9 月。

3. 《蘇文忠公詩集》，〔宋〕蘇軾著、紀文達公評，台北，宏業書局，1969 年 6 月。

4. 《東坡樂府箋》，龍榆生，台北，華正書局，1974 年。

5. 《東坡詞編年校注及其研究》，曹樹銘，台北，華正書局，1980 年 9 月初版。

6. 《蘇東坡詞》，曹樹銘，台北，台灣商務印書館，1983 年。

7. 《三蘇研究》，曾棗莊，成都，巴蜀書社，1990 年 10 月。

8. 《東坡在詞風上的承繼與創新》，郭美美，台北，文津出版社，1990 年 12 月。

9. 《蘇軾詞研究》，劉石，台北，文津出版社，1992 年 7 月。

10. 《東坡詞研究》，王保珍，台北，長安出版社，1992 年 9 月。

11. 《東坡樂府編年箋注》，唐玲玲與石淮聲箋注，台北，華正書局，1993 年 8 月。

12. 《蘇軾資料彙編》全五冊，四川大學中文系唐宋文學研究室，北京，中華書局，1994 年 4 月。

13. 《蘇詞彙評》，曾棗莊、曾濤編，台北，文史哲出版公司，1998 年 5 月。

14. 《東坡詞選析》，陳新雄，台北，五南圖書出版有限公司，2000 年。

15. 《蘇詞匯評》，曾棗莊，成都，四川文藝出版社，2000 年。

16. 《蘇軾傳：智者在苦難中的超越》，王水照、崔銘，天津，天津人民出版社，2002 年 3 月。

17. 《蘇東坡傳》，林語堂，天津，百花文藝出版社，2000 年 4 月。

18. 《蘇辛詞研究》，陳滿銘，台北，文津出版社，2003 年。

19. 《中國蘇軾研究》（第一輯），中國人民大學中文系，北京，學苑出版社，2004 年 7 月。

20. 《蘇軾評傳》，王水照、朱剛，南京，南京大學出版社，2004 年 9 月。

21. 《蘇軾年譜》，孔帆禮撰，北京，中華書局，2005 年。

（二）文學理論

1. 《接受美學與接受理論》，周寧、金元浦譯，瀋陽，遼寧人民出版社，1987 年。

2. 《閱讀活動——審美反應理論》，周寧、金元浦譯，北京，社會科學出版社，1991 年。

3. 《接受美學理論》，R.C.赫魯伯著、董之林譯，板橋，駱駝出版社，1994 年。

4. 《讀者反應理論批評》，伊莉莎白・弗洛恩德著、陳燕谷譯，板橋，駱駝出版社，1994 年。

5. 《讀者反應理論》，龍协濤，台北，揚智文化出版社，1997 年。

6. 《當代西方文藝理論》，朱立元主編，上海，華東師範大學出版社，1997 年 6 月。

7. 《中國古代審美文化論》，吳中杰主編，上海，上海古籍出版社，2000 年。

8. 《中國文學新思維》（下），朱棟霖、陳信元主編，嘉義，南華大學，2000 年。

9. 《二十世紀西方文藝文化批評理論》，朱剛，台北，揚智文化出版社，2002 年。

10. 《接受反應文論》，金元浦，濟南，山東教育出版社，2002 年 10 月第 3 次印刷。

11. 《文學概論》，張雙英，台北，文史哲出版社，2004 年 1 月。

12. 《批評的視野》，張德明，上海，上海科學院出版社，2004 年 3 月第 1 版。

13. 《中國人審美心理研究》，梁一儒、户曉輝、宫承波，山東，山東人民出版社，2004 年 8 月第 3 次印刷。

14. 《審美價值論》，黃凱鋒，昆明，雲南人民出版社，2005 年。

15. 《心靈化批評──中國古代文學批評的思維特徵》，白寅，北京，中國社會科學出版社，2005 年 2 月。

（三）其 他

1. 《周禮》，〔漢〕鄭玄注，台北，台灣商務印書館，1937 年 3 月。

2. 《昭明文選》，〔梁〕昭明太子撰、〔唐〕李善注，台北，藝文印書館，1967 年 10 月。

3. 《說文解字注》，〔漢〕許慎撰、〔清〕段玉裁注，台北，紅葉文化事業公司，1999 年。

4. 《禮記正義》，〔漢〕鄭玄注、〔唐〕孔穎達正義，上海，上海古籍出版社，2008 年 9 月。

5. 《老子》，〔晉〕王弼註，台北，藝文印書館，1958 年。

6. 《尚書》，〔唐〕孔穎達等疏，北京，中華書局，1998 年 8 月。

7. 《四書集注》，〔宋〕朱熹，台北，藝文印書館，1956 年 9 月。

8. 《風月堂詩話》，〔宋〕朱弁，台北，藝文印書館，1965 年。

9. 《詩集傳》，〔宋〕朱熹，台北，藝文印書館，1974 年。

10. 《豫章黃先生文集》，〔宋〕黃庭堅，台北，台灣商務印書館，1975 年 6 月。

11. 《直齋書錄解題》，〔宋〕陳振孫，台北，台灣商務印書館，1978 年 5 月台一版。

12. 《續資治通鑑長編》，〔宋〕李燾，北京，中華書局，1979 年 8 月。

13. 《能改齋漫錄》，〔宋〕吳曾，台北，木鐸出版社，1982 年 5 月。

14. 《老學庵筆記》，〔宋〕陸游，台北，木鐸出版社，1982 年 5 月。

15. 《傅幹注坡詞》，〔宋〕傅幹著、劉尚榮校證，成都，巴蜀書社，1993 年 7 月。

16. 《侯鯖錄》，〔宋〕趙令時，北京，中華書局，2004 年 9 月。

17. 《宋史新編》，〔明〕柯維騏台北新文豐出版公司 1974 年。

18. 《江盈科集》，〔明〕江盈科著、黃仁生輯校，長沙，岳麓書社，1997 年。

19. 《昭昧詹言》，〔清〕方東樹，台北，廣文書局，1962 年 8 月。

20. 《藝概》，〔清〕劉熙載，台北，廣文書局，1969 年。

21. 《詞藻》，〔清〕彭孫遹，台北，廣文書局，1970 年 1 月。

22. 《甌北詩話》，〔清〕趙翼，台北，廣文書局，1971 年 5 月。

23. 《合印四庫全書總目提要及四庫未收書目禁燬書目》，〔清〕永瑢等撰，台北，台灣商務印書館，1971 年 7 月。

24. 《莊子集解》，〔清〕王先謙，台北，蘭臺書局，1971 年 7 月。

25. 《王國維先生全集》，〔清〕王國維，台北，大通書局，1976 年。

26. 《足本隨園詩話及補遺》，〔清〕袁枚，台北，長安出版社，1978 年。

27. 《詞苑叢談》，〔清〕徐釚，台北，木鐸出版社，1982 年。

28. 《論文雜記》，〔清〕劉師培著、舒蕪校點，北京，人民文學出版社，1998 年 5 月。

29. 《詞學通論》，〔清〕吳梅，上海，復旦大學出版社，2005 年 5 月。

30. 《石遺室詩話》，陳衍，台北，台灣商務印書館，1961 年 12 月。

31. 《詩毛氏傳疏》，陳奐，台北廣文書局，1967 年 11 月。

32. 《迦陵談詞》，葉嘉瑩，台北，純文學出版社，1970 年。

33. 《中國韻文史》，龍沐勛，台北，樂天出版社，1970 年 4 月。

34. 《詞史》，劉子庚，台北，台灣學生書局，1972 年 4 月。

35. 《宋詞通論》，薛礪若，香港，中流出版社，1974 年。

36. 《東西文化及其哲學》，梁漱溟，台北，問學出版社，1977 年 11 月。

37. 《詩品校注》，楊祖聿，台北，文史哲出版社，1981 年。

38. 《唐宋詞簡釋》，唐圭璋選釋，台北，木鐸出版社，1982 年 3 月。

39. 《中國文化要義》，梁漱溟，台北，里仁書局，1982 年 9 月。

40. 《鍾嶸詩品校釋》，呂德申，北京，北京大學出版社，1986 年 4 月。

41. 《詞學考銓》，林玫儀，台北，聯經出版事業公司，1987 年。

42. 《唐宋詞名家論集》，葉嘉瑩，台北，國文天地雜誌社，1987 年。

43. 《戲曲藝術論》，張庚，台北，丹青圖書公司，1987 年 6 月。

44. 《宋詞選》，胡雲翼，台北，明文書局，1987 年 8 月。

45. 《中國文學史》，葉慶炳，台北，台灣學生書局，1987 年 8 月。

46. 《莊子集注》，沙少海，貴陽，貴州人民出版社，1987 年 9 月。

47. 《詞話叢編》五冊，唐圭璋編，台北，新文豐出版公司，1988 年。

48. 《中國詞學的現代觀》，葉嘉瑩，台北，大安出版社，1988 年。

49. 《文心雕龍注》，范文瀾，台北，學海出版社，1988 年。

50. 《詞曲史》，王易，台北，廣文書局，1988 年 8 月再版。

51. 《群體的選擇——唐宋人選詞與詞選通論》，蕭鵬，台北，文津出版社，1992 年。

52. 《中國文學發展史》，劉大杰，台北，漢京文化事業公司，1992 年 6 月。

53. 《唐宋詞集序跋匯編》，金啓華等編，台北，台灣商務印書館，1993 年。

54. 《宋代詞學資料匯編》，張惠民編，汕頭，汕頭大學出版社，1993 年 11 月。

55. 《中國詩學》，陳慶輝，台北，文史哲出版社，1994 年 12 月。

56. 《詞話學》，朱崇才，台北，文津出版社，1995 年。

57. 《增訂中國文學史初稿》，王忠林、左松超等著，台北福記圖書公司，1995 年 1 月校訂四版。

58. 《中國詞學大辭典》，馬興榮等人編，杭州，浙江教育出版社，1996 年。

59. 《唐宋詞史》，楊海明，高雄，麗文文化事業公司，1996 年 2 月初版。

60. 《宋人雅詞原論》，趙曉蘭，成都，巴蜀書社，1999 年 9 月。

61. 《文學與治療》，葉舒憲，北京，社會科學文獻出版社，1999 年 9 月第 1 版。

62. 《中國人的精神》，辜鴻鳴，台北，稻田出版公司，1999 年 12 月。

63. 《詞集序跋萃編》，施蟄存，北京，中國社會科學出版社，1994 年。

64. 《唐宋詞社會文化學研究》，沈松勤，杭州，浙江大學出版社，2000 年 1 月。

65. 《原人論》，黃霖等，上海復旦大學出版社，2000 年 5 月。

66. 《金元詞通論》，陶然，上海，上海古籍出版社，2001 年 7 月。

67. 《清詞史》，嚴迪昌，南京，江蘇古籍出版社，2001 年 7 月重印。

68. 《蘇軾詞編年校注》，鄒同慶、王宗堂，北京，中華書局，2002 年。

69. 《唐宋詞與人生》，楊海明，石家莊，河北人民出版社，2002 年。

70. 《詞論史論稿》，邱世友，北京，人民文學出版社，2002 年 1 月。

71. 《明詞史》，張仲謀，北京，人民文學出版社，2002 年 2 月。

72. 《宋金詞論稿》，劉鋒燾，北京，中國社會科學出版社，2002 年 4 月。

73. 《現代學術視野中的中華古代文論》，童慶炳、謝世涯、郭淑芸，北

京，北京出版社，2002 年 5 月。

74. 《宋韻——宋詞人文精神與審美型態探論》，孫維城，合肥，安徽大學出版社，2002 年 5 月。

75. 《中國詞學史》，謝桃坊，成都，巴蜀書社，2002 年 12 月。

76. 《宋代詞話的美學研究》，長沙，湖南師範大學出版社，2003 年 5 月。

77. 《唐宋詞史論》，王兆鵬，北京，人民文學出版社，2003 年 9 月重印。

78. 《唐宋詞通論》，吳熊和，杭州，浙江古籍出版社，2004 年 3 月第 8 次印刷。

79. 《清代詞學》，孫克強，北京，中國社會科學出版社，2004 年 7 月。

80. 《北宋詞史》，陶爾夫，哈爾濱，黑龍江人民出版社，2004 年 9 月。

81. 《南宋詞史》，陶爾夫、劉敬圻，哈爾濱，黑龍江人民出版社，2004 年 12 月。

82. 《唐宋詞綜論》，劉尊明，北京，中國社會科學出版社，2004 年 12 月。

83. 《唐宋詞鑑賞辭典》，唐圭璋等著，上海，上海辭書出版社，2004 年 12 月第 30 次印刷。

84. 《中國文化入門》，馬敏主編，台北，洪葉文化事業公司，2005 年 4 月。

85. 《文學語言學》，李榮啓，北京，人民出版社，2005 年 5 月。

86. 《中國古代接受文學與理論》，鄔國平，哈爾濱，黑龍江人民出版社，2005 年 11 月。

87. 《詞話史》，朱崇才，北京，中華書局，2006 年 3 月北京第 1 版。

二、碩博士論文

（一）台　灣

1. 《兩宋詞論研究》，張筱萍，台北，台灣師範大學碩士論文，1975 年。

2. 《宋代詞選集研究》，劉少雄，台北，台灣大學中文研究所碩士論文，1986 年。

3. 《東坡詞的風格與技巧研究》，劉曼麗，台中，東海大學中國文學研究所碩士論文，1989 年。

4. 《明代評點詞集研究》，謝旻琪，台北，私立東吳大學中國文學系碩士論文，1994 年。

5. 《蘇軾詩詞夢的研析》，史國興，台北，台灣師範大學國文研究所博士論文，1995 年。

6. 《蘇詞評論研究——以宋至清代為主》，劉燕惠，新莊，私立輔仁大學中國文學研究所碩士論文，1996 年。

7. 《清代接受宋詞之研究》，陳松宜，桃園，中央大學中國文學研究所碩士論文，1999 年。

8. 《宋代詞學批評研究——批評形式與文化詮釋》，程志媛，南投，暨南國際大學中國語文學系碩士論文，2000 年。

9. 《蘇軾詞之傳播及各家對蘇詞之論述研究——以文獻流傳為主要觀點》，張芸慧，台北，私立淡江大學中國文學研究所碩士論文，2001 年。

10. 《明代詞選研究》，陶子珍，台北，東吳大學中文所博士論文，2001 年。

11. 《困境與超越——以東坡黃州詞為例》，許慈娟，彰化，國立彰化師範大學國文研究所碩士論文，2003 年。

12. 《從東坡詞看蘇軾處逆境之道——以現代精神醫學觀點論述》，李茸，彰化，國立彰化師範大學國文研究所碩士論文，2005 年。

（二）其　他

1. 《蘇軾詞研究》，何世權，香港，能仁書院中國文學研究所碩士論文，1985 年 6 月。

2. 《蘇軾詞接受史研究——北宋中葉至清代》，張殿方，濟南，山東師範大學中國文學研究所碩士論文，2003 年。

3. 《蘇詞接受史研究》，仲冬梅，上海，華東師範大學博士班論文，2003 年 4 月。

三、期刊論文

1. 〈蘇軾的豪放詞及其在詞史上的地位〉，朱靖華，《徐州師院學報》，1985 年第 1 期，頁 51～56。

2. 〈詞風的轉變與蘇詞的風格〉，袁行霈，《社會科學戰線》，1986 年第 3 期，頁 302～309。

3. 〈關於宋詞的豪放與婉約問題〉，潘裕民，《安慶師院社會科學學報》，1995 年第 2 期，頁 40～44。

4. 〈批評即選擇——論《花菴詞選》的詞學批評意識〉，李揚，《河南大學學報》，第 39 卷第 2 期，1999 年，頁 17～21。

5. 〈論詞之美感特質之形成及詞學家對此種特質之反思與世變之關〉，葉嘉瑩，《中央研究院第三屆國際漢學會議》，2000 年 6 月，頁 1～12。

6. 〈論《草堂詩餘》成書的原因〉，楊萬里，《文學遺產》，2001 年，第 5 期，頁 51～59。

7. 〈三蘇研究目錄〉（上、下）（1913～2003），謝佩芬，《書目季刊》，第三十八卷第四期，2005 年 3 月，頁 51～93。